LE MATCH

LES ROMANCES DES BRITISH BOYS

J.H. CROIX

Chapitre Un

LIAM

— Bordel de Dieu, marmonnai-je.

Je tentai de plier le genou, mais me retrouvai à serrer les dents de douleur.

— Doucement, mec, dit Alex. Ne fais pas l'idiot.

Je jetai un œil à Alex et levai les yeux au ciel. Alex Gordon patientait avec moi dans la clinique médicale haut de gamme et dernier cri de Seattle. J'étais assis là après m'être violemment tordu le genou, à attendre le chirurgien qui avait pour réputation de faire des miracles, en espérant qu'il me remettrait à neuf.

— Au moins on a gagné, dis-je en essayant de penser à autre chose que la douleur qui courait dans ma jambe.

Alex rit doucement et reposa sa tête contre le mur derrière lui. Ce n'était pas la première fois que j'étais heureux de le trouver à mes côtés. Un mois plus tôt, nous avions signé avec une équipe américaine juste après une terrible défaite lors d'une finale de championnat en Angleterre. Je connaissais Alex depuis tout petit à l'école, où nous étions déjà meilleurs potes, dans une petite ville en bordure de Londres. Nous avions grandi en jouant au football ensemble, nous étions allés dans la même université, et nous avions eu la chance de nous faire recruter par la même équipe en Angleterre. Deux mois plus tôt, après la mort très soudaine de ma mère des suites d'un AVC, j'avais perdu ma concentration, et notre équipe avait perdu la finale du championnat. Avant que je ne me remette du choc, les idiots du management avaient mis fin à nos contrats et, l'instant d'après, voilà que la meilleure offre qui se profilait était chez les Seattle Stars, une équipe qui investissait beaucoup d'argent dans des joueurs talentueux. Puisqu'ils proposaient de me recruter aux côtés d'Alex et de deux autres joueurs de notre équipe en Angleterre, j'avais décidé de tenter ma chance.

— Ce serait sympa qu'ils appellent le foot par son vrai nom dans ce pays, dis-je, répétant ma plainte favorite depuis que nous étions arrivés sur le territoire américain.

Alex passa sa main dans ses cheveux bruns ébouriffés, levant les yeux au ciel.

— Ça ne changera jamais, mec. Le football américain est bien plus populaire que le foot ici.

— C'est vraiment débile d'appeler ça par un autre nom, alors que le reste du monde appelle notre sport le football, marmonnai-je.

Il haussa les épaules et changea de sujet.

— Comment va le genou ?

Alex savait aussi bien que moi que l'état de mon genou était très inquiétant. De nombreux joueurs voyaient leur carrière s'arrêter brutalement après une blessure au genou. Une mauvaise blessure ou une rééducation moins que parfaite pouvaient signifier une perte de vitesse et de réflexes, ce qui pouvait faire toute la différence entre un bon joueur et un très bon joueur. Les joueurs d'élite n'étaient pas simplement bons. Il fallait être extrêmement bon. Le médecin de l'équipe était venu jusqu'ici avec nous, mais il avait disparu pour essayer de trouver ce fameux chirurgien qui pouvait apparemment faire des miracles pour mon genou.

— Bah, ça fait mal. Mais ça peut pas être trop grave. J'ai réussi à sortir de la pelouse en marchant.

— Je crois qu'ils ont un autre mot ici. Ils appellent ça un terrain.

Je donnai un coup de coude à Alex, qui était du bon côté pour que je n'aie pas à utiliser mon épaule meurtrie. Un mauvais choc avec un défenseur m'avait fait voler, me tordant le genou lorsque j'avais atterri lourdement sur mon épaule. J'étais prêt et pressé de voir le médecin. Alors que je commençais à me demander où le docteur Monroe avait bien pu disparaitre, la porte de la salle d'attente où on nous avait laissés, Alex et moi, s'ouvrit.

Je levai la tête et tombai sur les plus beaux yeux verts que j'avais jamais vus. Une femme passa la porte et je fus complètement déboussolé par sa beauté. Elle avait les yeux brillants derrière ses lunettes. Ses boucles noires un peu folles étaient retenues dans un chignon sur sa tête, quelques mèches rebelles s'échappant, l'une s'enroulant même sur la branche de ses lunettes. Ses cheveux rebondissaient en encadrant son visage en forme de cœur, et elle avait la peau claire, parsemée de taches de rousseur. N'étant pas du genre à se priver d'un regard, mes yeux parcoururent son corps, admirant cette femme en blouse d'hôpital verte. Il était difficile d'imaginer son corps sous ces vêtements sans forme, mais elle avait assez de courbes pour que ses seins étirent le tissu de son haut. Je ne pouvais m'empêcher de la fixer du regard. Pour la première fois depuis que ce défenseur m'était rentré dedans, je ne pensais pas aux conséquences potentielles sur ma carrière.

Le docteur Monroe entra dans la pièce en suivant cette femme, qui resta au niveau de la porte, les mains jointes devant elle. Ses yeux verts passaient d'Alex à moi, mais elle avait une expression difficile à déchiffrer.

— Liam, voici le docteur Bowen. Elle va jeter un œil à ton genou.

Le docteur Monroe se tourna vers la femme et me désigna de la main.

— Liam Reed.

Je commençai à me lever quand je réalisai que ce n'était sans doute pas la meilleure idée du monde.

— Ravi de vous rencontrer, docteur Bowen, dis-je avec un clin d'œil.

Je sentis les épaules d'Alex trembler de rire à côté de moi. Le docteur Bowen ajusta ses lunettes, qui étaient vertes pour aller avec ses yeux, et dont le cadre était un peu pointu.

— Ravie de vous rencontrer, Liam. Allons dans la salle d'examen juste là, dit-elle en désignant une porte dans la petite salle d'attente.

Alex se leva et le docteur Monroe vint se placer à côté de moi. Je voulais les écarter, agacé que mon genou soit assez douloureux pour me donner envie de rester assis juste là. Je serrai les dents et tolérai la main d'Alex sous mon coude pendant qu'il marchait à côté de moi, vers la salle d'examen. Ce n'était pas une grande pièce. Avec deux footballeurs et un docteur d'un mètre quatre-vingt-cinq, en plus de la charmante docteur Bowen, il n'y avait presque pas de place pour faire le tour de la table.

J'étais habitué à avoir des gens autour de moi tout le temps quand il s'agissait d'une question de santé et de sport. Le docteur Bowen, en revanche, n'avait pas l'air de penser qu'un examen de groupe était nécessaire. Elle ajusta ses lunettes à nouveau, me tentant presque de tirer sur l'une de ses mèches rebelles.

— J'aimerais un peu d'espace, s'il vous plait, dit-elle froidement.

Alex sortit en silence. Il était grand, un genre de brun ténébreux très discret, et c'était pour ça qu'il faisait un très bon gardien, toujours calme. Le docteur Monroe, en revanche, tourna un regard électrique vers le docteur Bowen.

— Olivia, j'aimerais être présent pour l'examen, dit-il fermement, comme s'il ne s'attendait pas à être contredit.

Alors que ses joues rougissaient, elle plissa les yeux, et la seule chose à laquelle j'étais capable de penser était au fait que c'était le nom parfait pour elle. Olivia. Un sentiment de désir me traversa, rapidement suivi par un éclair de douleur quand j'essayai de m'appuyer sur la table.

Olivia fixa le docteur Monroe du regard. Après plusieurs secondes, elle prit la parole.

— Que vous vouliez rester ou non, ce n'est pas comme ça que ça marche. Liam est mon patient, et j'aimerais le voir seule à seul dans un premier temps. Je comprends que vous êtes le médecin de l'équipe et que vous voulez avoir une place dans la planification des soins, mais, avant toute chose, j'aimerais pouvoir examiner ce genou et analyser les résultats d'IRM, après on en parlera.

Je retins un sourire, c'était vraiment amusant de

voir son côté autoritaire. Je me calmai immédiatement en réalisant qu'elle essayait de faire ce qui était juste pour moi au lieu de simplement suivre ce que demandait le médecin de l'équipe qui, par extension, faisait ce que les managers voulaient. Après un autre regard bref, le docteur Monroe hocha la tête et se dirigea vers la porte. Il me lança un regard avant de nous laisser seuls.

— Liam, si tu as besoin de moi, appelle-moi.

Je résistai à l'envie de lever les yeux au ciel. Je savais que le docteur Monroe avait de bonnes intentions, mais ce n'était pas comme si Olivia allait me mettre en danger. J'étais plutôt pressé de me retrouver seul avec elle, même si c'était pour les mauvaises raisons. Il ferma la porte derrière lui, et je me tournai vers Olivia. Je ne la voyais même plus comme un docteur, j'étais trop occupé à me demander comment j'allais la sortir de cette blouse.

Elle ne me regardait même pas, et cliquait quelque chose sur l'ordinateur posé sur le comptoir. Après un moment, elle se tourna vers moi. Elle tenait un stylo qu'elle faisait tourner entre ses doigts. Elle me regarda des pieds à la tête. J'étais couvert de sueur et de terre, et je m'en fichais complètement.

— Eh bien, Olivia, dis-je en insistant sur son nom. Vous vouliez me voir seul à seule. Nous y sommes.

Elle écarquilla les yeux avant de les plisser. Je sentais qu'elle se débattait avec plusieurs pensées, et ça me donnait envie de la taquiner encore plus. Je fus déçu quand elle secoua simplement la tête et s'installa à côté de moi.

— Installez-vous sur la table.

Elle bougea rapidement et me fit m'asseoir sur la table, jambe tendue, avant que j'aie le temps de dire ouf. Son toucher était froid et médical.

— J'ai regardé les résultats d'IRM de l'examen que vous avez passé avant de venir ici. Vous avez une lésion méniscale du genou, mais j'imagine que ce n'est pas vraiment une surprise pour vous, dit-elle, la main sur mon mollet.

Mon ventre se noua et un terrible sentiment de peur monta en moi, suivi par une peur terrassante. Le football était toute ma vie. Je ne jouais pas pour devenir célèbre, mais je l'étais. J'étais devenu l'un des meilleurs milieux de terrain en Angleterre, et pas loin non plus dans les classements mondiaux. Une blessure au genou pouvait signifier la fin de ma carrière et je n'avais que trente ans. J'avais encore de nombreuses années de jeu devant moi si je restais en bonne santé. Je déglutis pour essayer de contrôler la peur qui montait en moi et trouvai le regard du docteur Bowen. Soudainement, elle était à nouveau le docteur Bowen dans ma tête. J'avais besoin qu'elle le soit tout de suite, pour pouvoir m'accrocher à l'espoir qu'elle ait de bonnes nouvelles pour moi. On m'avait promis qu'elle était l'une des meilleures chirurgiennes ici, et je priais pour que ce soit vrai.

— Bordel.

Les yeux du docteur Bowen s'adoucirent, un tout petit peu.

— J'imagine que c'est l'effet que vous fait la nouvelle, mais ce n'est pas si grave. Vous êtes jeune et en pleine santé. La lésion n'est pas trop importante. Je pense pouvoir vous remettre sur le terrain dans quelques mois, dit-elle en hochant la tête.

— La seule chose que je veux, c'est pouvoir continuer à jouer. Si vous pouvez m'amener là, je ferai tout ce que vous voulez.

Un sourire étira les coins de sa bouche.

— Très bien. Vous êtes prêt à ce qu'on organise

l'opération ? On va faire ça en ambulatoire. Vous allez devoir prendre votre journée, et on vous renverra chez vous le soir. J'ai beaucoup d'autres choses à vérifier, mais parlons des grandes lignes d'abord.

Je haussai les épaules.

— Bien sûr que je veux l'opération. Allons-y. Le plus tôt sera le mieux.

Je ne listai pas l'ensemble des inquiétudes qui s'accumulaient dans ma tête. La peur sous-jacente que je sois face à la fin de ma carrière était puissante et difficile à ignorer, mais je ne pouvais pas m'autoriser à me morfondre.

— Vous savez que vous pouvez choisir votre propre docteur, dit-elle doucement.

Je la regardai, confus.

— Le docteur Monroe dit que vous êtes la meilleure.

— Oh, vraiment ? Quoi qu'il en soit, c'est votre choix. C'est votre genou. Pour être honnête, c'est pour ça que je voulais vous donner quelques minutes seul. Les sportifs comme vous, c'est presque comme si vous étiez l'objet de l'équipe, c'est facile d'oublier que quand il s'agit de votre santé, c'est vous qui prenez les décisions.

Même en oubliant ce que disait le docteur Monroe, le docteur Bowen était la seule personne à qui je voulais confier mon genou. Il y avait quelque chose dans la façon dont elle avait tenu tête au docteur Monroe qui ne faisait que renforcer ma confiance en elle. Elle était encore le docteur Bowen dans ma tête à ce moment-là. Je hochai fermement la tête.

— Il faut que ce soit vous.

Ses yeux verts soutinrent les miens, cette femme était bien trop capable de contrôler son expression.

Quoi qu'elle soit en train de penser derrière ce regard impassible et sérieux, il était impossible de le déchiffrer. Elle hocha enfin la tête.

— Très bien. Eh bien, parlons des détails.

Elle fit rouler un tabouret jusqu'au bord du comptoir et s'installa dessus. Elle ajusta ses lunettes encore une fois et tourna le tabouret en se saisissant d'une tablette électronique. Elle commença à parler rapidement, elle était clairement du genre professionnelle, et m'expliqua les détails de mon opération. J'arrêtai d'écouter quand elle se mit à enrouler une boucle de cheveux sur son doigt, sans même y penser. Après quelques minutes, elle posa sa tablette.

— Alors, est-ce que ça marche pour vous, en termes de calendrier ? demanda-t-elle.

J'avais remarqué pendant qu'elle m'assommait avec les détails de cette opération que sa bouche était presque parfaite. Quand elle ne bougeait pas, c'était comme si tout chez elle était tendu, donc je n'avais pas remarqué ses lèvres pulpeuses immédiatement. Mais quand elle commençait à parler, elle oubliait de rester austère. Ses lèvres roses étaient plus que déconcentrantes. Je glissai mes jambes d'un côté de la table avec soulagement, car sans ça elle aurait vu l'état de ma queue. Non pas que j'étais timide avec les femmes, mais Olivia était un challenge et je le savais. Elle ne réagirait sans doute pas positivement à des avances osées. Je la regardai droit dans les yeux en essayant de me rappeler sa question.

— Pardon ?

— L'opération. Est-ce que vous êtes prêt à planifier l'opération pour dans deux jours ? demanda-t-elle lentement, une pointe d'agacement dans les yeux.

— Olivia.

J'adorais prononcer son nom et je fis une pause pour le savourer. Quand elle haussa un sourcil, je souris.

— Dès que c'est bon pour vous, c'est bon pour moi.

Chapitre Deux

OLIVIA

Je regardai Liam Reed et je dus me retenir de ne pas lui rendre son sourire. Il était terriblement beau avec ses cheveux noirs lisses, ses grands yeux bleus, son visage fin et son corps si musclé que j'avais du mal à détourner le regard. Je travaillais avec des sportifs depuis mon internat. J'étais très habituée à rencontrer des hommes terriblement beaux qui s'attendaient à ce que toutes les femmes se jettent à leurs pieds. D'habitude, je ne les trouvais pas si attirants que ça, et je trouvais leur personnalité repoussante. Liam était complètement différent. Au moment où il avait posé les yeux sur moi, mon corps s'était tendu, une chaleur naissant dans mon centre et voyageant dans mes veines. J'étais traversée d'une énergie nerveuse et agacée.

Donc je me mordis la lèvre et posai la tablette, cliquant sur quelques écrans. Je n'avais en aucun cas besoin de faire ça, mais je regardais les résultats d'IRM encore une fois. La médecine était toute ma vie, et ça prenait une grande partie de mon temps, de mon énergie et de ma capacité intellectuelle depuis que j'avais commencé mes études. J'aimais connaitre tous les détails de chacun de mes dossiers. Mon attention infaillible aux détails était parfaite pour ma spécialité, la chirurgie orthopédique. Je n'avais jamais prévu de travailler avec des athlètes, mais c'était là que je m'étais retrouvée. J'avais eu mon diplôme avec mention et j'avais pris un poste tout de suite après à la clinique de Seattle Sports Orthopedics. À vingt-neuf ans, j'étais le docteur le plus jeune de l'équipe et je m'efforçais sans relâche de prouver ma valeur. Même si j'adorais la partie chirurgie de mon boulot, ma personnalité ne collait pas vraiment avec la plupart de nos patients. La réputation de la clinique reposait sur les résultats remarquables que nous cultivions, donc nos services coûtaient très cher. Ce qui voulait dire que nous traitions surtout des athlètes professionnels. Pour apaiser mes sentiments mitigés sur le fait de ne traiter que les patients les plus riches, je faisais du volontariat dans une clinique locale, pour les patients sans assurance quelques weekends par-ci par-là.

Le cas de Liam était une procédure assez simple, mais j'étais stressée. C'était l'athlète le plus connu qui ait jamais passé ma porte, et il faisait un drôle d'effet à mon corps. Je n'étais pas prude. Bon sang, j'étais docteur. Mais je m'ennuyais toujours beaucoup au lit. Je n'avais pas le temps de sortir avec quelqu'un et je ne voulais pas trouver le temps. Et là, j'avais monsieur Footballeur-Sexy assis dans mon bureau à m'appeler par mon prénom avec une étincelle dans les yeux. Je cliquai sur l'écran pour regarder les résultats d'IRM encore une fois. Je pouvais tenir. La réaction folle de mon corps finirait par passer.

Mes yeux se heurtèrent aux yeux bleu brillant de Liam, et mon souffle se coinça dans ma gorge. De quoi parlions-nous ? La planification de son opération. C'est vrai.

Je déglutis et ajustai mes lunettes, écartant une mèche de cheveux.

— Dans ce cas, je vous mets en tout début de journée.

Il hocha la tête.

— Très bien. C'est quoi le début de journée pour vous, ma belle ?

Il allait devoir arrêter de parler. Ça m'énervait déjà qu'il m'appelle « ma belle », mais une partie de moi, une partie dont j'ignorais l'existence, aimait ça. Cet accent anglais lâchait des papillons dans mon ventre. Je sentis mes joues rougir et j'étais vraiment agacée que ma peau réagisse à toutes les provocations.

— 6 h du matin. Ce sera l'heure à laquelle on vous attendra, et on opérera à 8 h.

J'avais la voix tendue, et j'espérais qu'il ne le remarquerait pas. Il me connaissait à peine, comment pourrait-il voir la différence ?

— Parfait. C'est qui on ?

Ses yeux soutenaient simplement les miens d'un regard joueur, et je perdis le fil de ce que je venais de dire.

— On ? demandai-je.

— Vous avez dit « on » opérera. Ce n'est pas vous la chirurgienne ?

— Oh, si. Mais il y aura toute une équipe. Moi, l'anesthésiste, un infirmier et d'autres.

Il arqua un sourcil.

— Je vois. Tant que vous êtes la seule personne qui touche à mon genou.

Encore une fois, je vis une étincelle dans ses yeux qui trahissait son assurance, comme quand j'avais parlé de la lésion quelques minutes plus tôt. Je ressentais une vague de compassion pour lui, mon cœur se serrant un peu. Il y avait quelque chose chez moi qui me disait qu'il doutait rarement de lui-même, sur quoi que ce soit. Cette minuscule fenêtre sur sa vulnérabilité me touchait. Soudainement, je réalisai que j'étais assise à le fixer du regard, et je me secouai mentalement. *Concentre-toi, Olivia. Concentre-toi.* Je hochai fermement la tête, forçant mon esprit à se réveiller.

— Bien sûr. Le reste de l'équipe est là en renfort. Mais je m'occupe de la chirurgie. Peut-être qu'on devrait prendre un peu plus de temps pour parler des...

Il secoua fermement la tête.

— Je préfère ne pas entendre les détails. Réparez mon genou, c'est tout. C'est la seule chose que je vous demande.

Son anxiété à propos de son genou était tristement évidente, et ça me serra le cœur encore une fois. Ça m'aidait aussi à m'accrocher un peu à ma santé mentale. Personne ne veut avoir à s'inquiéter de perdre une fonction motrice au niveau d'un tendon, mais un athlète de haut niveau ? C'est un tout autre niveau d'inquiétude.

— J'insiste sur ce que j'ai dit plus tôt : la lésion n'est pas trop importante. Je suis optimiste sur le fait que vous vous en remettiez complètement après votre rééducation. Il va falloir être très strict sur vos séances de kiné et...

Le sourire de Liam réapparut, une force si puissante que mon pouls s'affola.

— Olivia, commença-t-il, d'un ton qui contenait une pointe d'arrogance, juste assez pour que je sente mon ventre vibrer. Je ferai absolument tout ce que vous me dites de faire. Ne vous inquiétez pas pour ça.

Je dus littéralement me mordre l'intérieur de la joue pour me retenir de sourire. J'étais dans tous mes états et me retournai sur mon tabouret pour ouvrir ma boite mail sur l'ordinateur, écrivant à Jane qui s'occupait de mon emploi du temps de chirurgie. Un frisson me traversa la colonne vertébrale, et je savais sans même le regarder que Liam s'était levé et s'avançait vers moi.

Je me retournai encore une fois et le vis faire un pas de plus. Il était impossible de voir s'il souffrait ou non, car il ne montrait rien, appuyant la majorité de son poids sur sa bonne jambe. Même avec une trace de boue sur la joue et un genou temporairement blessé, Liam Reed était la définition de charme et sex appeal sauvage. Son corps était une œuvre d'art. Je n'y avais jamais vraiment pensé avant, mais je réalisai à ce moment-là que j'avais une vraie préférence pour le physique des joueurs de football. Il était fin et musclé, et se déplaçait avec élégance et légèreté. Quand j'avais reçu l'appel d'urgence du bureau des Seattle Stars, qui m'annonçait que l'un de leurs joueurs anglais connus était en chemin vers la clinique, j'avais rapidement tapé le nom de Liam sur Internet. Je n'avais rien cherché de particulier à part son CV sportif parce que c'était tout ce que j'avais besoin de savoir.

Il était considéré comme l'un des meilleurs milieux de terrain du monde. Il avait mené sa dernière équipe au Royaume-Uni jusqu'à la finale de la Premier League dès sa première année. Les nouvelles sportives de Seattle ne parlaient que du fait que les Seattle Stars avaient fait une affaire de folie en signant Liam et trois autres joueurs anglais d'un seul coup. J'étais habituée à m'occuper d'athlètes, mais Liam était sans doute le joueur le plus connu de Seattle. J'avais subi un petit sermon avant de le rencontrer, de la part du médecin de l'équipe. Je réalisai soudainement que je le fixais du regard. Assise sur mon tabouret haut, j'étais à peu près à la hauteur de son visage. Avant même que je ne comprenne ce qu'il se passait, Liam tendit la main pour attraper le bord de mon tabouret et me fit rouler vers lui, ces fichues roues ignorant toute résistante interne que je ressentais.

J'étais soudainement à quelques centimètres de lui, et je n'arrivais pas à reprendre mon souffle. Il dégageait une force facile, si propre à qui il était qu'elle était presque invisible, excepté la puissance de ses muscles. Ses yeux observèrent mon visage tandis que j'étais figée sur place. D'habitude, si un patient s'approchait autant de moi, je reculais rapidement. Mais tout chez Liam me déstabilisait. Mon cœur battait la chamade et mes joues rougissaient encore une fois. Avant que je ne réalise ce que je faisais, je levai la main pour ajuster mes lunettes, un tic nerveux dont j'étais incapable de me débarrasser.

— J'aime beaucoup vos lunettes, dit Liam d'une voix claire, brisant ainsi le silence.

Incapable de répondre, je hochai simplement la tête. Il pencha la tête d'un côté.

—Je pense que je ne suis pas censé faire ça, mais je ne peux pas m'en empêcher.

Alors que mon esprit courait dans tous les sens pour essayer de comprendre ce qu'il entendait par « ça », il tendit la main et retira mes lunettes. Il les posa délicatement sur le comptoir à côté de nous. Je déglutis en essayant de calmer les battements de mon cœur. J'avais envie de croiser les bras pour créer une barrière entre nous, pour me protéger du sentiment de vulnérabilité qui s'emparait de moi. Ce n'était pas comme si je pouvais vraiment me cacher derrière mes lunettes, mais c'était une couche de plus, et elles n'étaient plus là. Une boucle qui s'était emmêlée sur la branche de la monture, près de ma tempe, se libéra et rebondit sur ma joue. Il enroula la mèche autour de son index, un sourire étirant les coins de sa bouche. Mon cœur battait fort et vite, j'étais surprise de ne pas m'effondrer sous les vibrations de mon corps.

Je n'arrivais pas à détourner le regard. Un feu se répandait dans mes veines et l'air était électrique d'une force qui nous englobait. Que se passait-il, bon sang ? J'avais besoin de mettre fin à ce moment très vite, mais je n'y arrivais pas. La seule chose que je voyais, c'était une image floue des yeux bleus de Liam et la pointe de malice qui s'y cachait, alors que je devais serrer les cuisses pour calmer le tambour qui s'y installait.

Il tira sur ma boucle, l'étirant avant de la lâcher et qu'elle rebondisse encore une fois sur ma joue.

— Olivia, dit-il, presque perdu dans ses pensées.

Soudainement, je réussis à retrouver un peu de ma sanité et je m'accrochai au bord du comptoir pour me pousser en arrière, les roues m'entrainant rapidement.

— Qu'est-ce que vous faites ?

Ma voix paraissait grinçante. Je détestais m'entendre comme ça. J'étais dans tous mes états et toute rouge, j'avais chaud en dedans et en dehors. Je ne supportais pas de ne pas avoir le contrôle comme ça, et je n'en avais vraiment pas l'habitude.

Liam ne semblait en aucun cas perturbé et haussa simplement une épaule.

— Je voulais voir quel goût tu avais.

Si je pensais que j'avais chaud avant ça, je découvrais maintenant une nouvelle définition. Même si j'étais censée penser qu'il était fou, je me demandais quel goût il aurait aussi, et bien pire encore, je me demandais ce que ça ferait de le voir me goûter. Bon sang. Cet homme me rendait folle.

— Vous ne pouvez pas... commençai-je à dire avant de secouer la tête vivement.

— Pourquoi pas ? J'ai envie de toi. Tu n'es pas sûre de me vouloir, mais tu es curieuse. Oh, je sais que tu es curieuse, ma chère Olivia.

Sa bouche s'arrondit en un coin, créant une fossette.

Je me forçai à détourner le regard, car ça devenait une dangereuse affaire que de le regarder.

— Je ne peux pas... On ne peut pas faire quoi que ce soit du genre. Je suis votre docteur et je suis sur le point d'opérer votre genou. Vous ne pouvez pas... Vous devez arrêter tout de suite.

Je sentis son haussement d'épaules, même si je me tournai dos à lui. Mes yeux se posèrent sur mes lunettes, et je tendis la main pour les remettre.

— On est adultes. Si c'est la seule chose qui vous dérange, docteur Bowen, je vous propose de passer un marché. Attendons après l'opération.

Je n'aimais pas à quel point je perdais le contrôle. Agacée, je me retournai.

— On n'attend rien du tout. Si vous pensez que je vais me jeter dans vos bras parce que vous êtes une sorte de dieu du soccer...

Un éclair d'agacement traversa son visage.

— Football ! C'est du football.

J'agitai la main pour l'ignorer, m'accrochant à l'agacement que je ressentais face à mon état actuel.

— Vous savez ce que je veux dire. Bref, je suis sûre que vous avez l'habitude que les femmes se jettent à vos pieds, mais je ne suis pas comme ça. Je ne fais pas ce genre de choses. Honnêtement, je trouve le sexe particulièrement ennuyeux. Je suis sûre que vous me trouvez nouvelle et intéressante, mais ça n'en vaut pas la peine.

Laissez-moi faire ce que je fais de mieux : vous remettre en état de marche. Là, je ne sais pas ce que vous pensez être en train de faire, mais il faut que ça s'arrête.

Le regard joueur disparut de ses yeux, et il eut l'air réellement surpris. Bien. Il allait falloir qu'il recule d'un pas. J'étais capable de contrôler mon idiot de corps, mais ce serait bien plus simple s'il gardait les mains dans les poches.

— Tu t'ennuies pendant le sexe ? demanda-t-il d'un ton choqué.

Je n'essayai même pas de lever les yeux au ciel.

— C'est le mauvais côté de la médecine, du moins pour moi. Je vois des corps tout le temps, y compris plein d'hommes tout aussi musclés que vous.

Je décidai de ne pas parler du fait qu'il m'avait presque mise à terre quelques minutes plus tôt.

— Le sexe est un outil de procréation, c'est tout. J'ai essayé, et je n'ai pas trouvé ça époustouflant, dis-je en closant le sujet.

Je le pensais, mais dès que les mots quittèrent ma bouche, je me demandai ce que ce serait de coucher avec Liam. Il n'avait fait qu'exister dans la même pièce que moi – blessé et clairement dans un état moindre par rapport à d'habitude – et il m'avait déjà fait ressentir des choses toutes nouvelles. Je ne pouvais pas m'autoriser à y penser.

Liam écarquilla les yeux pendant que je parlais. Il secoua la tête, perdu. Alors que je restais là en silence, mon ventre se serra encore une fois en voyant l'étincelle dans ses yeux.

— Tu peux être certaine que je ne vais pas laisser tomber, ma belle, dit-il avec cette pointe d'arrogance qui me faisait un effet étrange.

Ma bouche s'assécha en voyant le regard dans ses

yeux, et je sentais la mouille entre mes cuisses. Je déglutis.

— Quoi, qu'est-ce que ça veut dire ?

— Tu ne peux pas passer le reste de ta vie à penser qu'on s'ennuie pendant le sexe. Il faut qu'on change ça.

Pour un homme blessé, il bougeait à la vitesse de la lumière. Il tendit le bras et attrapa mon tabouret à nouveau. En un instant, j'étais à quelques centimètres de lui, mon cœur battant si fort que j'avais peur qu'il puisse l'entendre.

— Peut-être qu'on ne devrait pas faire ça, mais ça te donnera quelque chose à imaginer pour après mon opération.

Il écarta une mèche rebelle de ma joue et plongea la tête. Ses lèvres se collèrent aux miennes et un éclair d'électricité me traversa si fort que je gémis. Bon sang qu'il embrassait bien. Il prit son temps, caressant mes lèvres de baisers doux, mordant ma lèvre inférieure, plongeant sa langue dans ma bouche en un soupir. À un moment, sa main s'emmêla dans mes cheveux et il s'installa entre mes jambes. Son corps était tout de muscles et de force. Je sentais la bosse de son excitation contre moi et je gémis dans sa bouche quand il colla ses hanches aux miennes. Une pointe de plaisir me traversa au niveau de ce point de contact subtil. J'en voulais plus. Tout de suite. Mais il ne me donna rien. Il resta immobile et continua de m'embrasser. La caresse de sa langue sur la mienne me rendait folle. Je ne réalisai pas que j'avais posé ma main sur son torse, savourant le toucher de ses muscles, tout en me cambrant contre lui, le suppliant de m'en donner plus. Puis il ralentit le baiser et recula doucement. Il leva la tête, et je me retrouvai soudainement horrifiée.

Je venais d'embrasser l'un de mes patients, juste là, dans ma salle d'examen. Sur une échelle d'un à dix des pires idées possibles pour ma carrière, c'était un dix assuré. Mes yeux rencontrèrent les siens. Il avait l'air aussi surpris que moi. Il secoua un peu la tête avant de reculer prudemment. Par réflexe, je tendis le bras pour le stabiliser, consciente qu'il fallait qu'il fasse attention à son genou blessé.

Ses épaules montèrent et descendirent avec une profonde inspiration. Soutenant toujours mon regard, il hocha la tête, presque pour lui-même.

— Eh bien, Olivia, commença-t-il à dire d'un ton amusé. Ça devrait te donner quelque chose à imaginer. Ose me dire que tu t'es ennuyée.

Chapitre Trois

LIAM

— Bordel! jurai-je en essayant de me mettre sur la pointe des pieds pour attraper une banane posée sur le réfrigérateur.

Je ne cessais d'oublier que mon épaule était douloureuse, et je me sentais bête à chaque fois que j'oubliais. Avec une tasse de café dans ma main libre, je me retournai pour la poser alors qu'Alex entrait dans la cuisine derrière moi et attrapait la banane avant de me la tendre sans un mot. Il se servit une tasse de café et s'installa à la table de la cuisine. Tout comme à Londres, Alex et moi vivions ensemble ici. Dans ce que les Américains appelaient un condo. Ce que nous appelions un appartement au Royaume-Uni. C'était plus simple et moins cher de louer quelque chose ensemble. J'épluchai ma banane et m'assis en face de lui. Il prit une gorgée de café alors que je mangeais ma banane en silence. J'étais de mauvaise humeur aujourd'hui. Cela faisait 24 h que j'avais embrassé Olivia et j'étais plutôt certain d'avoir perdu la tête. Oh, je voulais la goûter, comme je l'avais dit. Mais mon estimation de ce que ça me ferait de l'embrasser avait été complètement fausse. Je pensais que ce serait juste un petit bisou marrant.

Marrant ne décrivait en aucun cas ce que ça m'avait fait d'embrasser la belle Olivia. Brûlant et incroyable étaient des mots qui décrivaient mieux ce baiser. Il y avait quelque chose en elle qui me frappait de façon étrange. Au moment où elle avait dit qu'elle s'ennuyait toujours au lit, c'était comme si elle avait jeté de l'huile sur le feu. J'adorais les challenges et je n'avais aucune intention de laisser Olivia m'échapper. Sa personne en soi était un challenge, mais elle m'avait vraiment lancé un défi avec cette information supplémentaire. J'adorais gagner un pari. Puis je l'avais embrassée. J'avais réussi à garder la tête sur les épaules et à plaisanter après, mais j'avais l'impression d'être sur le cul depuis ce moment.

Honnêtement, je n'étais pas dans mon assiette depuis la mort de ma mère. Ça faisait trois mois maintenant et je ne savais pas quand je commencerais à me sentir moi-même. Ma famille était proche. On avait toujours été proches. J'étais l'ainé d'une fratrie de trois garçons. Nous étions proches en âge ; j'avais trente ans, Carter en avait vingt-sept et Leo vingt-six. Mon père était toujours en vie et en bonne santé, mais la mort de ma mère était très difficile à vivre pour lui aussi. Mes parents s'étaient rencontrés au collège et il l'embêtait en permanence donc elle le détestait. Puis ils s'étaient retrouvés dans la même université et ils étaient tombés follement amoureux. Son AVC avait été un tremblement de terre pour notre famille. Je sentais encore les ondes de choc.

La seule chose qui m'apportait un peu de réconfort était le foot, donc j'avais insisté pour jouer les matchs qui avaient suivi sa mort, quand nous étions encore en Angleterre. J'avais tenu jusqu'au dernier match même si j'étais complètement ailleurs. J'avais raté quelques passes décisives. En un clin d'œil, mon agent m'annonçait que la meilleure offre sur la table était celle des Seattle Stars. Je regardai Alex qui détourna le regard de la fenêtre pour rencontrer le mien.

— Comment va le genou ? demanda Alex.

Sa question m'agaça, simplement parce que ça me rappelait dans quel état j'étais. Sur le banc pendant quelques mois, dans le meilleur des cas.

— Un peu mieux qu'hier.

Il hocha doucement la tête.

— Le docteur Bowen a l'air sympa.

La sensation des lèvres d'Olivia sur les miennes me traversa la tête. Sympa n'était pas le mot que j'utiliserais.

— Oui. Le docteur Monroe dit qu'elle est la meilleure du coin.

Alex sourit.

— Il était dans tous ses états quand elle lui a demandé de partir. Je lui ai dit de suivre le mouvement.

Je ne pus m'empêcher de rire un peu. Comme nous n'étions arrivés chez les Stars qu'un mois plus tôt, j'apprenais encore à connaitre les coachs et la direction. Le docteur Monroe avait un balai dans le derrière et avait l'air du type d'homme qui avait l'habitude qu'on lui obéisse. Olivia se fichait complètement de ses directives et ça me plaisait.

— J'ai bien vu. Je crois qu'il pensait qu'elle allait lâcher le morceau, mais non.

Le regard d'Alex se refroidit.

— Elle t'a appris quelque chose de nouveau ?

— Nan. Elle a dit que la lésion n'était pas trop grave, et a l'air plutôt certaine de pouvoir me remettre sur pied en quelques mois. Elle est tout aussi autoritaire que lui. Elle m'a fait un peu la morale sur les séances de kiné d'après opération, dis-je avec un sourire.

Alex termina son café et me fit un clin d'œil.

— Pas sûr que ce soit une super idée de draguer ton docteur, mec.

J'avais toujours été dragueur et Alex le savait très bien. Je lui lançai un regard et haussai les épaules.

— Tu me connais. Je ne peux pas m'en empêcher.

Alex se leva et s'étira avant de se diriger vers l'évier pour poser sa tasse de café vide. Il avait un entrainement dans peu de temps, ce qui fit monter une vague d'anxiété dans ma poitrine. Je détestais ne pas pouvoir jouer. J'aurais voulu que mon opération soit aujourd'hui, pour être avancé d'une journée de plus dans ma rééducation. Le football était l'ancre de ma vie. Sans ça, je ne savais plus où me mettre et j'étais perdu.

Alex se tourna, croisant les bras et s'appuyant contre le comptoir.

— Peut-être que tu ne peux pas t'en empêcher, mais je n'ai pas l'impression que le docteur Bowen soit ton genre. Laisse-la faire ce qu'elle fait de mieux : s'occuper de ton genou. Tu as bien assez de femmes à tes pieds. C'est encore pire ici qu'à Londres, dit-il en levant les yeux au ciel.

— J'ai l'intention de choisir moi-même avec qui je flirte, merci bien. C'est toi qui devrais profiter des femmes d'ici.

Je ne pouvais m'empêcher d'être un peu grossier. Alex me connaissait bien, mieux que n'importe qui. Il ne savait sans doute pas que j'étais allé un peu plus loin que de la drague avec Olivia. Il ne savait sans doute pas non plus à quel point elle me mettait à genoux. Mais il savait que quelque chose clochait chez moi. D'où ma grossièreté. Alex était mon meilleur ami, ce qui ne voulait pas dire que j'étais toujours ravi que quelqu'un me connaisse aussi bien. Je préférais avoir l'impression d'avoir le contrôle et, ces temps-ci, tout dans ma vie me disait l'inverse. Entre la mort de ma mère, le déménagement à Seattle, et maintenant mon genou. Ce que j'espérais être un moment de contrôle s'était révélé être tout l'inverse. Ce baiser avec Olivia m'avait retourné la tête. Et maintenant, j'en voulais plus.

Chapitre Quatre

OLIVIA

Je fermai mon manteau de pluie et marchai rapidement sous les gouttes lourdes. Une fois de l'autre côté de la pièce, je passai la porte du Desert Isle Café. Je retirai ma capuche et secouai un peu mon manteau avant de jeter un œil dans la salle. Mes lunettes se recouvrirent de buée immédiatement, frappées par le contraste de l'air chaud, et je me retrouvai dans un halo de flou. Je les retirai et les essuyai sur le bord de ma jupe avant de les remettre. L'odeur des viennoiseries et du café s'empara de moi.

— Olivia, ici !

Je suivis la voix du regard et trouvai ma meilleure amie, Daisy Knight, assise à une table dans un coin, qui me faisait un signe de main. Je lui fis coucou en retour et me dirigeai vers le comptoir. Ma balade jusqu'ici m'avait refroidie et il me fallait un café pour me réchauffer. Quelques instants plus tard, je traversai la salle de ce café bondé et m'installai en face de Daisy. Je connaissais Daisy depuis l'école primaire. Elle leva les yeux de son ordinateur et me sourit d'un air chaleureux et accueillant. Daisy portait bien son nom : elle était joyeuse, chaleureuse et un peu fantaisiste. Avec ses cheveux blonds, ses yeux marron foncé et sa silhouette toute en courbes, elle était absolument splendide, mais elle était aussi l'une des personnes les plus gentilles que je connaisse. Daisy et moi avions fait nos études de médecine ensemble, mais elle s'était orientée vers la recherche quand je m'étais orientée vers la chirurgie. Et, quels que soient nos emplois du temps, qui étaient toujours bien pleins, nous prenions un café ensemble toutes les semaines. Le Desert Isle Café était l'un de nos cafés préférés, son nom était un doigt d'honneur à la météo toujours pluvieuse de Seattle et ce café faisait l'effet d'une oasis pendant les jours de pluie.

Daisy sauvegarda le document sur lequel elle travaillait puis ferma son ordinateur, le glissant dans son sac à bandoulière avant de poser les yeux sur moi.

— Salut salut, ça va ?

J'enroulai mes mains autour de ma tasse de café fumante, soupirant de soulagement alors que je me réchauffais.

— Mis à part le fait que je suis gelée, ça va.

Daisy prit une gorgée de son café, son regard perspicace m'observant.

— Laisse-moi deviner, tu n'as pas regardé la météo et tu portes ta tenue d'hôpital. Dieu merci, je n'ai pas à porter ces blouses tous les jours pour mes recherches.

Je ris doucement. Daisy me connaissait bien. Je travaillais beaucoup, et je ne m'embêtais pas à organiser ma vie.

— Il ne se passe jamais grand-chose dans ma vie, tu sais, contrai-je en levant les yeux au ciel.

Au moment où les mots quittèrent ma bouche, je pensai au baiser de Liam hier, et une chaleur s'empara de mes joues.

Daisy pencha la tête sur le côté.

— Pourquoi tu rougis ?

Je pris une gorgée de mon café et la regardai.

— Pour rien.

Elle haussa les épaules. Je soupirai intérieurement, en me disant qu'elle allait changer de sujet. J'étais naïve. Daisy avait un don pour remarquer ce qui m'embêtait.

— Qu'est-ce que j'entends dire sur Liam Reed ? Les journaux sportifs disent que c'est toi qui t'occupes de son genou blessé, dit Daisy avec un sourire malin.

Je m'adossai à ma chaise et essayai de contrôler mon visage pour ne pas rougir encore plus.

— Tu déconnes ! C'est vraiment dans les journaux ?

— Bien sûr que c'est dans les journaux. C'est le joueur de foot canon arrivé d'Angleterre. Il n'est pas célèbre qu'ici, il est célèbre partout.

Elle dut avoir un peu pitié de moi en voyant mon expression, car elle secoua doucement la tête.

— J'ai entendu ça à la radio en allant au boulot ce matin. Les gars du programme sportif ont passé vingt minutes à parler de sa blessure. Je ne comprendrai jamais pourquoi on parle plus d'un joueur de foot que de la pauvreté dans le monde, mais bon, c'est le monde dans lequel on vit. Bref, ils ont dit qu'il avait été pris en charge par le docteur Bowen à ta clinique. Donc je suis presque sûre que c'est toi.

Je pris une autre gorgée de café avant de prendre une grande inspiration. D'habitude, je ne pensais même pas à la pression que c'était d'opérer des athlètes, mais l'effet que Liam me faisait me secouait au plus profond de mon âme.

— Évidemment que c'est moi. Bien sûr, je ne peux pas en parler, marmonnai-je, sachant très bien que la clinique avait déjà obtenu le droit de parler de Liam et de l'équipe autant qu'ils voulaient.

C'était comme ça que ça fonctionnait ici. Si des sportifs célèbres voulaient qu'une blessure ayant le potentiel de mettre fin à leur carrière soit miraculeusement arrangée sous le scalpel de l'un des chirurgiens de la clinique, ils étaient obligés de signer un accord autorisant la clinique à faire des communiqués de presse sur leur rééducation. Je parlais rarement de mes patients, sauf dans les cas où on me demandait de faire une annonce publique sur le temps de rééducation et ce genre de choses.

Daisy savait très bien tout ça et leva presque les yeux au ciel.

— Je me fiche bien de son genou. Je me demande juste pourquoi tu n'arrêtes pas de rougir.

S'il y avait bien quelqu'un capable de m'aider à garder la tête sur les épaules à propos de Liam, c'était Daisy. C'était une amie proche, et la seule amie que j'avais avant que mes parents ne meurent. Quand j'avais dix ans, mes parents étaient morts ensemble dans un accident de voiture en chemin pour une soirée de Noël. Encore aujourd'hui, je détestais les fêtes de fin d'année. La sœur jumelle de ma mère, Lorraine, m'avait élevée après l'accident. Elle était aimante et gentille, mais elle était autant perdue que moi après la mort de mes parents. Elle et ma mère étaient très proches. Lorraine vivait dans la petite ville où Daisy et moi avions grandi, à quelques minutes de Seattle. Excepté Daisy et quelques autres amis, c'était la seule personne dans ma vie dont j'étais proche. J'étais ce que beaucoup de gens appelleraient une introvertie. Je ne savais pas si j'étais déjà comme ça avant la mort de mes parents. Daisy insistait sur le fait que j'étais un peu moins fermée avant. Dans tous les cas, créer des relations intimes n'était pas une chose facile pour moi.

Je regardai Daisy et rougis encore plus en voyant l'éclat dans ses yeux.

— Je rougis parce qu'il semblerait que Liam Reed pense pouvoir me séduire. Je ne sais pas ce qu'il lui prend, lâchai-je.

Daisy écarquilla les yeux, et je ressentis une pointe de satisfaction en me rendant compte que je l'avais surprise. Elle se remit rapidement et sourit.

— Eh bah, il était temps. Tu es absolument magnifique. Je suis sûre que beaucoup de tes patients aimeraient bien aller plus loin. Ça fait plaisir de savoir que le gars le plus canon de la ville a le bon sens de remarquer à quel point tu es géniale.

Je mis mes mains sur mes joues comme si je pouvais les refroidir.

— Tu es folle ?!

Daisy haussa les épaules.

— Vraiment pas. Il va vraiment faire avancer ta carrière. Remets son genou à neuf et, après ça, saute-le. Peut-être que tu t'amuseras pour une fois dans ta vie.

Je la fixai du regard, tiraillée entre plusieurs envies dans ma tête. Il y avait le côté habituel qui avait envie de lui dire qu'elle avait complètement perdu la tête. Puis il y avait ce nouveau côté, celui que je ne connaissais pas bien, qui se disait que sauter Liam serait peut-être la meilleure idée que j'aurais jamais. Rien que le fait d'y penser déclencha une chaleur brûlante dans mon centre, et mon intimité se mit à vibrer. *Tu n'aimes pas le sexe. Compris ? Ce n'est pas comme si tu n'avais jamais essayé. Peut-être, mais pas avec Liam. Un simple baiser de sa part était déjà incroyable.* Si j'avais pu gifler la voix dans ma tête, je l'aurais fait. C'était une folie, pure et simple. Je m'accrochai à l'autre partie de ma tête, celle qui était raisonnable.

— Je n'ai pas besoin de m'amuser. Et certainement pas avec un patient connu, dis-je, sur la défensive.

Daisy leva les yeux au ciel.

— Il faut que tu te détendes surtout. J'ai vu des photos. Liam Reed est ultra-sexy. La plupart des femmes jouiraient sans doute en le voyant nu. Et pour le fait que ce soit ton patient... attends après l'opération, meuf, dit-elle avec un clin d'œil diabolique.

J'attrapai une serviette en papier et la jetai vers Daisy, elle rebondit contre son épaule et atterrit sur la table entre nous.

— Tu arrêtes, oui ?! C'est complètement fou et tu le sais. En plus, tu sais ce que je pense du sexe. Je suis sûre qu'il n'y a rien de plus ennuyeux qu'une partie de jambes en l'air avec une star du foot arrogante.

Daisy leva les yeux au ciel encore une fois.

— Ce n'est pas comme si tu avais vraiment essayé. Tu es sortie avec trois gars à la fac, c'est ça ? Tu devrais réessayer.

Daisy était tout l'inverse de moi quand il s'agissait de sa vie romantique. Elle cherchait l'homme parfait et ne s'en cachait pas du tout. Je savais que derrière son exubérance il y avait une personne douce avec un grand cœur, mais parfois sa témérité m'inquiétait. J'étais surtout surprise parce que je trouvais honnête-ment le sexe plutôt ennuyeux, assez ennuyeux pour que je n'aie pas envie de faire d'effort pour en trouver. Peut-être que je n'avais simplement pas été chanceuse. Ce n'était pas des mauvais gars, mais ils ne m'avaient en aucun cas fait rêver. Je soutins le regard de Daisy et haussai les épaules.

— Je n'ai pas vraiment le temps, et tu le sais.

Daisy secoua la tête. À ce moment-là, la clochette

au-dessus de la porte du café sonna. Je regardai par réflexe et mon pouls partit en furie. Liam passa la porte, suivi de l'homme qui l'avait accompagné dans la salle d'attente hier. Je remarquai à peine le deuxième gars, mes yeux dévorant déjà Liam. Ses cheveux noirs étaient mouillés de pluie. Il ne portait même pas de manteau de pluie, et son t-shirt à manches longues épousait ses épaules musclées. Je ne savais pas comment c'était possible, mais, même en boitant un peu, cet homme était si sexy qu'il me coupait le souffle. Il se retourna, ses yeux trouvant les miens depuis l'autre bout de la pièce, faisant vibrer tout mon corps.

Le rire de Daisy me força à détourner le regard. Je me retournai vers elle. Si je pensais avoir rougi avant, c'était bien pire maintenant, bien pire. J'avais l'impression d'être en feu.

Chapitre Cinq

LIAM

Au moment où j'entrai dans le café, je sentis qu'Olivia était là. Un frisson remonta ma colonne vertébrale. Je passai une main dans mes cheveux mouillés avant de me tourner doucement, la trouvant dans un coin, à une table avec une autre femme. Les yeux d'Olivia trouvèrent les miens pendant un bref instant. Même dans cette pièce bondée, je sentais sa présence. C'était comme si une flamme m'embrasait depuis l'autre bout de la pièce. Elle détourna le regard au moment où je commençai à lui sourire. Bordel, cette femme déclenchait une tempête en moi.

Alex me donna un petit coup de coude.

— Avance mec. Tu la fixes du regard là.

Je le regardai, trouvant un regard malin. En haussant les épaules, je le suivis jusqu'au comptoir. Alex m'avait trainé jusqu'ici après que l'entrainement matinal eut coupé court à cause de la pluie. L'équipe s'entrainait souvent en intérieur, mais, aujourd'hui, le coach avait renvoyé tout le monde à la maison, pour étudier les vidéos des matchs. Le coach Bernie m'avait ordonné de regarder l'entrainement aujourd'hui et m'avait engueulé d'avoir raté l'entrainement de la veille. J'avais protesté en disant que j'avais une opération prévue demain matin, mais il m'avait simplement regardé en haussant les sourcils. Il ne me demandait en aucun cas de m'entrainer, mais il attendait de moi que je regarde depuis le banc et que je participe à la planification des stratégies avec l'équipe.

Malgré mes sentiments mitigés sur le fait d'avoir été envoyé sur un autre continent pour jouer au foot à l'ouest des USA, j'aimais bien le coach Bernie. Et depuis que j'avais commencé à jouer pour lui, quelques semaines plus tôt, il était devenu mon coach préféré. Il était cassant et dur à cuire, mais ce n'était pas un connard. Cet homme était extrêmement sûr de lui sans une pointe d'arrogance. Je le respectais au plus haut point. Bernard Hoffman était un joueur de fou dans sa jeunesse, une quinzaine d'années plus tôt. Il avait pris sa retraite après trop de blessures dans un accident de voiture, un accident qui lui avait coûté sa femme. Il ne m'avait pas encore dit un mot sur ma mère, mais je sentais bien qu'il savait que ce deuil m'affectait, et qu'il comprenait mieux que n'importe qui. Contrairement à d'autres coachs, je savais qu'il ne me ferait pas jouer trop tôt après ma blessure, mais il me demandait vraiment d'être actif depuis le banc, et d'étudier les vidéos des matchs comme un fou jusqu'à ce que je puisse prendre part à l'action.

Après que le coach nous eut libérés un peu plus tôt, Alex avait insisté sur le fait d'aller prendre un café avant de devoir rentrer sous la pluie pour se taper des vidéos tout l'après-midi. La météo de Londres était notoirement connue pour être plutôt désagréable, mais j'étais presque certain que Seattle était pire. Les rares jours où il ne pleuvait pas, au moins un peu, le ciel était couvert de nuages. Je regardai autour de moi pendant qu'on attendait nos cafés, et j'ignorai deux femmes qui essayaient de nous draguer. Alex était un pro quand il s'agissait d'ignorer un flirt. Il appuya simplement son épaule contre le mur, plongea sa main dans sa poche et resta silencieux. Je n'étais pas habitué à avoir envie d'ignorer une tentative de drague. J'avouerais volontairement que, pour moi, c'était l'un des petits bonus d'être un footballeur célèbre : les femmes du monde entier me connaissaient et se jetaient à mes pieds. Mais à l'instant, ça m'agaçait. Je décidai de sortir mon téléphone de ma poche pour le fixer du regard sans but. En même temps, je me retenais d'aller voir Olivia pour lui dire bonjour.

Quand nos noms furent appelés, Alex attrapa nos cafés et revint à côté de moi. Ses yeux passèrent au-dessus de mon épaule, vers là où Olivia était installée.

— Bon mec, tu ferais mieux de dire bonjour à ton docteur. Ça ne se fait pas de l'ignorer, dit-il avec un clin d'œil.

Je rangeai mon téléphone dans ma poche et pris la tasse de café qu'il me tendait, refusant de répondre à son clin d'œil. Je déglutis puis acquiesçai.

— OK.

Quelques pas plus tard, je m'arrêtai à côté d'Olivia. Ses grands yeux verts se posèrent sur moi, et un sentiment étrange me traversa. Au lieu du plaisir subtil que je ressentais d'habitude quand je trouvais une femme attirante, les deux fois où j'avais été si proche d'Olivia, l'attirance était si forte qu'elle me déstabilisait. Ce n'était pas un simple plaisir passager, c'était un besoin sauvage et pur. Elle ajusta ses lunettes avec un sourire tendu.

— Bonjour, Liam.

Par-dessus le battement de mon cœur, je réussis à

acquiescer et à rassembler assez de neurones pour une répartie détendue.

— Ravi de vous revoir, ma belle... avant de passer sur la table.

Voilà. Mes habitudes de drague aidaient. Ses joues rosirent et je mourais d'envie de l'embrasser.

La femme à côté d'Olivia sourit joyeusement, ses yeux passant d'Alex à moi.

— Voilà donc les Anglais qui jouent pour Seattle. Un grand plaisir de vous rencontrer tous les deux.

Je réussis à arracher mes yeux d'Olivia. La femme en face d'elle aurait attiré mon attention d'habitude, avec ses cheveux blonds dans un chignon propre, ses grands yeux marron et ses courbes emmagasinées dans un chemisier serré et une jupe. Mais j'aurais pu regarder un mur blanc, mon corps aurait eu la même réaction. Alex, qui détestait l'attention qui venait avec le statut de footballeur international, rougit un tout petit peu. Si je ne le connaissais pas depuis toujours, je n'aurais sans doute pas remarqué. Il changea de position et prit une gorgée de café. Quand la femme assise avec Olivia haussa un sourcil, je réalisai qu'aucun de nous n'avait pris la peine de répondre.

— C'est gentil. Liam Reed, dis-je avec un sourire répété et un hochement de tête. Et voici Alex Gordon. Il ne parle pas beaucoup, mais il joue comme un dieu.

C'était souvent comme ça que je présentais Alex, ce qui avait tendance à l'agacer assez pour qu'il ouvre la bouche.

Il hocha la tête.

— Alex, dit-il en grognant.

Ses yeux se posèrent sur Olivia.

— Docteur Bowen, vous vous occuperez bien du genou de mon meilleur pote demain, hein ?

Olivia regarda Alex.

— Bien sûr !

Elle eut l'air surprise par ce commentaire.

— Bien sûr. Olivia est la meilleure chirurgienne orthopédique que vous trouverez ici, dit son amie fermement.

Olivia rougit encore et leva les yeux au ciel.

— Je ferai de mon mieux, dit-elle doucement.

Elle regarda Alex, puis moi, et désigna la femme assise en face d'elle.

— Voici Daisy Knight. Une très bonne amie à moi.

— On est meilleures copines, dit Daisy avec un sourire.

Je réussis à prendre part aux quelques minutes de conversation qui s'ensuivirent comme une personne normale, même si j'étais complètement retourné à l'intérieur. La présence d'Olivia semblait avoir un pouvoir terrassant sur moi. Cela, mélangé au commentaire d'Alex sur mon opération, m'avait complètement retourné. Je faisais tout ce que je pouvais pour ne pas penser à mon genou. Ça allait bien se passer. Olivia l'avait dit. J'écartai ces pensées et essayai de me concentrer sur elle. Depuis qu'elle avait dit qu'elle trouvait le sexe ennuyeux, j'imaginais à quel point ce serait bien avec elle. Car je l'aurais un jour. D'une façon ou d'une autre. Peu importe à quel point ça me déstabilisait d'être près d'elle, je ne pouvais pas ignorer un challenge, pas quand je suspectais que ça me mènerait à la meilleure partie de jambes en l'air de ma vie.

Je n'avais pas réalisé que je n'écoutais plus avant que Daisy ne dise quelque chose qui attira mon attention.

— Vous voulez dire que vous n'êtes pas encore allés voir la Space Needle ? C'est réglé, après qu'Olivia aura fait des miracles sur votre genou, on ira.

Alex changea d'appui sur ses pieds, et je savais très

bien qu'il se disait qu'il préfèrerait éviter. Je m'en fichais. N'importe quelle occasion de passer du temps avec Olivia était un grand oui pour moi.

— Parfait. On adorerait ça, dis-je.

Je regardai Alex et le vis hausser les épaules, mal à l'aise. Il ne faisait pas souvent ce genre de choses.

— Il faut qu'on voie plus de Seattle. On n'a vu que le centre et notre stade.

Je regardai Olivia et la trouvai en train de jouer avec une serviette. Ses cheveux sombres semblaient plus frisés que l'autre jour, sans doute à cause de la pluie. Quelques mèches s'échappaient du chignon qu'elle avait sur le sommet de la tête. L'une d'entre elles s'enroulait sur la branche de ses lunettes et je mourais d'envie de tendre la main pour la libérer.

Elle releva les yeux, et son regard se heurta au mien. J'avais l'impression d'avoir été frappé dans le torse, voilà la force de son regard sur moi. Daisy avait dit quelque chose et je n'avais rien entendu. Alex me donna un coup de coude et je réussis à regarder Daisy encore une fois. Ses grands yeux bruns étincelaient. Je voyais qu'elle savait parfaitement l'effet que son amie me faisait, mais qu'elle était assez gentille pour ne pas faire de remarque.

— Bonne chance avec l'opération de demain, dit-elle. Il n'y a vraiment aucun besoin de s'inquiéter. Olivia est vraiment l'une des meilleures dans son domaine. Vous serez de retour sur le terrain avant d'avoir le temps de dire ouf.

J'espérais vraiment qu'elle avait raison. Je faisais confiance à Olivia, mais les aléas de la rééducation après une blessure sportive étaient bien connus. Cette anxiété que j'avais essayé de ravaler commençait à se faire une place dans ma tête, donc je me forçai à parler, toute occasion pour m'empêcher de penser était bonne à prendre.

— Je dirais bien que je ferai de mon mieux, mais je ne vais pas faire grand-chose d'autre que l'étoile de mer. Donc, espérons, répondis-je en levant ma tasse de café.

Évidemment, j'avais raté quelques étapes dans la conversation. Alex hocha la tête vers Daisy et Olivia.

— On ferait mieux d'y aller.

Ses yeux croisèrent ceux d'Olivia.

— À demain matin.

— Oh, vous serez avec Liam ? demanda-t-elle.

— Bien sûr, dit-il d'un ton bourru. Il faut bien que quelqu'un s'assure qu'il soit à l'heure, ajouta-t-il avec un sourire malin, cachant son inquiétude.

Alex était mon meilleur ami dans tous les sens du terme. C'était lui qui voulait être là du début à la fin de mon opération et qui n'arrivait pas à envisager de faire autrement. Ma poitrine se serra un peu. J'étais une éponge émotionnelle depuis la mort de ma mère et ce genre de moment faisait tout ressortir.

Mon mécanisme de défense habituel de charme m'aida à survivre aux minutes qui suivirent. Je fis un clin d'œil à Daisy puis regardai Olivia dans les yeux.

— Très bien, ma belle. J'espère que vous serez à la hauteur de votre réputation demain.

Ses joues rougirent, et ma queue durcit. Voilà. Il lui suffisait de rougir pour qu'un éclair de désir me traverse.

— À demain, dit-elle avec un autre petit sourire.

La seule raison pour laquelle je réussis à partir fut Alex qui tirait sur mon épaule et marchait avec moi jusqu'à la porte. J'ignorai la pluie alors qu'on rentrait chez nous, mon esprit passant de mon anxiété terrassante à propos de ma jambe et de ce qui pourrait arriver à ma carrière si je ne me remettais pas complètement, à Olivia. Ses grands yeux verts, ses lèvres pulpeuses et ses boucles sombres. J'avais envie de voir ses cheveux tomber sur ses épaules avec tant d'intensité que j'étais au bord de la folie.

Chapitre Six

OLIVIA

Je me tenais dans la salle de pause, l'équivalent d'un vestiaire pour une clinique chirurgicale, et je regardai le miroir dans mon casier. Mes cheveux partaient dans tous les sens. Mes boucles s'étaient échappées de mon chignon et partaient dans toutes les directions. Je me détachai rapidement les cheveux et attrapai une brosse. Quelques minutes plus tard, j'avais dompté mes mèches rebelles et avais refait mon chignon. Mes cheveux n'allaient pas avec ma carrière. Le chignon était la seule option pour les garder à peu près sous contrôle. Avec une queue-de-cheval, mes boucles faisaient une Médusa. Détachés, c'était la folie pure. Quand j'opérais, j'avais besoin d'avoir le visage entièrement dégagé, pas de mèches rebelles qui me frottent les yeux. De temps en temps, j'hésitais à les couper court, mais, pour des raisons que je ne comprenais pas bien, je n'en étais pas capable. Mon esprit revint quelques jours en arrière quand Liam avait enroulé une de mes boucles autour de son doigt. La chaleur revint dans mon entrejambe. Je me détournai du miroir et me changeai rapidement, retirant mon uniforme médical.

L'opération de Liam s'était aussi bien passée que ce à quoi je m'attendais. Après une convalescence optimale, j'étais certaine qu'il pourrait reprendre l'entraînement d'ici trois mois. J'avais essayé de ne pas trop penser à l'opération de ce matin. D'habitude, j'étais calme pendant les opérations à haute pression. Mais Liam me rendait nerveuse. Enfin, peut-être pas Liam lui-même, plutôt ma réaction à lui. Je n'étais pas censée m'inquiéter des attentes liées à un patient, et ça m'arrivait rarement. Mais dans le cas de Liam, ce qui me tournait sans cesse en tête était l'étincelle de peur au fond de ses yeux quand je lui avais parlé de son opération le jour où nous nous étions rencontrés. Sa carrière était centrale dans sa vie, comme pour beaucoup d'athlètes professionnels. Avec lui, j'avais l'impression que je prenais le risque de trahir sa confiance si je ne soignais pas son genou.

Et puis il y avait la façon dont il me regardait. Oh, et le fait qu'il m'avait embrassée et que j'étais incapable d'arrêter d'y penser. D'ailleurs, j'ai fantasmé plusieurs fois sur ses grandes mains musclées et comment elles dévoreraient mon corps. À l'instant, dans cette salle de pause stérile qui servait également de vestiaire pour les chirurgiens, où n'importe qui pouvait encore entrer, je brûlais de l'intérieur. Je sentais la chaleur humide entre mes cuisses et je pris une inspiration tremblante. L'effet que Liam me faisait était ridicule. Je regrettais qu'il m'ait embrassée. Plus encore, je regrettais de ne pas l'avoir repoussé. Mais je n'avais rien fait. J'avais beaucoup de chance d'avoir réussi à rester concentrée pendant l'opération de ce matin. Maintenant, c'était la partie difficile. Il fallait que j'aille le voir dans la salle de réveil et que je mette en place une série de rendez-vous de suivi sur les semaines à venir. Une fois tout cela fait, je pourrais le transmettre à un infirmier et à un kiné.

J'étais secouée par la force de mon désir pour lui. C'était parfaitement empiré par le fait que je n'avais jamais été aussi attirée par qui que ce soit. J'étais tellement certaine que je ne ressentais rien pour les hommes que je me sentais stupide. Liam n'avait rien à faire à part se tenir dans la même pièce que moi et mon corps était électrique et chaud. En secouant la tête, j'enfilai une blouse propre et me dirigeai vers la salle de réveil. Notre clinique offrait des chambres individuelles pour les patients pour le réveil postopératoire, ce que la plupart des cliniques n'offraient pas. Alors que je m'approchais de la porte de la chambre de Liam, mon pouls s'accéléra et la chaleur naquit en moi. C'était tellement ridicule. J'allais voir mon patient. C'était complètement inapproprié de penser quoi que ce soit de lui, ou de ressentir quoi que ce soit pour lui. Mon corps avait d'autres idées.

J'entrai dans la chambre et trouvai Alex, l'ami de Liam, avachi sur une chaise à côté du lit. Il leva les yeux, ses cheveux bruns étaient ébouriffés. Pour la première fois, je le regardai. Comme Liam, il avait un corps tout de muscles. Il était plus grand et dégageait une puissance calme. Je savais grâce à Daisy qu'Alex était considéré comme l'un des meilleurs gardiens du monde. Je voyais pourquoi, pas parce que je l'avais vu jouer, mais plutôt pour le calme et la concentration qu'il dégageait. Il n'était sans doute jamais déconcentré, par quoi que ce soit. Il se leva et se secoua les épaules avant d'avancer vers le pied du lit.

Je le retrouvai à ce niveau et cliquai rapidement sur l'écran au pied du lit qui contenait les données des constantes de Liam sur l'heure qui avait suivi l'opération.

— Tout a l'air en ordre, dis-je d'une voix basse.

Je regardai Alex droit dans ses yeux marron et le vis hocher la tête.

— Bien alors, dit-il.

— Bordel. Vous n'avez pas besoin de murmurer.

Alex et moi nous retournâmes tous les deux vers Liam. Il avait l'air à peine réveillé, ce qui était normal, mais il était bien là. Par réflexe, je m'avançai vers le côté du lit et posai ma main sur sa hanche. Alex alla de l'autre côté du lit pour regarder Liam.

— Comment vous vous sentez ? demandai-je.

— J'ai soif, répondit Liam.

Même encore endormi après son opération, il réussit à sourire.

Je me tournai vers la table à côté de son lit et lui servis une petite tasse d'eau. Au moment où il me la prenait des mains, un téléphone sonna. Enfin, il ne sonna pas. Une chanson démarra. Pour être exacte : *All You Need Is Love*, des Beatles. Liam sourit un peu plus.

Alex marmonna quelque chose et sortit son téléphone de sa poche.

— C'est le docteur Monroe, dit-il en regardant l'écran puis Liam et moi. Il veut sans doute des nouvelles.

— Vous pouvez lui dire que l'opération s'est bien passée et que je l'appellerai plus tard, répondis-je.

Alex hocha la tête et s'éloigna pour répondre au téléphone, s'approchant de la fenêtre. Je baissai les yeux vers Liam.

— J'imagine qu'il va vouloir passer. Il a appelé ce matin en demandant s'il pouvait venir avant votre préop. J'ai dit non.

Liam écarquilla les yeux. Il termina le reste de l'eau que je lui avais tendue et posa la tasse sur le lit. Je tendis la main pour la remettre sur la table, mais il attrapa ma main et la serra.

— J'adore à quel point tu donnes des ordres.

Je rougis et essayai de me distraire en lui lançant un regard sévère.

— Ce n'est pas le moment de flirter, Liam.

Cherchant désespérément une distraction de l'effet qu'il me faisait si facilement, je rassemblai mes pensées et me concentrai sur des questions pragmatiques.

— À part la soif, comment vous vous sentez ?

— Un peu dans le flou. Pas de douleur, aucune douleur. J'imagine que la tête qui tourne va s'estomper.

— Bientôt. Mais vous ne devriez pas souffrir trop. Comme je vous l'ai dit, la lésion n'était pas trop importante. Vous aurez quelques douleurs et il va falloir y aller tout doucement pendant quelques jours avant de commencer la rééducation.

Pendant un bref instant, je vis une incertitude danser dans les yeux bleus de Liam. Cet homme, cet homme arrogant et beau comme un dieu qui me faisait perdre l'équilibre et m'avait embrassée passionnément, me tirait soudainement une poussée d'empathie. Je ne pouvais qu'imaginer à quel point cette expérience était inquiétante pour lui. Ce n'était pas à propos de la douleur. Une lésion méniscale n'était en aucun cas un risque majeur pour la santé d'un patient, mais pour un homme qui avait construit toute sa vie sur ses prouesses sportives et ses compétences athlétiques, eh bien, ça pouvait détruire toute sa carrière.

Je n'avais pas réalisé que je serrais sa main avant que je ne le sente serrer la mienne en retour. À ce moment-là, Alex se détourna de la fenêtre.

— Le docteur Monroe dit qu'il est en chemin et qu'il se fiche complètement de si vous voulez qu'il attende, dit Alex en me regardant.

J'arrachai ma main à celle de Liam, soudainement consciente que c'était hautement inapproprié. J'aurais aimé ne pas rougir autant, mais je déglutis et hochai la tête. En temps normal, j'aurais été très agacée par le docteur Monroe, mais je n'étais pas dans mon assiette à cause de l'effet que me faisait Liam. Je le regardai.

— Ça vous va ? Sinon...

— Ne vous inquiétez pas. Je peux gérer le docteur Monroe, dit Liam avec un ton joueur.

Comment était-il possible qu'un homme qui venait de se réveiller d'une anesthésie générale soit déjà aussi taquin ? Ça m'échappait. Je levai les yeux au ciel et secouai la tête.

— Dans ce cas, je resterai avec lui quand il sera là.

Alex appuya sa hanche contre le bord du lit.

— Je vous aime bien, docteur Bowen, annonça-t-il soudainement.

Confuse par son commentaire, je le regardai. Avant que je ne puisse répondre, il continua.

— Vous faites attention à ce que Liam soit la priorité, pas l'équipe. C'est pour ça.

Il regarda Liam.

— Tu devrais arrêter de l'emmerder, mec. C'est ton docteur, dit-il d'une voix sévère.

Son regard concentré revint sur moi.

— Ignorez-le, il ne peut pas s'en empêcher parfois.

Liam appuya sa tête contre les coussins et soupira lourdement.

— Alex se comporte comme s'il était ma mère parfois. C'est pour ça que c'est mon meilleur ami, dit-il avec détachement.

Sur ces mots, il ferma les yeux et s'endormit.

Je regardai Alex et me demandai s'il pouvait voir que j'étais dans tous mes états. J'étais là, habituée à garder mon calme devant des athlètes en tous genres, mais complètement retournée par Liam. Je me demandais si ce qu'Alex venait de dire était autant pour moi que pour Liam.

Chapitre Sept

LIAM

Je regardai le coach et me retins de lever les yeux au ciel. Son regard d'acier trouva le mien.

— Tu seras présent à un entrainement sur deux et tu viendras voir l'équipe et c'est tout, dit le coach fermement.

Deux semaines s'étaient écoulées depuis mon opération et j'en avais marre de passer mes entrainements sur le banc. Le coach s'en fichait complètement, semblait-il. L'une des choses que j'aimais chez lui, c'était à quel point il était dévoué à son équipe. Mais à l'instant, ce dévouement voulait dire qu'il attendait de moi que je me traine jusqu'au stade un jour sur deux, car je faisais partie de l'équipe.

— Tu n'es pas juste un joueur dans cette équipe, tu es un meneur. Montre-le-moi, dit le coach, ses mots me frappant en plein cœur.

Je déglutis malgré ma gorge serrée. Je n'aimais pas penser au fait que cette lésion au niveau du genou avait vraiment détruit ma confiance en moi. Je n'avais pas mené ma dernière équipe jusqu'à la finale en doutant de moi. C'était difficile de voir l'équipe s'entrainer et de regarder des heures de vidéos tout en sachant que je ne serais pas sur le terrain pendant au moins deux mois de plus. La confiance que le coach plaçait en moi et la croyance qu'il avait que j'allais me remettre entièrement étaient difficiles à accepter. Je pris une profonde inspiration et rencontrai son regard en hochant la tête. J'allais faire semblant d'y croire jusqu'à ce que ça devienne réalité.

Le coach s'adossa à sa chaise et prit la boule à neige posée sur son bureau. Il la fit tourner dans ses mains sans y penser. Il était bien trop perspicace, ce qui me donnait envie de me tortiller sur mon siège, donc j'étais soulagé de le voir enfin détourner le regard. J'étirai et redressai mon genou lentement, remarquant que la douleur était minime.

La voix du coach me surprit.

— On n'en a pas parlé, mais je suis désolé pour ta mère.

Hein ? Je ne savais pas pourquoi le coach choisissait ce moment pour parler de ma mère. J'avais l'impression qu'il jetait du sel dans ma plaie. Je boitais ces jours-ci, littéralement et métaphoriquement, et il fallait qu'il décide de parler d'elle maintenant. Mon cœur se serra douloureusement, et ma gorge se serra à nouveau. Elle me manquait. Tellement. Je fermai les yeux et retins ces larmes chaudes qui montaient. Bordel. Je ne pouvais pas pleurer. Pas ici. Pas maintenant. Pas devant le coach. Pour une fois, je m'accrochai à la douleur qui vivait encore dans mon genou. La plupart du temps, je préférais faire comme si ça ne faisait pas mal. Mais tout de suite, un peu de douleur physique était préférable à la douleur de penser à ma mère et à l'AVC qui me l'avait arrachée. Après un moment de plus, je réussis à me reprendre et j'ouvris les yeux.

Le regard du coach n'était plus froid, il était plein de compassion. Il resta silencieux puis hocha la tête, presque pour lui-même.

— Je sais ce que ça fait de perdre quelqu'un. Je sais que tu as peur que ça affecte ta concentration. Et peut-être que c'est le cas. Je ne peux pas te dire parce que je n'étais pas ton coach avant. De ce que je sais de toi, tu es un gars bien et tu aimais ta mère, ça se voit. Tu ne peux pas revenir en arrière. La seule chose que tu peux faire est d'avancer en gardant un œil sur la balle, pour ainsi dire. Tu es un sacré joueur. Ta seule faiblesse, c'est que tu ne puises pas au plus profond de toi parce que tu n'as jamais eu à le faire. Pense à ça pendant tes temps de repos.

Sur ces mots, il se leva. Il ne le dit pas à voix haute, mais il était clair qu'il savait que je n'étais pas en mesure de lui répondre tout de suite. Je réussis à me lever doucement et à attraper mes béquilles avant de m'engager dans le couloir qui quittait son bureau.

Quelques heures plus tard, j'étais dans la salle d'attente de la clinique d'Olivia. Mes pensées tournaient en rond depuis que j'avais vu le coach. J'étais confus et me demandais ce qu'il voulait dire en me disant de « puiser au fond de moi », et je m'étais perdu dans mes pensées à propos d'Olivia. Elle était la meilleure distraction parce qu'elle me rendait complètement fou. J'avais eu deux rendez-vous avec elle depuis mon opération, et elle était restée très calme, froide et professionnelle malgré l'air électrique qui vibrait entre nous. Elle était faite pour moi, et je l'aurais.

La porte de sa salle d'examen s'ouvrit et un autre patient sortit. Olivia trouva mon regard et leva un doigt avant de retourner dans la salle. Elle était autoritaire et s'attendait toujours à ce que les gens suivent ses ordres. Je comprenais qu'elle me demandait d'attendre, donc je fis l'inverse. Je me levai et m'avançai doucement vers la salle d'examen. J'utilisais des béquilles la plupart du temps, mais je les avais laissées contre le mur. Ce n'était pas comme si elles allaient partir sans moi.

Quand je passai la porte, Olivia tirait un papier propre qu'elle étalait sur la table d'examen. J'étais ravi qu'elle ne m'ait pas entendu entrer. Le bruit du papier couvrit le son de la porte que je refermai doucement. Le fait d'avoir enfin un moment seul avec elle lâcha une vague de désir dans mon corps. Alors qu'elle se penchait sur la table, je pouvais me délecter de la vue de ses jolies fesses serrées par le tissu. Elle portait une jupe aujourd'hui, ce qui me plaisait. Beaucoup. C'était une simple jupe droite qui lui arrivait aux genoux, absolument rien de scandaleux. Mais je pouvais m'imaginer la remonter jusqu'à ses hanches pour la goûter. Elle se redressa et se tourna, écarquillant les yeux quand elle me vit. Elle portait une petite blouse blanche par-dessus sa jupe et un chemisier bleu qui semblait serré au niveau de ses seins. Oh, c'était vraiment quelque chose que de la voir en vêtements civils. Ce n'était pas comme si elle était sur son trente-et-un, c'était juste que je la trouvais extrêmement tentante. Ma queue était tendue et prête à l'action, et elle n'avait absolument rien fait.

Ses joues rougirent et elle leva la main pour ajuster ses lunettes et écarter une mèche de son visage.

— Liam...

Elle commença à parler, mais oublia ce qu'elle disait après avoir prononcé mon nom. J'attendis, retenant l'envie folle de m'avancer vers elle, de la soulever et de la poser sur la table pour glisser mes mains sur ses jambes. Elle toussa et secoua un peu la tête.

— Comment va votre genou ? demanda-t-elle, ses mots clairement articulés.

— Très bien.

Je réduisis la distance entre nous, m'arrêtant à côté de la table où elle appuyait ses hanches.

— Mon kiné m'a dit que ce serait mon dernier rendez-vous avec vous à moins que ma rééducation ne prenne plus de temps que prévu.

Je savais que je me tenais un peu trop près d'elle pour qu'elle soit à l'aise, mais je voulais briser sa façade. Il y avait ça, et le besoin incontrôlable que j'avais d'être proche d'elle. Elle était un challenge que je voulais remporter. Et je mourais d'envie de me laisser aller au besoin sauvage qu'elle faisait naitre en moi. C'était la seule chose qui me permettait d'oublier l'inquiétude que je ressentais vis-à-vis de ma carrière et des commentaires inattendus du coach sur la mort de ma mère.

Je la regardai et avant que je ne m'en rende compte, j'avais levé la main pour passer un doigt sur sa joue. Sa peau était douce comme de la soie, et la jolie couleur de ses joues contre son teint crème me submergea de chaleur. Elle leva la main et ajusta ses lunettes encore une fois. Maintenant que je l'avais touchée, je ne pouvais plus m'arrêter, donc mon doigt passa de sa joue à son cou, passant le battement fou de son pouls, ce qui m'emplit de satisfaction.

— Je crois qu'on avait parlé du fait que vous n'auriez pas besoin de me voir comme un patient très long-temps, dis-je d'une voix qui sortit grave et brute.

Les yeux verts d'Olivia se plantèrent dans les miens et elle secoua la tête.

— Liam... Nous n'avons pas... Nous n'avons jamais parlé de quelque chose comme ça. Vous si, mais moi non. Ce n'est pas... Je ne peux pas...

Ses mots s'emmêlaient, ses joues rougissant un peu plus chaque seconde.

Je savais que ça l'embêtait que je la drague, et non seulement je m'en fichais, mais plus elle pensait que c'était mal, plus j'avais envie d'elle. Je savais aussi, quelque part au fond de moi, que ce désir entre nous était différent, et qu'il fallait que je le suive.

— Olivia, ne te dis pas qu'on ne peut pas s'amuser parce que ce n'est pas réglo. C'est tout à fait réglo. C'est mon dernier rendez-vous avec toi, à moins qu'il y ait des complications, donc ce n'est pas une bonne excuse. Terminons cet examen pour qu'on puisse passer à autre chose.

Ça prit tout ce que j'avais de discipline pour reculer et glisser mes hanches sur la table alors que tout ce que je voulais c'était de la retourner, de la plier en deux et de plonger en elle. La seule chose qui me permit de tenir, c'était la certitude que plus ça durait, plus elle aurait envie de moi. Je n'arrivais pas à imaginer pouvoir la vouloir plus que ce que je la voulais déjà, mais j'étais déterminé à m'assurer qu'elle ne s'ennuie jamais au lit avec moi. Ce qui voulait dire que je devais être à 100 % tout du long et que je ne pouvais pas brûler les étapes.

Olivia recula et attrapa sa tablette sur le comptoir. Je la regardai cliquer sur l'écran. Ses joues reprirent une couleur normale, mais ma queue resta dure. Elle ne me regarda qu'à peine en commentant mes derniers résultats d'IRM, qui étaient positifs, et elle me posa quelques questions sur ma rééducation. Puis on arriva à mon moment préféré. Elle posa la tablette et examina mon genou, en testant ma flexibilité douce-ment. Même si son toucher était médical, j'adorais qu'elle pose les mains sur moi. Elle recula et me regarda enfin dans les yeux. Je lui fis un clin d'œil et ses joues reprirent une couleur de cerise.

— Fini, docteur ?

Olivia hocha la tête.

— Tout a l'air en ordre. À moins qu'il y ait un problème, votre programme de rééducation devrait suffire.

Elle parla d'une voix rauque.

Je la regardai pendant une minute avant de descendre de la table. J'avais compris qu'elle aimait se tenir près de moi quand je descendais de la table, comme si elle s'inquiétait que j'atterrisse sur le mauvais genou. Elle s'installa rapidement à côté de moi et resta là quand mes pieds touchèrent le sol. Parfait. Je passai ma main sur ses hanches et me tournai, la soulevant sur la table. Je n'étais pas certain de comment j'avais réussi à faire ça, mais l'angle était parfait et j'avais à peine eu à me tourner alors que nous étions tous les deux à côté de la table.

Elle lâcha un petit cri qui me fouetta de l'intérieur. Je me tenais entre ses genoux et je tirai un peu sur ses hanches, juste assez pour pouvoir sentir sa chaleur sur ma queue. Même si je mourais d'envie de me frotter à elle, je ne le fis pas. Je n'étais pas vraiment du genre à prévoir avec les femmes, mais avec Olivia, c'était différent. Je voulais qu'elle ait autant envie de moi que je n'avais envie d'elle, et je voulais lui montrer que le sexe était tout sauf ennuyeux.

Je laissai mes yeux dévorer son corps, savourant les courbes généreuses de ses seins qui montaient et descendaient avec sa respiration rapide. Étant donné que mon cœur battait la chamade, prêt à sortir de ma poitrine, j'étais un peu soulagé de voir qu'elle était dans un état similaire. Quand je croisai son regard, ses yeux traduisaient une colère.

— Liam, qu'est-ce que vous faites ? demanda-t-elle.

C'était comme si elle essayait d'être sévère, mais ça ne sortait vraiment pas comme ça. Sa voix était essoufflée, un son qui me fouetta encore une fois.

Je levai la main et retirai ses lunettes.

— Je me suis dit que j'allais te donner un avant-goût.

Elle se mordit la lèvre et je perdis presque le contrôle alors que je collais ma queue contre sa chaleur. Je m'accrochais à ce qu'il me restait de contrôle, et ça demanda toute ma force de ne pas me laisser aller au désir lourd qui planait entre nous.

Je posai ses lunettes sur la table à côté de nous, levant la main pour tirer l'une de ses mains. Bon sang, même ses cheveux me rendaient fou. Elle était tellement pro et propre sur elle. Elle avait sans doute des notes parfaites à l'école et elle obéissait sans doute toujours. Elle était tellement tendue que ses boucles rebelles me faisaient quelque chose. Certaines s'étaient échappées de son chignon. J'en enroulai une autour de mon doigt et tirai dessus avant de la relâcher et qu'elle rebondisse sur sa joue. Elle resta silencieuse, les yeux sombres, son pouls vibrant sous sa peau et le souffle court. Je me laissai aller et enfonçai mes hanches plus loin dans le creux de ses jambes, grognant presque à voix haute quand je sentis la chaleur humide à travers le tissu de sa culotte. C'était parfait qu'elle porte une jupe, qui s'était remontée toute seule sur ses hanches quand je l'avais posée sur la table.

Je me laissai aller et posai une main sur sa cheville, l'enroulant autour de sa jambe et remontant le long de son mollet.

— Liam... dit-elle en un souffle.

Je penchai la tête et déposai des baisers le long de son cou, savourant la sensation de son pouls fou.

— Hmm ? demandai-je en marmonnant contre sa peau.

Je déposai des baisers le long de sa clavicule alors que je passais mon autre main sur ses hanches pour la tirer un peu plus près. Ma main était arrivée au niveau de sa cuisse et je sentais qu'elle tremblait. Je ne m'arrêtai pas et je continuai à remonter sa peau de soie jusqu'à ce que j'arrive à l'ourlet de sa jupe. Pendant quelques instants, je m'arrêtai puis je continuai, laissant le tissu passer par-dessus mon poing alors que j'arrivais en haut de sa cuisse. Alors qu'elle tremblait sous mon toucher, et que son odeur m'englobait, c'était un miracle que je n'arrache pas tous ses vêtements pour la prendre là tout de suite. J'avais un but et ce but était de la faire monter au septième ciel. Donc je ne pouvais pas brûler les étapes, pas une seule.

Je passai mon pouce d'avant en arrière sur sa culotte, ravi de découvrir que la soie était trempée. Je restai là à faire des va-et-vient, passant sur son centre nerveux encore et encore jusqu'à ce qu'elle se cambre sous mon toucher. Ce ne fut qu'à ce moment-là que je levai la tête pour la regarder. Je m'évanouis presque. Ses joues étaient rouges et ses yeux à moitié fermés, elle était sexy à m'en faire perdre la tête et j'avais du mal à rester droit.

— Alors dis-moi, Olivia... Tu veux que j'arrête ? demandai-je.

Je n'interrompis pas mon mouvement lent sur la soie trempée entre ses cuisses.

Ses yeux trouvèrent les miens. Elle resta silencieuse dans un moment tendu de désir et ça me demanda toute ma force d'attendre sa réponse. Enfin, elle secoua la tête, d'un mouvement presque imperceptible. Je passai mon pouce sur son clitoris encore une fois, ralentissant une seconde, juste assez longtemps pour qu'elle se cambre contre moi. Il m'en fallait plus. J'accrochai un doigt au bord de sa culotte et l'écartai. Bordel. Elle était complètement trempée. Elle gémit quand je passai mes doigts entre ses plis. Je baissai les yeux et c'était presque impossible de détourner le regard. Avec ses genoux écartés, sa jupe remontée et ses fesses au bord de la table, ses plis roses, mouillés et brillants contrastaient avec le papier blanc stérile de la salle d'examen.

Je plongeai un doigt en elle et grognai en la sentant se resserrer sur moi. Je me forçai à lever le regard. J'allais la faire jouir, ici et tout de suite, et j'allais regarder chaque seconde de son plaisir. Elle était proche de l'explosion, déjà si proche que je pouvais le voir.

— C'est bon ça ? demandai-je.

Elle gémit et hocha la tête quand je plongeai un autre doigt en elle. Ses hanches se cambraient contre mon toucher et je commençai à faire des va-et-vient en elle. Elle écarta les cuisses un peu plus et souffla pour essayer de reprendre de l'air. Son corps se tendit, son canal vibrant sur mes doigts. Elle me mit presque à genoux.

— Olivia, dis-je.

Elle ouvrit doucement les yeux.

— Viens là, ordonnai-je en passant ma paume contre son dos, avec une petite pression pour l'attirer à moi.

J'avais besoin d'avoir ses lèvres sur les miennes quand elle jouirait. J'avais besoin de sentir le plaisir dans son baiser.

Je gardai le rythme avec mes doigts alors qu'elle se penchait vers moi. J'attrapai ses lèvres en passant mon pouce sur son clitoris gonflé. Elle hurla dans notre baiser, son vagin convulsant sur mes doigts. Je reculai doucement de notre baiser et regardai entre nous. Ma petite docteur Bowen, toujours propre sur elle, avait les cuisses écartées et mes doigts en elle. Une partie de moi savourait la victoire d'avoir brisé cette armure, et une autre partie de moi était sous le choc de ce que ça faisait d'être avec elle comme ça. Il y avait une connexion avec elle, un feu si chaud que je m'y brûlais presque.

Je regardai son visage pour trouver ses yeux, ses magnifiques yeux verts, qui me regardaient. Elle avait l'air plus que surprise, mais les lignes de tension habituelles sur son visage avaient disparu. M'accrochant à quelque chose pour ne pas me demander ce qui me touchait autant chez elle, je me réfugiai dans le familier.

— Alors, Olivia, est-ce que tu t'es ennuyée ?

Elle me récompensa en plissant les yeux et en me regardant.

— Non, répondit-elle, un peu sur la défensive.

Quelqu'un frappa à la porte et j'étais heureux d'y avoir pensé à l'avance. J'avais eu le bon sens de fermer la porte quand j'étais entré dans la pièce. Mais Olivia ne savait pas ça et elle réajusta ses vêtements rapidement, m'écartant d'un coup de main.

— Doucement, ma belle. J'ai fermé la porte à clé.

Je posai ma main sur sa hanche pour la maintenir en place.

— Tu as quoi ? demanda-t-elle en murmurant furieusement, les yeux écarquillés.

— J'ai fermé la porte, dis-je en articulant chaque mot et en me délectant du rouge qui s'empara de ses joues et de son cou.

En parlant de joues, elle les couvrit de ses mains et secoua la tête.

— T'es vraiment pas possible.

Elle prit une bouffée d'air et répondit à la porte, laissant ses mains retomber.

— J'arrive.

Ses yeux revinrent vers moi, énervés.

— Bouge, ordonna-t-elle en chuchotant.

— D'accord.

Je tendis la main pour remettre sa culotte en place avant de reculer avec un sourire.

Elle glissa de la table et ajusta sa jupe. En s'avançant jusqu'à la porte, elle prit une minute, son corps irradiant de tension. Après une autre inspiration, elle ouvrit la porte.

Quelques minutes plus tard, je sortais de la clinique, vers une après-midi pluvieuse. J'étais complètement dur de désir et très fier de moi. Je pourrais attendre toute ma vie de plonger en Olivia s'il y avait plus de moments comme ça en attendant.

Chapitre Huit

OLIVIA

Je fermai la porte de mon bureau et m'y adossai avec un soupir tremblant. Ça faisait presque une heure que Liam était parti et je ne m'en étais pas encore remise. À chaque pas, je sentais le frottement de mes cuisses et de la soie humide de ma culotte. Il m'avait offert l'orgasme le plus explosif de ma vie, sur mon lieu de travail. De toutes les choses idiotes que j'aurais pu faire, laisser un footballeur connu dans le monde entier me faire perdre la tête pendant un examen était de loin la pire. Mon corps vibrait encore de ces moments chauds, des petites vagues de plaisir s'emparant de moi. Le simple fait d'y penser me faisait mouiller. S'il entrait dans cette pièce maintenant, je saurais exactement ce que je voulais : lui, en moi. Parce qu'il m'avait donné un avant-goût de ce que ça pourrait être avec lui et bon sang de bonsoir, j'en voulais tellement plus que j'arrivais à peine à marcher. Mon intimité vibra et une vague de chaleur traversa mon corps.

Je me détachai de la porte et avançai jusqu'à mon bureau. Par miracle, j'avais survécu à mes deux rendez-vous suivants. J'étais soulagée d'enfin avoir quelques minutes pour moi. Je m'installai sur ma chaise de bureau et cliquai sur la souris de l'ordinateur. Quelques tâches administratives ennuyantes me feraient peut-être oublier Liam. Après quelques minutes à écrire des rapports, mon téléphone vibra. Je le sortis de ma poche et regardai l'écran avant de sursauter.

Salut ma belle. Quel genre de complications il me faudrait pour avoir un autre rendez-vous ?

Je ne reconnaissais pas le numéro, mais je savais sans aucun doute que c'était Liam. Qui d'autre m'écrirait quelque chose comme ça ? Je n'avais aucune idée de comment il avait trouvé mon numéro personnel et je n'avais aucune idée de comment gérer cette situation. J'avais passé la plupart de l'après-midi tiraillée entre le désir profond que je ressentais pour lui et mon besoin de reprendre le contrôle de ma vie. Mon Dieu. Je mettais ma carrière en jeu à cause d'un homme. La seule chose à laquelle je pensais était quand je pourrais le revoir. J'avais passé la dernière heure à osciller entre besoins sauvages que je n'avais jamais connus avant dans ma vie et m'en vouloir d'avoir jeté mon éthique et mon bon sens à la poubelle et m'être laissé aller à ce qu'il suscitait en moi. Je ne pouvais pas me laisser aller. C'était de la folie, pure et simple.

Aucun besoin d'un rendez-vous avec moi. Le kiné est plus que qualifié.

Parfait. Allons diner.

Mes joues étaient chaudes et je n'arrêtais pas de penser à ses doigts en moi. Pas de diner. Nous ne pouvions pas aller diner ensemble. Je ne pouvais pas passer de temps avec lui parce qu'il me faisait perdre la tête.

Non, merci.

Je me forçai à éteindre mon téléphone immédiate-ment après avoir répondu et à retourner à ma rédaction de rapports. Les heures qui suivirent furent le plus grand gâchis de temps de ma vie. J'étais un moteur qui refusait de changer de vitesse. Quand j'essayais de me mettre à écrire, je tapais une ou deux phrases puis regardais mon écran noir. L'envie de le rallumer était difficile à ignorer alors que j'étais encore mouillée et que je n'arrivais pas à me concentrer. Toutes ces années, je m'étais dit que le sexe était une perte de temps inutile à moins qu'on ait envie d'avoir des enfants. Une dizaine de minutes avec les mains et lèvres de Liam avait réduit à néant mon indifférence au plaisir de la chair. Il m'avait complètement secouée.

Je me retournai sur ma chaise et regardai par la fenêtre qui donnait sur l'horizon de Seattle. Les lumières brillaient dans la nuit. Je pris une longue inspiration et abandonnai enfin mon travail, que je n'arrivais en aucun cas à faire ce soir. J'allais rentrer chez moi et je recommencerais à zéro demain. D'ici là, j'aurais sans doute repris le contrôle de mon corps.

Un peu plus tard, je marchais vers mon appartement. Je vivais à quelques rues de la clinique. Je n'avais jamais pensé à vivre plus loin. J'étais si focalisée sur mon boulot que la seule chose que je voulais était un lieu pratique. Je retirai mes chaussures à côté de la porte et accrochai mon manteau de pluie trempé avant de me diriger vers la cuisine pour mettre de l'eau à bouillir pour un thé. Mon appartement était au dernier étage d'un petit immeuble avec des appartements plutôt mignons. La cuisine n'était pas tellement plus grande que le coin salon, séparée par une petite arche. L'appartement entier avait un plancher d'origine et de grandes fenêtres qui laissaient entrer la lumière même les jours de pluie. Cela dit, j'étais rarement chez moi en journée, à part les weekends.

Je traversai le salon pour aller vers ma chambre, me

changeant rapidement en un pantalon de coton et un pull-over. C'était le début de l'automne à Seattle, ce qui voulait dire qu'il faisait frais. Les radiateurs grognèrent un peu quand j'allumai le chauffage en retournant vers la cuisine. Je réchauffai des restes dans le micro-ondes et m'installai sur le canapé avec mon ordinateur et mon thé tout en mangeant ma nourriture, la tête ailleurs. Alors que la télévision chantait dans le fond, je lisais des lettres de recommandation. L'un des luxes de mon boulot était le fait que je pouvais accepter ou refuser des dossiers. Il n'y avait que peu d'exceptions à la règle. Liam, par exemple. La clinique ne refuserait jamais un dossier de ce niveau.

Même si les frais que l'on faisait payer à nos patients me posaient quelques problèmes moraux, l'une des choses que j'aimais beaucoup à la clinique était le fait que l'équipe médicale transférait les dossiers à d'autres spécialistes s'ils pensaient que les blessures en question demandaient une expertise que nous n'avions pas. Nous nous spécialisions surtout en articulations, alors que d'autres spécialistes dans le pays étaient mieux formés aux vertèbres.

Après avoir lu quelques dossiers, j'envoyai des e-mails à l'équipe qui s'occupait des recommandations pour parler des dossiers en question. J'essayai de me plonger dans un peu de recherches que nous menions à propos des temps de récupération sur des opérations des ligaments croisés, mais mon esprit ne faisait que revenir à Liam. Avec un soupir, je fermai mon ordinateur et commençai à zapper d'une chaine à l'autre en espérant trouver quelque chose qui calmerait mes pensées. Mon petit appartement chaleureux avec son canapé deux places moelleux et repose-pied, couvert de plaids violets, me paraissait très vide à l'instant. Ce n'était pas que je manquais d'amis. Daisy était mon amie la plus proche, et nous avions un petit groupe d'amis avec qui nous sortions de temps en temps. Ma tante était ma seule famille, mais on se voyait rarement. Elle vivait dans une petite ville à une heure de Seattle environ, au pied de la chaine des Cascades. Vu mon emploi du temps de folie, j'avais peu de temps pour prendre la voiture et aller la voir.

Je n'arrivais pas à mettre le doigt dessus, mais il y avait quelque chose chez Liam qui me donnait ce sentiment étrange de solitude. Je n'aimais pas ça. Il me donnait envie de choses dont je n'avais jamais eu envie. Par exemple, je ne dirais pas non à une autre expérience orgasmique. Mais ce n'était pas juste ça. Il était drôle et taquin, et le regarder avec Alex me disait que c'était un bon ami. Et même s'il mettait en avant son attitude effrontée et dragueuse, il était clair qu'il y avait bien plus sous la surface que ce que j'avais imaginé au premier abord.

Je me levai soudainement, agitée face au trouble en moi. Je laissai la télé allumée parce que je ne voulais pas me retrouver dans le silence et m'avançai vers la salle de bain pour remplir la baignoire. C'était ce que j'allais faire. J'adorais prendre des bains. C'était l'une des rares choses qui m'aidaient à me détendre quand j'étais fatiguée et stressée. Quelques minutes plus tard, je plongeai dans une eau bouillante en soupirant. Je posai ma tête contre le carrelage du mur et laissai la chaleur s'emparer de moi. Une fois que je fus entièrement réchauffée, j'attrapai le savon et le passai rapidement sur mon corps pour effacer cette journée. Quand le savon glissa entre mes cuisses pendant que je me nettoyais, mon esprit et mon corps revinrent immédiatement à la sensation des doigts de Liam, et de leur délicieux talent. Il ne me fallut rien de plus. Ça ne prit pas plus d'une seconde, j'étais rouge de partout et mon centre palpitait.

Cette journée m'avait ouvert les yeux de plus d'une façon. Je le pensais vraiment, quand j'avais dit que je m'ennuyais au lit. Parce que ça avait toujours été le cas. Jusqu'à ce que Liam me mette la main dessus. Nous n'avions même pas couché ensemble, mais je savais sans l'ombre d'un doute que si j'allais plus loin avec lui, ce serait parfaitement différent de tout ce que j'étais capable d'imaginer. Je jetai presque le savon dans la coupelle et j'aspergeai mon visage d'eau. Mais rien ne pouvait me changer les idées de la folie que Liam réveillait en moi, donc je sortis de la baignoire et passai mes poignets sous de l'eau froide, un petit tour de magie pour refroidir mon corps. Je m'étais sans doute refroidie, mais, quand j'allai m'allonger dans mon lit, je sentis le pouls de mon intimité et la chaleur humide qui y vivait.

Chapitre Neuf

LIAM

Je me redressai une dernière fois et posai ma tête sur mes genoux, le souffle régulier. Je venais de terminer une série de cent abdos.

— Eh bah on peut dire que ton genou n'a rien changé à ton endurance, commenta Tim Maxwell, à côté de moi.

Je levai la tête et attrapai ma serviette sur le tapis. Je m'essuyai le visage et le regardai.

— Vraiment pas. Je ne pensais pas qu'un jour je serais content de pouvoir m'épuiser sur des abdos, mais ça fait du bien de suer un peu.

Tim me lança un sourire. C'était le kiné qui s'occupait de ma rééducation, et il me suivait à chaque fois que j'allais à la salle de sport. La clinique proposait une rééducation sur place ou en dehors. J'avais choisi les deux parce que je voulais m'assurer que je ne faisais rien de stupide quand j'étais en entrainement avec l'équipe, et je voulais aussi avoir une chance de croiser Olivia à la clinique. Je m'appuyai sur mes mains et regardai Tim.

— On t'a déjà dit que tu pourrais jouer cette

poupée américaine, là ? Comment il s'appelle déjà ? demandai-je.

Tim me lança un autre sourire, révélant ses parfaites dents blanches. Avec ses cheveux blonds, il était un vrai sosie.

— Tu veux dire Ken ? Mon copain me fait la blague tout le temps. Je fais que de lui dire que j'ai les yeux marron, pas bleus.

Je me redressai et me mis debout.

— J'imagine bien.

J'attrapai une bouteille d'eau et avalai quelques gorgées avant de regarder Tim encore une fois, qui s'était relevé avec moi.

— Et maintenant ?

— Maintenant on va te mettre sur le tapis roulant, dit-il en me faisant signe de le suivre vers les machines.

Nous étions à la clinique donc je ne connaissais pas bien l'équipement d'ici. Mon ventre se serra d'anxiété. J'étais complètement déchiré entre mes sentiments depuis que j'avais commencé la rééducation. D'un côté, j'étais très pressé de terminer et d'être sur pied. De l'autre, j'avais une anxiété nouvelle sur le fait de ne pas trop pousser sur mon genou trop tôt. Je ne voulais pas gâcher ma rééducation parce que j'étais impatient. Je détestais ce sentiment d'anxiété, car ce n'était pas quelque chose que je ressentais souvent, surtout quand il s'agissait de foot.

J'ignorai mes sentiments et suivis Tim. Il s'arrêta devant l'une des machines et me regarda.

— Qu'est-ce qu'il y a ? demanda-t-il, observant mon visage. Tu as mal ?

— Nan. Ça va. Je, euh... T'es sûr que mon genou est prêt pour de la course ? demandai-je enfin.

Tim appuya son épaule contre la machine et hocha la tête.

— Tu pourrais courir dès maintenant, mais on va commencer avec de la marche pour aujourd'hui. J'aimerais que tu accélères un peu. Cette machine est presque un mélange entre le tapis et le vélo elliptique. Ça balance beaucoup moins que la plupart des vélos elliptiques, mais ça enlève le poids de tes pas, contrairement à un tapis.

Il s'arrêta, le regard réfléchi.

— Je serais stressé aussi si j'étais toi, mais je te promets que je ne le suggérerais pas si tu n'étais pas prêt. Tu es un athlète de renom, et tu as besoin que cette rééducation se passe bien. Et ça va bien se passer. Et n'oublie pas qu'aller trop lentement peut aussi poser un problème dans ta rééducation. On a besoin d'entretenir ta mémoire musculaire pour éviter que ton muscle apprenne à s'adapter à la blessure.

Mon esprit savait que Tim avait raison, mais ça n'effaçait pas mon inquiétude. Je pris une grande inspiration et hochai la tête. J'étais vraiment soulagé de voir que je m'entendais bien avec Tim. Il m'avait plu dès le premier jour. Il n'hésitait pas à me pousser un peu, mais il était bienveillant et encourageant. J'avais eu beaucoup de chance dans ma carrière, car je n'avais jamais eu à passer par la case rééducation, mais j'en avais beaucoup entendu parler avec mes coéquipiers. Ethan Walsh, un autre pote arrivé d'Angleterre, s'était déchiré un ligament l'année dernière et parlait de son coach de rééducation comme d'un terroriste. J'étais vraiment content de pouvoir faire confiance à Tim. En m'accrochant à cette pensée, je suivis ses conseils et montai sur la machine. Il me montra comment ajuster la vitesse et quelques autres réglages avant de me lancer.

Un peu plus tard, je sortais des vestiaires, soulagé d'avoir survécu sans soucis à la marche rapide que Tim m'avait fait faire. J'avais été tellement à l'aise que j'avais essayé de le convaincre de me faire courir. Il avait refusé fermement en levant les yeux au ciel. Une autre chose que j'aimais chez lui était le fait qu'il n'avait pas peur de me tenir tête.

Je m'arrêtai là où les couloirs de la salle de sport croisaient ceux de la clinique. Le bureau d'Olivia était au bout du couloir à gauche, mais sa salle d'examen habituelle était dans un autre couloir, sur la droite. Elle ignorait mes messages, donc j'étais déterminé à la trouver, si déterminé que ça aurait dû me faire peur. Je continuais de me dire que c'était juste une attirance physique, car c'était la façon simple d'expliquer ce que je ressentais pour elle. Et le sexe faisait certainement partie de l'équation, mais il y avait une partie de moi qui était attirée par elle sur un plan si élémentaire que ça secouait mon âme. Je regardai vers la droite puis vers la gauche, me demandant où j'avais le plus de chance de la trouver. Je décidai d'aller à son bureau, car il n'y aurait personne d'autre à qui parler de ce côté-là. Si j'allais vers les salles d'examens, j'allais devoir parler au réceptionniste, et je savais qu'il aurait des questions, car je n'avais pas de rendez-vous. Et je n'avais pas besoin d'un rendez-vous. Je savais qu'Olivia aimait bien rester professionnelle, donc je ne voulais pas lui donner une raison de plus de me repousser, même si ça me demandait beaucoup d'effort. J'adorais l'énerver comme ça. Pas parce que je ne voyais pas de problème, mais parce que j'adorais la voir se rebeller, et j'aimais aussi la regarder essayer de maintenir son attitude froide et lisse.

J'arrivai devant la porte de son bureau. Le moi habituel ouvrirait la porte et entrerait simplement. Je n'étais pas certain qu'elle était là, mais je ressentais un fil d'incertitude en moi. Je n'avais pas l'habitude de vouloir quelqu'un autant que ça. Ce n'était pas simplement ce désir physique, je voulais la voir sourire, je voulais voir les lignes tendues de son visage se détendre et je voulais la prendre dans mes bras. Je tournai les épaules et repartis presque, mais l'attirance était trop forte. Je frappai rapidement à la porte et je fus surpris de l'entendre me dire d'entrer. Enfin, elle ne savait pas encore que c'était moi. Alors que je tendais la main vers la poignée de porte, mon corps entier se raidit d'anticipation et une pointe de bonheur courut en moi. Je ne savais pas ce qu'elle avait de particulier, mais je ressentais une joie pure à l'idée de la voir.

J'ouvris la porte et j'entrai, la fermant et la verrouillant si rapidement que j'espérais qu'elle ne le remarquerait pas. Olivia n'avait même pas encore levé la tête. Elle était assise derrière son bureau, penchée en train de lire quelque chose sur son écran. Quelques mèches s'étaient échappées du chignon au sommet de sa tête. Je mourais d'envie de m'avancer vers elle pour détacher ses cheveux et passer mes mains dans ses boucles. Je m'avançai dans la pièce en me demandant quand elle me remarquerait. J'arrivai au niveau de son bureau avant qu'elle ne me voie. Elle tapa quelque chose sur son clavier puis fit tourner sa chaise pour regarder dans ma direction. Elle écarquilla soudainement ses beaux yeux verts et ses joues rosirent.

— Liam ! Je, euh...

Elle s'arrêta et se mordit la lèvre, ce qui lâcha un éclair de luxure vers mon entrejambe. Elle secoua la tête, libérant une autre boucle qui rebondit sur sa joue.

Je ne savais pas que tu avais prévu de passer, dit-elle enfin après quelques secondes.

Elle me surprit en me tutoyant avant de faire le tour du bureau. Elle croisa les bras, appuya ses hanches contre le bureau et planta son regard sur moi d'un air sérieux et sévère. J'adorais ça.

— Tu n'as pas répondu à mes messages, dis-je en guise de bonjour.

La bouche d'Olivia se resserra encore plus, mais ses joues prirent une teinte cerise.

— Liam, on ne peut pas...

Elle laissa sa phrase en suspens puis me regarda droit dans les yeux.

— Tu sais que je ne peux pas faire ça ! Tu es mon patient et tu es une star internationale du foot. Pourquoi tu perds ton temps avec moi ? Tu peux avoir n'importe quelle femme.

Elle se tenait à un mètre de moi. Je réduisis la distance en deux pas et m'arrêtai juste devant elle. Son odeur arriva jusqu'à moi, une pointe de miel et de douceur. Ma queue se tendit.

— En ce qui me concerne, je considère que je ne suis plus ton patient. Et si je l'étais, j'aurais un rendez-vous de prévu et tu le sais.

Je fis une pause pour évaluer sa réponse et fus satisfait de la voir plisser les yeux, mais elle ne dit rien.

— Et pour le reste, c'est absurde. Je suis juste un homme, et j'ai envie de toi. Juste de toi.

J'entendis mes mots et je me demandai pourquoi ils ne me faisaient pas peur. J'aurais dû être terrifié. Je plongeais dans une folie dont j'étais le seul responsable. Je n'avais jamais voulu qu'une seule femme. J'avais toujours insisté pour que mes relations restent légères et j'aimais les avantages qui venaient avec le fait d'être une célébrité sportive, qui donnait de nombreuses occasions de faire des rencontres sans prise de tête. Oh, il y avait de nombreuses femmes qui voulaient plus, mais je les évitais comme la peste. Je n'étais pas le pire, bon nombre de mes coéquipiers le faisaient bien plus. Je m'occupais de mes affaires et je m'assurais que chaque femme reparte satisfaite.

Mais Olivia. C'était quelque chose de complètement différent. J'avais envie d'elle d'une férocité que je ne reconnaissais pas, et je ne pouvais pas m'en détourner même si je le voulais. Elle resta silencieuse, les yeux plantés sur moi. Je tendis la main vers elle, enroulant ma paume sur son avant-bras et la forçant à décroiser les bras doucement. Je posai ensuite ma main dans la sienne et la tins. Mon cœur battait la chamade – un pouls rapide et fort contre mes côtes. Je passai mon pouce sur la peau douce de son poignet sans y penser, sentant le battement de son cœur sous sa peau.

Elle inspira brusquement et ses yeux restèrent sur les miens. Elle portait une blouse médicale aujourd'-hui, un pantalon et un haut bleu clair qui contrastaient avec sa peau blanche et ses cheveux noirs. Elle se balança d'un pied sur l'autre.

— Liam, c'est complètement fou, dit-elle enfin avec un petit soupir.

Je secouai la tête et libérai l'une de ses mains pour lever la mienne et m'autoriser enfin à détacher ses cheveux. D'un coup, les boucles tombèrent sur ses épaules. *Bon sang.* Avec ses cheveux détachés, elle me coupait presque le souffle. Ses boucles étaient une anarchie sombre. Elles symbolisaient la passion qu'elle essayait de cacher. Je passai ma main dans ses cheveux, savourant la sensation de ses boucles douces entre mes doigts. Je m'approchai plus près d'elle et passai mon autre main dans son dos, l'attirant contre moi. Je sentais les frissons parcourir son corps alors que le mien était parfaitement tendu, ma queue si dure que j'avais du mal à tenir. Mais j'allais tenir. Car le challenge qu'Olivia m'offrait était de plus en plus tentant.

Je n'avais pas l'habitude de devoir suivre les règles

de quelqu'un d'autre, mais, même si je voulais brûler les étapes, je savais que je ne pouvais pas. Olivia me repousserait, même si elle était terriblement tentée. Donc je n'allais pas aller trop vite, mais je ne quitterais pas son bureau sans avoir goûté ses lèvres encore une fois.

Je me penchai doucement en arrière, juste assez pour sortir ma main de ses cheveux et retirer ses lunettes, les posant sur le bureau derrière nous. L'air entre nous était lourd, portant l'odeur de notre désir. J'avais envie de penser que je contrôlais la situation, mais la vérité était que j'étais sur le point de craquer. J'avais l'impression d'être en chute libre. M'arrêtant pour la regarder, je passai ma main dans ses cheveux à nouveau et penchai la tête. Même si ça demanda toute la discipline que j'avais, j'avançai doucement. Je n'aurais pas survécu si elle ne m'avait pas laissé l'embrasser, mais pour une raison ou une autre, je savais qu'elle le voulait assez pour ne pas me repousser.

Les yeux d'Olivia s'assombrirent vers un vert foncé et son souffle devint erratique. Elle me surprit quand elle passa sa main dans mon cou et m'attira à elle, s'arrêtant quand mes lèvres n'étaient qu'à un murmure des siennes.

— Bon sang, arrête de me faire perdre la tête, souffla-t-elle sévèrement.

Le frottement de ses lèvres contre les miennes alors qu'elle parlait me fit perdre tout contrôle.

Chapitre Dix

OLIVIA

Quand Liam posa ses lèvres sur les miennes pour enfin – enfin ! – m'embrasser, j'étais sur le point de perdre la tête. Dans les semaines qui s'étaient écoulées depuis notre dernier baiser, je m'étais presque convaincue du fait que j'avais exagéré à quel point c'était bon de l'embrasser. J'avais tort, profondément tort. Au moment où j'avais levé la tête et l'avais trouvé dans mon bureau, une chaleur s'était emparée de moi. J'avais essayé de garder mon sang-froid, mais j'en étais incapable. Quand il était près de moi, ça me déchirait de l'intérieur. Il y avait la partie rationnelle de mon cerveau qui savait que c'était mal, vraiment mal. Mais le besoin animal que je ressentais pour lui surpassait tout le reste, en particulier ma raison. Alors que sa main tenait mes fesses et me maintenait fermement contre lui, je soupirai quand il cambra ses hanches contre moi, la bosse durcie de sa queue caressant mon clitoris. Je jouis presque à ce moment-là, voilà à quel point j'étais excitée.

Si quelqu'un me demandait comment j'aimais qu'on m'embrasse, j'aurais haussé les épaules en disant que ça n'avait pas d'importance. Que les baisers étaient tout aussi ennuyeux que le sexe, et c'était ce que je pensais jusqu'à ce que Liam m'embrasse. Maintenant, je savais que j'adorais cette combinaison enivrante de lenteur, chaleur et profondeur – sa langue alternant entre des caresses profondes dans ma bouche, s'emmêlant avec la mienne, puis des caresses lentes sur mes lèvres, mordant ma bouche, et des baisers d'une puissance folle entre les deux. Quand il arracha ses lèvres aux miennes pour reprendre de l'air, j'étais à bout de souffle et en feu. Il me regarda, ses yeux dans un flou de bleu, son regard si féroce que mon ventre se retourna. J'étais trempée et je bougeai les cuisses pour essayer d'évacuer un peu de la pression qui montait en moi. Sa queue était chaude et dure contre moi et j'avais envie qu'il soit en moi. Tout de suite.

Ses yeux observèrent mon visage avant qu'il ne se retourne, nous installant de façon à ce que mes deux hanches soient contre le bureau. Il enroula sa main sur mes hanches et me souleva, s'installant entre mes genoux et me collant à lui. J'étais tellement excitée que je gémis à la simple pression de sa queue contre mon clitoris. J'étais devenue folle, c'était la seule explication. J'avais oublié où nous étions et les raisons pour lesquelles je ne devrais vraiment pas faire ça. J'enroulai mes jambes sur sa taille et me cambrai contre lui.

Remontant son t-shirt, je soupirai en sentant sa peau sous mes mains – chaude, douce et ses muscles tendus sous mes doigts. Il écarta mes mèches de cheveux rebelles et m'embrassa dans le cou, provoquant des frissons brûlants en moi. Pendant ce temps, il prit mes seins en main, passant son pouce sur mes tétons, tendus et presque douloureux. Les sensations s'accumulèrent tandis qu'il remontait mon haut. Il leva la tête avec un sourire en coin.

— Tu es plus cochonne que tu n'en as l'air, murmura-t-il.

Par miracle, je réussis à rassembler deux neurones pour me demander de quoi il parlait. La question dut se voir sur mon visage.

— C'est pas vraiment un soutien-gorge, dit-il en claquant la petite bretelle et en passant ses doigts sur la soie fine.

Ma poitrine se réchauffa alors que le besoin me brûlait de l'intérieur. J'oubliai de répondre quand il plongea la tête et passa sa langue sur l'un de mes tétons. Je criai quand ses lèvres se refermèrent, trempant la soie. Il recula en me mordant légèrement puis s'occupa de l'autre téton. J'aimais bien qu'il fasse tout en symétrie. Au moment où il leva la tête à nouveau, je frottai mes hanches contre lui. Je ne m'étais jamais dit que je pourrais jouir rien qu'avec ses lèvres sur mes tétons, mais je n'étais pas passée loin.

J'en voulais plus. Je défis son jean, mais il recula et m'arrêta d'une prise ferme sur mes bras. Son expression était torturée alors qu'il me regardait.

— Liam, j'ai besoin...

Il secoua la tête.

— Pas ça. Pas maintenant, dit-il d'une voix grave.

Mon désir était si puissant que je m'énervai immédiatement, trop impatiente.

— Ce n'est pas juste, dis-je presque comme une enfant.

J'avais donné du terrain et j'avais dépassé toutes les limites qui m'étaient chères, et ça m'énervait qu'il freine maintenant. Ça et le besoin en moi suppliant d'être soulagé.

Il relâcha sa prise et passa une main sur mon

ventre, sur l'élastique de mon pantalon médical. Sa paume m'agrippa à travers la soie de ma culotte. Mon intimité palpita, trempée de chaleur. Ses yeux trouvèrent les miens.

— Je veux m'enfoncer en toi si profond qu'on en oubliera tous les deux nos vies d'avant. Je ne veux pas aller trop vite, donc ce ne sera pas ici.

Je fixai ses grands yeux bleus, ses mots me heurtant de plein fouet. Dans les profondeurs de mon esprit, une clochette d'alarme sonnait, mais elle était étouffée par la tempête d'émotions et de désirs qui me déchirait presque de l'intérieur. Il était si sûr de lui, si certain qu'il y aurait plus, que j'aurais dû m'énerver et me battre pour reprendre le contrôle. Mais j'étais réellement perdue dans ce moment et je m'accrochai à la promesse de ses mots, presque frénétique au point de demander à ce qu'on parte tout de suite et qu'on trouve quelque part d'autre juste pour le sentir s'enfoncer en moi.

Alors qu'il parlait, il commença à passer son doigt d'avant en arrière sur la soie mouillée. Mes hanches se cambrèrent sous son toucher. Dans le brouillard de ce silence lourd, habité uniquement par le son de nos souffles, le téléphone posé sur mon bureau sonna. Je sursautai et commençai à le chercher de la main sur le bureau.

— Oh, non, dit-il d'un ton animal et cochon, me faisant frissonner.

Il écarta ma culotte et plongea deux doigts en moi tout en faisant tourner son pouce sur mon clitoris gonflé. Je jouis si fort et si vite que je vis des étoiles.

Liam retira doucement sa main, replaçant poliment la soie entre mes cuisses puis remonta mon pantalon jusqu'à ma taille. J'étais sous le choc et j'arrivais à peine à penser, encore moins bouger. Avant que je ne puisse réaliser, il avait redressé mon haut, le baissant sur mon soutien-gorge mouillé. Mon corps vibrait alors que je reprenais mes esprits. Mon téléphone bipa, m'indiquant que la personne qui avait appelé m'avait laissé un message.

Je semblais incapable de me reprendre. J'avais envie de me blottir dans les bras de Liam et d'oublier tout le reste. Il tendit la main et écarta mes cheveux, passant ses doigts dans mes boucles emmêlées.

— Qu'est-ce qu'il faut que je fasse pour te convaincre de venir diner avec moi ? demanda-t-il doucement.

Je déglutis pour réprimer les émotions qui montaient en moi. Je ne savais pas comment expliquer cette folie, mais je n'avais plus la force de me battre. Pas maintenant. Pas quand je me pensais incapable de survivre si je ne recevais pas plus de lui.

— Je veux bien diner avec toi, murmurai-je en sentant mes joues se réchauffer.

Il sourit, presque comme un enfant. Il laissa ses mains tomber et recula. Sa chaleur me manqua immédiatement, cette force pure dans sa proximité.

— Demain soir alors ? demanda-t-il, les yeux dans les miens.

— D'accord. Euh, où ?

Je me sentais bête et perdue. Alors que le plaisir résonnait encore dans mon corps, je n'arrivais pas à réfléchir clairement. Je m'étais tellement retirée de la vie romantique que je ne connaissais plus les bases.

Liam me sauva et hocha la tête fermement.

— Je t'enverrai un SMS, mais tu as intérêt à répondre. Si tu ne réponds pas, je viendrai te chercher. Tu sais ce qu'il se passe quand tu m'ignores, dit-il avec un sourire malin.

Je rougis si fort que je fus surprise de ne pas m'enflammer. Il réajusta son jean et s'approcha de mon bureau pour m'aider à descendre. Je me demandais si je vivais l'inverse d'une expérience hors du corps, une expérience dans mon corps, si c'était possible. J'étais extrêmement consciente de chacun de ses mouvements, mon corps était parfaitement à l'écoute. L'air autour de nous était lourd. Je levai les yeux et trouvai son regard sur moi. Il plongea la tête et déposa un baiser chaste sur ma joue.

— À demain alors.

Sur ces mots, il se retourna et sortit de mon bureau. Je le regardai s'éloigner, mon œil médical observant sa démarche, contente de voir qu'il ne boitait presque plus. Quand il referma la porte, je me tournai et m'avançai vers la fenêtre, regardant l'horizon. Je voyais Puget Sound au loin, les bateaux parsemant l'eau. Après quelques instants, mon pouls revint à la normale. Je passai ma main dans mes cheveux et refis mon chignon, attrapant l'élastique qui était tombé au sol quand Liam avait relâché mes boucles. Je remis mes lunettes et m'assis calmement à mon bureau. Je réussis à écouter le message, extrêmement soulagée que ce ne soit rien d'autre qu'un message d'un des autres médecins de la clinique à propos d'un rendez-vous.

Plus tard ce soir-là, je passai la porte du Desert Isle Café et cherchai Daisy du regard. Je m'étais demandé toute l'après-midi si j'allais parler de Liam à Daisy, mais quand je vis notre amie Harper avec elle, je pris ma décision. Ce n'était pas que je ne voulais pas des conseils d'Harper, c'était plutôt que je n'étais pas prête à me confier à plus d'une personne à la fois. Pour la première fois de ma vie, j'avais l'impression d'être complètement à côté de la plaque. J'étais si certaine que je ne finirais jamais gaga pour un gars. Et pourtant j'étais complètement folle de Liam, au point où j'avais fricoté – c'était peu dire – avec lui deux fois au boulot.

Je me considérais comme quelqu'un d'intelligent, et je savais que je l'étais quand il s'agissait de médecine et d'études. J'avais toujours eu les meilleures notes de la classe depuis l'école maternelle. Sur le plan social, c'était là que j'avais du retard. Je n'avais jamais eu à m'inquiéter de mon anxiété dans le monde de la romance parce que les hommes ne m'intéressaient pas. En y repensant, je comprenais que je n'avais simplement jamais rencontré quelqu'un avec qui je partageais une vraie alchimie. Je ris presque à voix haute. J'étais tellement loin de ma zone de confort. En pensant à ce qu'il y avait entre Liam et moi, appeler ça de l'alchimie paraissait presque idiot, c'était bien plus comme un feu de forêt. Devenir chirurgienne m'avait convaincue bien trop facilement que je pouvais regarder le corps humain comme un objet clinique et rien de plus. Avec Liam, j'avais rapidement compris que je me voilais la face sur ma capacité à garder mes distances. L'envie physique de me connecter à lui était une force assez puissante pour me renverser, incapable de garder l'équilibre. Il y avait ça et l'attirance sous-jacente que je ressentais – une attirance qui allait bien plus loin qu'un simple désir, et qui ne rentrait pas dans les cases qui rassuraient mon esprit médical.

Je levai la main quand je vis Daisy tourner la tête vers la porte. Après avoir attrapé mon café au comptoir, je traversai les tables pour aller m'asseoir en soupirant.

— Salut, dis-je en sortant mes bras de mon manteau de pluie mouillé avant de l'accrocher au dos de ma chaise.

Harper Jacobs me sourit.

— Salut toi ! J'espère que ça ne te dérange pas, je me suis incrustée pour votre café hebdomadaire.

— Pas du tout ! dis-je avant de prendre une longue gorgée de mon café. Tu es toujours la bienvenue.

Harper hocha la tête et s'adossa à sa chaise.

— Je sais, mais je suis rarement de ce côté de la ville.

Avec ses cheveux brillants, blonds et raides, ses yeux bleus chaleureux et son corps athlétique, Harper dégageait un air de simplicité et d'amour de la nature. Elle avait déménagé vers la petite ville en bordure de Seattle où Daisy et moi avions grandi quand nous étions au collège, et nous étions toutes rapidement devenues amies. Alors que Daisy et moi étions plutôt tournées vers les études, Harper était l'amie qui nous forçait à sortir de la maison. Elle était une star de la course à la fac, mais son potentiel s'était envolé après qu'elle ne se fut fait violer par une connaissance. Il faisait partie de l'équipe d'athlétisme d'une université voisine. Daisy et moi avions été présentes pour elle quand son monde s'était effondré. Ça ne faisait qu'un peu plus d'un an qu'elle semblait enfin être redevenue elle-même. Elle avait juré de ne plus jamais sortir avec un homme. Elle avait obtenu son diplôme de kinési-thérapeute et offrait des consultations dans plusieurs cliniques de Seattle. Elle et moi nous transférions des clients de temps en temps.

Je me penchai vers elle et lui serrai les épaules.

— Ça fait plaisir que tu sois là. Comment ça va ?

Harper haussa les épaules.

— Oh tu sais, le boulot. J'imagine que c'est pareil pour toi ?

Je hochai la tête, mais au moment où je le fis, je me souvins des doigts de Liam plongés en moi quand il m'avait fait jouir quelques heures plus tôt. J'écartai cette pensée.

— Bien sûr qu'Olivia est surbookée, ajouta Daisy. C'est une accro du boulot.

Je lui lançai un regard noir.

— Tu peux parler.

Daisy sourit.

— Peut-être. Comment va ta dernière star du sport en date ?

Je sentis mes joues rougir et je les ignorai. Liam me mettait dans tous mes états. Je mettais bien trop en jeu et je n'avais aucune idée de comment mettre fin à cette folie. Avant que j'aie la chance de répondre, Harper ajouta :

— Tu veux dire Liam Reed ? demanda-t-elle. La clinique de l'autre côté de la ville est tellement vénère que les Seattle Stars ne les aient pas engagés pour leurs joueurs. C'est tellement bête. J'ai dit au manager du bureau qu'il fallait se rappeler que les assurances remboursaient tout pareil. J'ai préféré ne pas dire que c'était parce que tu étais bien meilleure que n'importe qui dans leur équipe, dit Harper avec un sourire amusé.

Daisy me fit un clin d'œil.

— Je parie que tu ne t'étais jamais dit que tu te taperais tous les canons juste parce que tu es la meilleure chirurgienne de la ville.

— Oh mon Dieu, dis-je en levant les yeux au ciel.

Daisy regarda Harper.

— Quand on était là l'autre jour, Liam est passé, avec Alex Gordon, le beau gardien des Stars. Ils sont plutôt sympas avec leurs accents anglais sexy, et Liam essayait de pécho Olivia, dit Daisy avec un clin d'œil alors qu'elle s'adossait à sa chaise.

Je cessai de combattre mes joues rouges et je regardai Harper.

— Elle est ridicule.

— Non ! Tu as dit qu'il avait essayé de te draguer, et crois-moi, ça se voit. Cet homme était prêt à te dévorer du regard.

Daisy regarda Harper.

— Olivia fait sa coincée et dit que c'est son patient. L'opération est terminée, donc je pense qu'elle devrait y aller.

Ça me tuait presque de ne pas partager le fait qu'il m'avait déjà offert les deux orgasmes les plus explosifs de ma vie, mais je ne pouvais rien dire. Pas ici. Harper leva les yeux au ciel avant de se tourner vers moi.

— Ça fait plaisir d'entendre que l'homme qui fait fantasmer la moitié des gens de ce monde t'a remarquée. Tu es géniale et tu ne laisses jamais personne s'approcher de toi.

Elle regarda Daisy, les yeux plissés.

— Il n'est peut-être plus son patient techniquement, mais si Olivia veut établir des limites claires, ne la fais pas chier.

Je pris une gorgée de café, explosant presque de rire en pensant à ce qu'il était advenu de mes limites claires. Après une autre gorgée, je réussis à regarder Harper.

— Merci de ton once de raison. Et si on parlait d'autre chose ?

Daisy gloussa, mais Harper accepta de changer de sujet, me demandant un retour pour une chirurgie du genou qui s'était mal passée pour l'un de ses clients. Ça ne faisait que quelques mois que j'étais suffisamment à l'aise pour plaisanter au sujet des hommes avec Harper. Mis à part le fait que je ne voulais pas m'attarder sur Liam à l'instant, j'étais soulagée de la voir si détendue et à l'aise avec le sujet et je ne voulais pas le faire durer trop longtemps sans faire exprès.

Quelques heures plus tard, ce soir-là, j'étais allongée au lit, Liam habitant toutes mes pensées. Ce n'était vraiment pas mon genre. D'habitude, je ruminais des sujets médicaux et me retrouvais souvent avec du mal à dormir, car je relisais des données de rémission et je regardais des vidéos chirurgicales. Je ne restais pas éveillée à penser à un gars. J'étais agitée et excitée. J'aurais voulu croire qu'un orgasme de plus sous ses doigts magiques aurait rassasié mon besoin, mais ça ne semblait que le faire empirer. Le problème était que je n'avais pas seulement besoin d'un simple soulagement physique. J'avais besoin de Liam.

Chapitre Onze

LIAM

Je m'appuyai sur mes mains, assis sur un banc à regarder mon équipe s'entrainer. Aussi ennuyeux que ce soit, en termes relatifs, j'apprenais deux ou trois trucs. J'étais vraiment impatient de retourner sur le terrain, mais je commençais à comprendre que j'allais réussir à traverser ce moment sans perdre la tête. Ils s'entrainaient en intérieur aujourd'hui, puisqu'il pleuvait encore une fois. Il faisait assez froid maintenant pour que le staff technique décide que ce n'était pas bon pour nos muscles de jouer dehors sous une météo comme ça. Après le dernier exercice, je regardai mes coéquipiers s'avancer en file indienne vers les vestiaires.

Le coach s'avança vers mon banc et s'assit à côté de moi, posant ses coudes sur ses genoux et regardant droit devant lui.

— Comment va ton genou ? demanda-t-il.

J'étirai ma jambe et la pliai à nouveau, ne sentant qu'une petite tension et un petit peu de douleur.

— Ça va. Je crois. Tim dit que j'avance comme il faut.

Le coach me jeta un regard en coin.

— C'est ce que j'entends dire. Le docteur Monroe lui a parlé ce matin. Si tout se passe bien, on dirait que tu seras de retour sur le terrain dans moins de deux mois.

Il s'arrêta comme s'il pesait ses mots.

— Tu sais, je n'étais pas sûr que tu viendrais comme je t'avais demandé de le faire. J'espère que tu comprends pourquoi je t'ai demandé ça.

Je hochai la tête.

— Ouais. Je ne peux pas dire que j'étais ravi au début. Mais c'est l'équipe qui compte. Je suis là depuis trop peu de temps pour disparaitre, ce ne serait pas bon pour le reste de l'équipe. Et en plus, j'ai appris deux ou trois trucs, dis-je avec un sourire. Sur la pelouse, je vois qui va où, mais on ne voit que ce qui est autour de nous. Passer autant d'heures sur le banc à regarder l'entrainement me donne une meilleure idée du rôle de chacun pendant une phase de jeu.

Le coach sourit, à peine. Il se leva et me tendit la main, m'aidant un peu alors que je me levais et partais dans la même direction que lui. Quelques minutes plus tard, je retrouvai Alex à la sortie des vestiaires et on partit ensemble. Remontant ma capuche, je plongeai les mains dans mes poches tandis qu'on bravait la pluie pour nous diriger vers le Desert Isle Café non loin, le même endroit où nous avions croisé Olivia quelques semaines plus tôt. À la seconde où je pensai à elle, un éclair de chaleur me frappa. Je n'arrêtais jamais de penser à elle, pour être honnête.

Alex, étant le meilleur pote qu'il était, me tint la porte et me fit signe de passer devant lui. Je le charriais souvent, mais, malgré le fait qu'il soit immense et ait l'air d'une bête, il était de loin le plus gentleman de nous tous. Il était grand et solide comme un roc. Je ne pensais pas être biaisé en disant qu'il était le meilleur gardien du monde, car la plupart des fans de foot étaient du même avis.

C'était un soulagement de me réfugier de la pluie froide. Je retirai ma capuche et m'avançai jusqu'au comptoir, mes yeux faisant le tour de la pièce en espérant voir Olivia. Alex me donna un petit coup de coude. Je me tournai et réalisai que la file d'attente avait avancé pendant que je me tenais là comme un idiot à chercher une femme. J'étais le seul à le savoir, mais quand même.

— Ton docteur Bowen n'est pas là, mec, dit Alex.

Je lui lançai un regard et levai les yeux au ciel.

— Je ne...

Je commençai à nier l'évidence que je la cherchais puis décidai de ne pas m'embêter.

— D'accord, peut-être que je la cherchais. Elle est gentille.

Et tellement canon que tu t'es branlé en pensant à elle sous la douche ce matin. Je gardai ce petit détail pour moi et continuai.

— En plus, c'est toi qui la trouvais super de se concentrer sur moi plus que sur l'équipe.

Alex rit doucement et je détournai le regard pour commander un café quand la personne devant nous s'écarta du comptoir. Après qu'on eut tous les deux commandé, on s'écarta pour attendre. Alex s'appuya contre le comptoir quand deux femmes s'approchèrent de nous. Comme d'habitude, Alex les ignora presque, hochant un peu la tête. D'habitude, j'aurais été ravi de draguer un peu, mais je n'étais vraiment pas intéressé et j'étais même assez pressé que ça se termine.

Je réussis quand même à dire bonjour. Puis je restai là, gêné, pendant que l'une des femmes, très belle avec de longs cheveux blonds, une silhouette fine et des yeux bleus, se tenait un peu trop près de moi pour que je sois à l'aise.

— C'est moi ou est-ce que tu ressembles exactement à Liam Reed ? dit-elle avec un sourire lent.

Je sentis les épaules d'Alex trembler un peu, mais il fallait le connaitre pour remarquer qu'il était amusé.

— Ce n'est pas juste toi. Je suis Liam Reed, dis-je avec détachement. Mais si vous voulez bien, je suis un peu occupé.

La femme regarda Alex, puis moi encore une fois, un sourire joueur sur les lèvres.

— Eh bien dans ce cas, si jamais tu es moins occupé plus tard...

Elle laissa sa phrase en suspens pour écrire son numéro sur un morceau de papier qu'elle avait sorti de son sac. Elle le plongea dans ma poche, pleine d'audace, et partit. Ses compétences de maitre forçaient le respect. Elle avait assez de bon sens pour laisser tomber face à ma réponse froide, mais était très claire sur le fait qu'elle était disponible. Il y a encore quelques semaines, je serais en train de planifier le moment où j'allais l'appeler. Au lieu de cela, elle me laissait complètement indifférent, outre le fait que j'admirais son audace.

Alex pencha la tête puis fronça les sourcils.

— T'es vraiment pincé, dit-il.

— D'elle ? demandai-je en répondant à côté, car je savais qu'il parlait d'Olivia.

Il me connaissait trop bien.

Il leva les yeux au ciel.

— Non. Du docteur Bowen, dit-il d'un ton monotone avec un sourire complice.

— Je ne vois pas le docteur Bowen ici, contrai-je, m'amusant à appeler Olivia « docteur ».

— Exactement. D'habitude, tu flirtes assez fort

pour que je ne me retrouve pas en ligne de mire. Depuis que tu as posé les yeux sur le docteur Bowen, tu ne regardes personne d'autre.

J'avais envie de dire à Alex qu'il se trompait, mais il avait raison et il ne me connaissait pas depuis toujours pour rien. Je haussai les épaules.

— Et alors ? Tu dois admettre qu'elle est canon.

— Il faudrait être aveugle pour ne pas le voir, mec. Mais fais-moi plaisir, ne joue pas avec elle. Elle est gentille. Je ne pense pas qu'elle soit du genre à apprécier les coups d'un soir.

Ce n'était pas la première fois qu'Alex me prévenait de garder mes distances avec une femme. Il ne jugeait pas, mais il était très protecteur, du monde entier. Je bougeai les épaules, un peu mal à l'aise. La profondeur de mon désir pour Olivia allait bien plus loin que l'intérêt que je portais d'habitude aux femmes, et je commençais à me dire que c'était bien plus qu'un peu de fun. Mais ce n'était pas une pensée sur laquelle je voulais m'attarder. J'étais soulagé que nos noms soient appelés à ce moment-là. Alex passa devant moi et attrapa nos deux cafés.

On traversa les quelques rues qui nous séparaient de notre appartement. J'espérais qu'Alex ne se remette pas à parler d'Olivia. Pas quand la seule chose à laquelle je pensais était au fait que j'allais la voir ce soir. Je ne voulais pas me demander ce que ça voulait dire.

— Si tu cherches quelque chose de sérieux, alors le docteur Bowen est peut-être la femme parfaite pour toi, dit Alex simplement en retirant ses chaussures près de la porte et en accrochant son manteau au porte-manteau.

Son commentaire fit battre mon cœur. Alex était le seul qui remarquait la profondeur de mon attirance pour Olivia. J'avais envie de lui demander pourquoi il disait ça et ce qu'il en pensait. En plus de plein de questions que je ne m'étais jamais posées sur une femme. Je le regardai, mais je ne pus m'empêcher de me réfugier dans le sarcasme. Je le regardai d'un œil vide, avec l'impression que ma poitrine se serrait et je ne pus m'empêcher de penser à ma mère et au visage de mon père quelques jours après l'enterrement.

En me forçant à penser à autre chose, je me retournai et accrochai mon manteau, m'échappant dans la salle de bain pour prendre une douche dont je n'avais pas vraiment besoin. Après ma douche, j'écrivis à Olivia. Je n'allais pas lui dire que j'avais passé des heures à me demander où elle voudrait manger parce que je me sentais ridicule. J'avais découvert que Seattle regorgeait de restaurants qui semblaient incroyables. Je n'aimais pas particulièrement les restaurants de luxe, donc je choisis un endroit que l'un des employés du stade m'avait conseillé.

Salut ma belle. Je viens te chercher à 18 h. Dis-moi où te trouver.

Je posai mon téléphone et m'avançai vers la fenêtre de ma chambre. Il pleuvait encore et l'horizon était flou, alors que des gouttes coulaient sur ma fenêtre. J'attrapai le bord de ma serviette et la jetai sur mes épaules avant de prendre plusieurs inspirations, testant la résistance de mon genou. L'anxiété qui grognait sous la surface dès que je pensais à mon genou commençait à se calmer maintenant que ma rééducation était en bonne voie. Mon impatience de rejouer n'allait sans doute pas s'apaiser jusqu'à ce que j'aie le droit d'entrer sur le terrain, mais j'avais l'impression que c'était plus simple à gérer.

Mon téléphone vibra sur ma commode et je me retournai pour l'attraper. Je n'avais jamais été du genre à attendre impatiemment la réponse d'une femme, mais quand il s'agissait d'Olivia, tout était permis. Sa réponse me fit sourire.

Pas besoin de venir me chercher. Je peux te rejoindre là-bas.

J'imaginais déjà ses sourcils froncés et son ton sévère. Elle n'était pas encore sûre de ce qu'elle voulait faire de moi. Elle ne se doutait pas que je ne savais pas trop quoi faire d'elle non plus. Mais je n'avais aucune intention de laisser ça m'arrêter.

Si, ma belle. Je viens te chercher. Pas le droit de dire non.

Je ne reposai pas mon téléphone cette fois, regardant les trois petits points apparaitre sur mon écran, me disant qu'elle écrivait sa réponse.

Tu vas vraiment être aussi autoritaire que ça ?

Oh ! C'était parfait. Je n'avais pas réalisé que je la forçais à s'énerver un peu, mais j'adorais sa réaction. La luxure me dévora et ma queue se durcit. Je ne pus m'empêcher de passer ma main sur ma serviette. Je tapai ma réponse d'une seule main en me caressant la queue de l'autre. Je n'osai pas aller tellement plus loin, car je savais que ce serait terriblement décevant.

Autoritaire, ça me va. Tu peux me donner des ordres aussi. J'aime ça.

Bordel, j'étais tellement dur en pensant à elle, j'avais besoin de mettre fin à cette folie. Nous ne faisions que nous écrire.

Très bien. Mon adresse est le 124 Castle Street.

Évidemment qu'elle était directe et pragmatique. Sa réponse rapide me déçut presque. La taquiner m'excitait comme pas possible. J'insistai encore, l'embêtant parce que je ne pouvais pas m'en empêcher.

Très bien. Détache-toi les cheveux ce soir.

Je posai mon téléphone et grognai presque contre le désir qui s'emparait de moi. Olivia allait me tuer.

Comment pouvais-je avoir envie de quelqu'un à ce point ? Pour qu'il suffise de quelques textos pour presque me pousser à m'occuper de moi, juste pour contrôler la luxure dans mon sang ?

Mon téléphone vibra sur la commode.

Non.

Je repris mon téléphone.

S'il te plait.

Chapitre Douze

OLIVIA

Je marchais devant les fenêtres en arc de mon appartement, les bras croisés et une anxiété folle courant dans mes veines, me forçant à faire les cent pas. Qu'est-ce qui m'avait pris de laisser Liam venir me chercher ? J'avais déjà l'impression d'avoir dépassé trop de limites et le fait qu'il sache où j'habite était une limite de plus. Ses messages avaient été très clairs, mais c'était comme si je pouvais le sentir dans ses mots, son sourire de garçon malin et joueur, sa tendance à me pousser dans mes retranchements juste assez pour que je m'agace. Quand il m'avait dit de me détacher les cheveux, je m'étais énervée et j'avais dit non. Puis il avait dit s'il te plait et ça m'avait complètement excitée. Moi, la femme qui trouvait le sexe ennuyeux, j'étais excitée par un joueur de foot arrogant qui disait « s'il te plait ». Je savais qu'il pouvait avoir toutes les femmes qu'il voulait, comme la plupart des sportifs connus. D'ailleurs, ça m'avait un peu surprise qu'un mannequin parfait ne débarque pas dans la salle d'attente avec lui le jour de l'opération. Nous étions très habitués à ça à la clinique.

Une fois, j'avais dû écouter une femme pleurer tout en essayant de ne pas faire couler son mascara quand je lui avais annoncé que son petit copain, une star du foot, s'était fait les ligaments croisés une fois de trop et qu'il ne pourrait sans doute plus jouer au niveau pro. Il semblait que toutes mes pensées me ramenaient à Liam. Je passai immédiatement à l'idée que le football américain était vraiment un sport violent sur le corps des athlètes. Liam se disait footballeur, comme le reste du monde. Ce foot-là, ou plutôt le soccer comme on l'appelait aux USA, avait ses risques, mais n'était vraiment pas aussi brutal. La lésion méniscale de Liam serait bientôt un lointain souvenir pour lui. Son inquiétude était sans doute que ça affecterait peut-être sa vitesse ou son agilité de jeu.

Mes pensées repassèrent à l'anxiété face à la folie que je faisais ce soir. Je ne devrais absolument rien faire avec Liam, encore moins diner avec lui. Pour la centième fois aujourd'hui, j'hésitai à lui écrire pour annuler. Mais comme je ne l'avais pas fait, je savais qu'il serait là d'une minute à l'autre. Je continuai mes cent pas et sursautai presque quand il frappa à la porte. Mon cœur battait la chamade et j'avais chaud et froid en même temps. Je passai mes mains sur mes boucles. J'avais laissé mes cheveux détachés. Je n'avais pas pris la peine de répondre à son dernier message, mais j'étais incapable de refuser une fois de plus. Moi, qui ne m'inquiétais jamais de ce que je portais, j'avais passé l'après-midi à me demander quoi porter ce soir avant d'enfin choisir une longue jupe en coton qui épousait mes hanches et s'écartait au niveau des chevilles. Daisy me l'avait offerte pour mon anniversaire l'année dernière. Elle était vert foncé et, d'après Daisy, ça faisait ressortir mes yeux. Ça pouvait passer pour une jupe de tous les jours et être élégant en même temps.

Je l'avais accordée avec un chemisier blanc lâche et noué au niveau du cou. Sachant qu'il pleuvait dehors, j'avais choisi une paire de bottes en cuir qui m'arrivaient à la cheville.

J'approchai de la porte et m'arrêtai avant de l'ouvrir. J'étais bêtement stressée. J'essayai de me souvenir de mon dernier rendez-vous galant et je me dis que c'était à la fac avec un gars que Daisy avait essayé de me coller. Il était assez gentil et assez beau, mais j'étais presque sûre qu'il me trouvait un peu ennuyante et je l'avais trouvé chiant à mourir au lit. Je ne m'étais vraiment pas inquiétée de ma tenue ce jour-là.

Après une profonde inspiration, j'ouvris la porte. Liam se tenait là, prenant tout l'espace avec ses épaules musclées. Ses cheveux noirs brillaient sous les lumières du hall et ses yeux bleus scintillèrent quand ils trouvèrent les miens.

— Salut ma belle, dit-il.

J'allais devoir m'habituer à cette voix. À chaque fois qu'il parlait, son accent anglais faisait vibrer mon estomac. Repoussant encore une fois le sentiment d'être follement heureuse de le voir, je haussai les sourcils.

— T'es obligé de m'appeler comme ça ?

Je ne pouvais pas admettre que j'étais surtout énervée d'apprécier ce petit surnom, donc je décidai de le contrer.

Il me lança un lent sourire en coin.

— Oui. Il le faut, dit-il en hochant fermement la tête. On y va ?

J'acquiesçai avant de penser et m'engageai dans le couloir.

— Tu as besoin d'un manteau ? demanda-t-il une seconde avant que je m'enferme en dehors de chez moi.

Voilà l'effet que Liam me faisait. J'avais oublié mon manteau, mon sac à main et même mes clés, et j'étais sur le point de partir avec lui.

— Oh, oui !

Je me retournai, cherchant mon manteau de pluie. Je le trouvai sur une des chaises de la cuisine. Je partis le chercher, parlant par-dessus mon épaule.

— Tu peux entrer. Il faut que je trouve mon sac, dis-je.

J'enfilai mon manteau et le vis passer le pas de la porte et appuyer son épaule près de la porte. Ses yeux firent le tour de l'appartement et je me demandai ce qu'il pensait. J'imaginais qu'il vivait quelque part de bien plus luxueux. Mon appartement était joli, mais il était petit et simple. Je pouvais me permettre mieux, mais je ne voyais pas l'intérêt étant donné mon emploi du temps. Le canapé, l'ottomane et le gros fauteuil prenaient la plupart de l'espace dans mon salon. Il y avait une cheminée que je n'utilisais jamais. La cuisine était un petit coin avec une table ronde et des chaises. J'avais assez de goût pour prendre soin de mon espace, donc il y avait des tapis colorés et de beaux rideaux blancs ainsi que des tableaux aux murs.

Je ne voyais mon sac à main nulle part et me demandai où il était. Je fouillai même ma chambre, mais ne le trouvai pas. En dernier recours, je vérifiai dans la salle de bain et le trouvai là, sur le bord du lavabo, exactement là où j'étais allée pendant que j'écrivais à Liam pour nettoyer mes lunettes. Je l'attrapai et retournai dans le salon.

— C'est bon, j'ai trouvé tout ce qu'il me fallait.

— Tout ? demanda Liam, arquant un sourcil.

— Bon, peut-être pas tout, mais tout ce qu'il me faut, tout de suite.

Il hocha la tête et s'écarta du mur, me tenant la porte pendant que je sortais.

Je me demandai où il avait prévu de m'emmener et me demandai même s'il avait pris sa voiture. Je compris rapidement qu'il ne conduisait pas ce soir quand il m'emmena vers le tram. Malgré le fait que la pluie était légère ce soir, le tram était plein. Liam me surprit en enroulant sa main sur la mienne pour m'attirer près de lui alors que la foule me malmenait. Je regardai autour de moi et remarquai plusieurs femmes se rinçant l'œil sur lui, sans aucune gêne. Qu'elles sachent qui il était ou non, cet homme était un vrai aimant, rien que parce qu'il était terriblement beau. C'était étrange d'être avec lui comme ça. Quelles que soient mes hésitations face à notre relation médicale récente, je n'avais pas l'habitude d'aller où que ce soit avec un homme, encore moins un homme qui me draguait comme Liam le faisait. Je n'étais pas habituée à ce genre d'attention. Pendant le trajet, ses yeux parcoururent mon corps et j'avais l'impression qu'il me touchait partout où il posait les yeux. Mes tétons se tendirent et je bougeai les jambes, un sentiment d'agitation et de besoin naissant en moi.

On sortit non loin de l'aéroport alors que je me demandais encore où Liam allait m'emmener. Il s'arrêta sur le trottoir, ses yeux observant une série d'établissements puis il tourna à droite. Je sentais qu'il faisait attention à son genou et je résistai à l'envie de lui dire qu'il semblait se remettre presque parfaitement. Il boitait un tout petit peu de temps en temps, mais rien de plus. Mais je ne voulais pas faire ma docteur devant lui, donc je me retins et on marcha en silence sous une pluie fine. À un moment, sa paume trouva le bas de mon dos, un point de contact chaud que je savourai.

Il s'arrêta et regarda sur le côté.

— Nous y voilà, annonça-t-il.

Je ne pus m'empêcher de sourire. Je ne faisais pas attention à où nous allions parce que j'étais trop distraite par la chaleur de la paume de Liam dans mon dos. Nous nous tenions devant l'un de mes restaurants préférés : 13 Coins. Par magie, 13 Coins en avait pour tous les goûts. Il y a quelques années, ils avaient lancé ce bistrot qui s'était ensuite transformé en un menu gargantuesque qui offrait tout, du plus simple au gastronomique. C'était un endroit où il était facile de se sentir à l'aise dans n'importe quelle tenue. J'adorais ce restaurant parce que les plats étaient délicieux, l'atmosphère était agréable et c'était le restaurant préféré de mes parents. Quand j'étais petite, ils m'installaient dans la voiture, on conduisait une heure et quelques pour arriver ici une fois par mois, pour un brunch du dimanche. C'était également là qu'ils allaient tous les ans pour leur anniversaire de mariage.

Je regardai la porte puis lui. Un petit sourire étirait son visage.

— Est-ce que j'ai bien choisi, alors ?

— Un de mes restaurants préférés. Tu es déjà venu ?

Son sourire continua de grandir. Il était clairement fier de lui. Avec une petite pression dans mon dos, il me fit avancer vers la porte pour nous abriter de la pluie.

— Euh, non. L'un des gars du stade me l'a recommandé.

Je retirai ma capuche et secouai un peu mon manteau. La paume de Liam avait quitté mon dos pour passer dans ses cheveux mouillés. Il avait choisi de ne pas porter sa capuche, laissant ses cheveux attraper la petite pluie. Son toucher me manquait déjà. Il y avait quelques personnes qui attendaient dans l'entrée, mais ce n'était pas énorme pour un samedi soir. Liam s'avança vers l'accueil et avant même qu'il ouvre la bouche, la femme qui s'occupait des clients lui sourit.

— Monsieur Reed, vous êtes pile à l'heure, dit-elle en regardant sa montre.

Elle attrapa deux menus et lui fit signe de la suivre.

— Par ici.

Quelques instants plus tard, nous étions installés à l'une des tables à banquettes. 13 Coins avait de hauts canapés en cuir qui montaient jusqu'au plafond, créant une atmosphère chaude et confortable, où qu'on soit assis. L'espace était tout d'acajou et de cuir. Même s'il y avait du monde, et je veux dire en permanence, il n'y avait jamais trop de bruit aux tables isolées par les banquettes. Comme dans la plupart des bistrots, le restaurant était ouvert 24 h/24 avec un menu si varié qu'on pouvait manger là à chaque repas, chaque jour de la semaine, sans vraiment avoir entamé le menu.

La serveuse ne me regardait qu'à peine, ses yeux se tournant vers Liam même quand elle prenait ma commande. J'avais besoin de quelque chose pour m'aider à calmer le stress et la folie en moi, donc je commandai un martini à la grenade. Liam commanda une bière brune. La serveuse partit, et Liam s'adossa à la banquette en soupirant, ses grands yeux bleus brillant dans l'éclairage tamisé.

— Alors, dis-moi pourquoi ce resto est si génial.

Je jouai avec mes couverts, déroulant ma serviette blanche et l'installant sur mes genoux alors que je répondais.

— C'est un resto qui existe depuis toujours. Enfin, peut-être pas toujours, mais plus de cinquante ans. Crois-moi quand je te dis que c'est le resto préféré de beaucoup de gens, pas juste le mien. Tu peux tout trouver ici, des fameux «*biscuits and gravy*» à un saumon fraichement pêché.

Il pencha la tête.

— Des biscuits avec de la sauce ? C'est un peu étrange si tu veux mon avis.

— Oh, c'est délicieux. C'est sans doute un truc américain.

— Bizarre je te dis. Tu choisis quel genre de biscuit tu prends ? Genre, au chocolat ou autre ?

— Des biscuits au chocolat ? Non, ça c'est bizarre.

Notre serveur arriva et n'entendit que la fin de la conversation. Il nous regarda.

— Barrière de la langue, annonça-t-il avec un sourire.

On le regarda en même temps. Le sourire du serveur s'agrandit.

— Les Anglais utilisent le mot biscuit pour parler des cookies. Donc un cookie au chocolat, avec de la sauce, on peut imaginer que ce soit horrible. Je suis sûr que vous êtes tous les deux d'accord, dit-il, son regard passant de Liam à moi alors qu'il nous servait nos verres.

Il portait un pantalon noir de service et une chemise blanche, comme le reste de l'équipe.

— Je m'appelle Forrest, je serai votre serveur ce soir. Je vous fais la liste des plats du jour ?

Quand Liam hocha la tête, Forrest récita une longue liste. Liam demanda gracieusement ce que Forrest lui conseillait sur le menu quand il commença à le parcourir. Forrest joua le jeu et fit une série de suggestions. Liam haussa les sourcils un peu plus haut à chaque nouveau plat. Quand Forrest eut terminé, Liam s'était adossé à son siège et il secouait la tête.

— C'est une liste folle. J'ai tout oublié. Je pense

que je vais prendre les cookies à la sauce, dit-il avec un sourire amusé et un clin d'œil pour moi.

Je rougis et levai les yeux au ciel.

— Comment est-ce que je pouvais savoir que pour toi biscuits, c'est des cookies ? Tu ne savais pas ce que je voulais dire non plus. Bref, tu es sûr que tu veux ça pour le diner ? C'est plutôt un truc de petit-déj'.

Liam hocha fermement la tête.

— J'adore la sauce, et j'adore le petit-déj'.

Je jetai un œil vers Forrest.

— Si on est partis pour des plats du petit-déj', je vais prendre une omelette.

— Diner petit-déj', c'est parti, dit Forrest avec un sourire. Des entrées pour aller avec ?

Quand on secoua la tête, Forrest partit et je pris une gorgée de mon martini, savourant la subtilité de la grenade. Liam prit une longue gorgée de sa bière et se mit à jouer avec la bouteille après l'avoir posée, ses yeux plantés sur moi. Je n'étais pas habituée au genre d'attention qu'il me portait. Je croisai puis décroisai mes jambes et pris plusieurs gorgées de mon martini. On pouvait dire que la présence de Liam me mettait dans tous mes états. Ma zone de confort était le boulot, quand je prenais les décisions et me focalisais sur des détails médicaux. Passer du temps avec Liam réveillait un sentiment constant de perdre l'équilibre, entre mon corps devenu fou et mes émotions conflictuelles. Je regrettais de ne pas avoir les compétences sociales élégantes de la serveuse. Elle draguait Liam sans aucun problème. Pendant ce temps, mon cerveau se demandait quoi dire et comment le dire.

Liam me sauva, mettant fin à mes questionnements.

— Donc tu viens ici assez souvent pour que ce soit l'un de tes restos préférés.

Je haussai les épaules.

— Aussi souvent que je vais au resto, je suppose que c'est assez pour dire que je viens souvent. Je venais plus quand j'étais petite. Mes parents nous emmenaient ici tous les mois pour bruncher le dimanche. On vivait à une heure en dehors de Seattle, donc c'était toute une expédition.

Quelque chose traversa ses yeux, mais je ne savais pas ce que c'était.

— Ils habitent encore dans le coin ? demanda-t-il, ce qui était une question logique.

— Plus depuis longtemps. Ils sont morts dans un accident de voiture quand j'avais dix ans. Pas besoin de t'excuser, dis-je en le prévenant.

J'avais donné cette réponse si souvent que j'avais l'habitude que les gens essaient de s'excuser.

— La sœur jumelle de ma mère m'a élevée après ça, et elle vit encore là où j'ai grandi.

Ses yeux s'étaient assombris, et il resta silencieux un long moment.

— Ce n'est peut-être pas nécessaire, mais je suis désolé. C'est dur de perdre un parent, alors les deux d'un coup, comme ça...

Il y avait quelque chose dans son regard qui évoquait un grand sens du deuil et de la douleur. Je ne savais pas pourquoi, mais je savais que ce n'était pas juste parce qu'il venait d'apprendre que mes parents étaient morts.

— Ça va ? demandai-je, sans savoir pourquoi j'avais autant envie de demander.

Il serra la mâchoire et prit une gorgée de sa bière avant de répondre.

— Ma mère est morte d'un AVC. Il y a quelques mois, dit-il, d'une voix qui semblait à peine croire ce qu'il s'était passé.

— Oh Liam, je suis vraiment désolée, dis-je.

Avant de réaliser ce que je faisais, j'avais tendu la main sur la table pour attraper la sienne et la serrer.

Ses épaules se raidirent puis il se détendit et me serra la main en retour.

— Je ne peux pas dire que je me sois habitué à l'idée.

— Tu es proche de ta famille ?

Il hocha la tête, sa gorge sursautant alors qu'il déglutissait.

— Je m'inquiète pour mon père. J'ai failli refuser de venir jouer ici, mais j'ai deux frères et ils habitent près de lui à Londres. Ils ont tous insisté pour que je fasse ce que j'aurais fait si maman était en vie. Je suis vraiment soulagé qu'Alex ait signé en même temps que moi. On est meilleurs amis depuis qu'on est petits, et il sait à quel point j'étais proche de ma mère. Ce n'est plus aussi dur qu'avant, mais je suppose que tu sais comment c'est.

Mon cœur se serra en voyant la tristesse dans le regard de Liam, habituellement si joueur. C'était évident qu'il aimait sa mère et qu'il souffrait encore énormément de sa mort. J'avais envie d'apaiser sa douleur, mais je le connaissais à peine. Pas vraiment.

— J'ai une idée, oui. Le deuil est une chose étrange. J'étais tellement plus jeune que toi, donc je suppose que ce n'est pas exactement la même chose. Les gens qu'on perd nous manquent toujours, mais on s'y habitue. C'est presque comme si ça rendait le bon meilleur, et avec le temps on apprend que les souvenirs aident.

Il resta silencieux, le regard pensif. Puis il hocha enfin la tête. À ce moment-là, Forrest arriva à notre table. Je n'avais pas réalisé que j'avais presque terminé mon martini.

— Un autre verre pendant que vous attendez les plats ?

Liam lâcha ma main pour lever sa bouteille de bière et voir ce qu'il en restait. Il hocha la tête et je fis de même, puis Forrest repartit. Liam croisa mon regard.

— Merci, dit-il durement. Tout le monde ne comprend pas, mais je vois bien que toi, si.

Il s'adossa et secoua un peu la tête.

— Le moment gênant, c'est quand il faut changer de sujet.

Je souris. Je ne pouvais pas m'en empêcher. On serait larmoyants toute la soirée si on s'attardait sur ce sujet, donc ça m'allait de passer à autre chose. Avant que je n'aie le temps de dire quoi que ce soit d'autre, Forrest revint avec nos boissons.

— Vos plats arrivent dans quelques minutes, dit-il en continuant son chemin.

Un peu plus tard, je riais si fort que je manquai de cracher ma nourriture. En plus d'être beau et sexy au point de me faire presque fondre, Liam était drôle et intéressant. Il avait déclaré que les « *biscuits and gravy* » étaient son nouveau plat préféré et il me racontait des histoires folles sur les tours qu'Alex et lui jouaient à leurs amis au collège, après m'avoir expliqué la différence entre le système scolaire anglais et américain.

Après que Liam eut payé pour notre repas, ce que j'avais essayé de contester avant qu'il ne me fasse taire d'un regard, on sortit dans la nuit froide. La rue brillait sous la lumière des lampadaires, qui éclairaient le sol humide. La paume de Liam était posée dans mon dos alors qu'il me guidait vers le tram. On réussit à trouver des sièges cette fois, maintenant que l'heure de pointe était passée. Une fois assis, je pris conscience de la proximité de Liam. Sa cuisse, chaque muscle tendu, touchait la mienne. Mon pouls accéléra et une chaleur se rassembla dans mon bas-ventre. Je ne pouvais m'empêcher de lever les yeux pour trouver son regard, comme s'il n'attendait que ça. Sans un mot, il passa sa main sur ma cuisse, me brûlant d'une paume chaude.

Je me forçai à détourner le regard, posant les yeux sur une pub en face de nous dans le tram. Ça se trouvait être une pub pour les Seattle Stars, la nouvelle équipe de Liam. Le poster montrait une photo de Liam lui-même, la jambe levée alors qu'il tapait dans la balle. Même sur une photo, il dégageait une aura de puissance. Mon pouls s'accéléra encore et mon esprit se focalisa sur sa main, posée sur ma cuisse. Le désir, ce désir pur que Liam créait en moi, me traversa d'un coup. Je me forçai à ne pas serrer les cuisses quand mon intimité se mit à palpiter.

Chapitre Treize

LIAM

J'étais assis à côté d'Olivia et je faisais de mon mieux pour me retenir de plonger la main entre ses cuisses. Diner avec elle avait été une expérience divine. Dans un coin lointain de ma tête, une voix me répétait sans cesse que ce que je faisais avec Olivia ne ressemblait en rien à ce que je faisais d'habitude avec d'autres femmes. De manière générale, je n'emmenais pas quelqu'un diner, je ne courtisais pas les femmes. Ça arrivait parfois que je sois au restaurant avec des potes et qu'il y ait des femmes, mais ce n'était pas pareil. Et je n'étais pas contre l'idée, mais je n'avais jamais rencontré une femme qui me donnait envie de poser la question. Olivia m'avait surpris ce soir. Oh, elle avait ses moments sévères, mais c'était comme si elle avait décidé d'arrêter de se poser trop de questions et de simplement venir diner avec moi.

Quand elle avait ouvert la porte de son appartement et que j'avais vu ses boucles lâchées sur ses épaules, je l'avais presque sautée sur place. Elle était une combinaison de beauté et de sexy tellement tentante, et sa naïveté et son innocence ne faisaient qu'empirer la chose. Ma queue avait été à moitié tendue toute la soirée, le seul moment où ça s'était arrêté avait été quand nous étions arrivés sur le sujet de ses parents et de ma mère. Sa réponse avait été si honnête, c'était une bouffée d'air. À part avec ma famille, Alex puis le coach Bernie et ses commentaires de l'autre jour, j'en parlais rarement, mais avec Olivia, ça m'avait paru simple.

Elle bougea à côté de moi, croisant et décroisant les chevilles, le petit mouvement de sa cuisse sous ma main me ramenant au présent : Olivia collée contre moi, son odeur portant une pointe de miel jusqu'à mes narines, et sa cuisse chaude sous ma paume. Mon envie d'elle était si puissante que je ne savais pas si j'allais être capable de tenir beaucoup plus longtemps. J'avais envie de voir et de toucher chaque centimètre de son corps et de m'enfoncer en elle pour peut-être enfin satisfaire la folie qu'elle créait en moi.

La voix automatique du tram annonça sa station. À contrecœur, je retirai ma main de sa jambe et l'enroulai sur sa main quand elle se leva. Je n'avais pas réfléchi à cette partie de la soirée. Je commençais à réaliser que je prenais beaucoup de choses pour acquises quand il s'agissait des femmes dans ma vie. D'habitude, je n'avais pas besoin de m'inquiéter qu'une femme me demande de partir et me laisse sur ma faim. Mais avec Olivia, si. Aussi désespéré que j'étais de l'avoir, mon désir était entièrement lié au désir qu'elle ressentait pour moi. En parlant de choses que je n'avais jamais considérées avant, je devais avouer que je ne m'étais jamais demandé si une femme avait autant envie de moi que je n'avais envie d'elle. Mais à l'époque, je n'avais jamais eu envie d'une femme comme j'avais envie d'Olivia.

On arriva sur le trottoir, sous la pluie, qui s'était soudainement accélérée après notre sortie du restaurant. Olivia s'arrêta pour me regarder et j'étais sous son emprise. Je restai là comme un idiot alors que la pluie tombait autour de nous et je la fixai du regard. Ses cils étaient mouillés, illuminant ses yeux, si verts que j'aurais pu m'y perdre. Elle avait oublié de mettre sa capuche, et les gouttes de pluie s'accrochaient dans ses cheveux avant d'étinceler dans la lumière des réverbères.

Une goutte de pluie coula sur sa joue et je l'effaçai du bout du pouce en me tournant vers elle. Ses yeux observaient mon visage. Je ne savais pas ce qu'elle y voyait. Tout ce que je savais était que j'avais envie de la goûter encore une fois. Avec mes yeux dans les siens jusqu'au dernier moment, je plongeai la tête pour poser mes lèvres sur les siennes. Le point de contact était électrique, déclenchant un éclair de désir en moi. Le contraste entre la chaleur de ses lèvres et la pluie froide ne fit que me donner encore plus chaud. Un doux son s'échappa de sa gorge alors que je passais ma main dans ses boucles mouillées et plongeais ma langue dans sa bouche.

J'oubliai tout sauf elle, elle était une drogue pour moi, si douce, si délicieuse et si enivrante. Elle se cambra dans mes bras et passa une main dans mon cou, sa langue s'emmêlant avec la mienne. Alors que la pluie tombait autour de nous, je me laissai aller. Avec une main dans ses cheveux, je passai l'autre dans son dos et sur la courbe généreuse de ses fesses. Elle portait une jupe qui avait sans doute été créée uniquement pour me faire perdre la tête. Elle épousait ses hanches et j'avais passé la majorité de la soirée à me demander si j'arriverais à la remonter pour m'enfoncer en elle. Je la tirai contre moi, grognant en réponse à ses gémissements et elle écarta les cuisses juste assez pour que je frotte ma queue contre elle.

Un klaxon retentit non loin, et Olivia arracha ses lèvres aux miennes, à bout de souffle. Ses yeux se jetèrent sur les miens. Pendant un instant, je me sentis perdu, sa bouche me manquait déjà. Je commençai à dire quelque chose, mais elle parla la première.

— On est trempés. Viens.

Elle recula et attrapa ma main. On courut sous la pluie ensemble, nous jetant dans l'entrée de son bâtiment. Elle commença à monter les marches deux par deux puis s'arrêta et se retourna pour me regarder. Ses yeux étaient sombres et sauvages, ses joues rouges et sa peau humide de pluie.

— Tu veux monter? demanda-t-elle dans un souffle.

Sa question était l'une des questions les plus inutiles jamais posées, mais j'adorais l'entendre la poser. Alors que je hochais la tête, elle se retourna et me tira avec elle en direction de l'étage. Elle vivait au troisième, dans un petit immeuble charmant, caché entre les bâtiments plus modernes du centre de Seattle. Nous avions donc trois étages à monter. Elle s'arrêta brutalement au milieu du deuxième escalier, se retournant vers moi les yeux écarquillés et inquiets.

— Ton genou! Je suis tellement désolée. J'ai oublié...

Elle ne termina pas sa phrase et se mordit la lèvre, baissant les yeux vers le genou en question.

— C'est bon. Tim m'a fait monter des marches toute la semaine.

Ses magnifiques yeux verts revinrent vers les miens.

— D'accord, mais je vais ralentir. Je ne voulais pas...

Nos visages étaient presque au même niveau maintenant qu'elle était une marche au-dessus de moi. Je tirai un peu sur sa main et passai ma main libre sur la courbe de sa hanche, l'enroulant sur ses fesses pour la tirer vers moi.

— Va aussi vite que tu veux, ma belle, murmurai-je juste avant que nos bouches ne se retrouvent.

Je n'étais pas ultra-fan des baisers. Ce n'était pas que je n'aimais pas prendre mon temps et m'assurer que toutes les femmes avec qui j'étais passaient un bon moment, mais c'était surtout que je voulais passer à l'acte principal pour ainsi dire. Mais avec Olivia, c'était différent. J'aurais pu rester dans ces escaliers, trempé par la pluie et un peu frissonnant, et l'embrasser pendant des heures. La docteur coincée que j'avais rencontrée quelques semaines plus tôt baissait complètement sa garde quand nos lèvres se trouvaient. Entre deux longues caresses de nos langues, elle mordit ma lèvre inférieure et sursauta quand j'ouvris son manteau pour jouer avec ses seins. Elle enroula sa jambe autour de la mienne et se cambra contre moi, lâchant un gémissement grave dans notre baiser quand je pinçai son téton tendu entre mes doigts.

Un son de pas arrivant de l'étage en dessous de nous me força à reculer. Ses yeux étaient hagards, me soulageant un peu, car j'avais complètement perdu la tête et je ne voulais pas être le seul. Elle ne semblait pas comprendre pourquoi j'avais arrêté et enroula sa main autour de ma nuque.

— Là-haut, ma belle, soufflai-je contre ses lèvres. On a de la compagnie.

Elle écarquilla les yeux, alarmée, puis se retourna, oubliant encore une fois mon genou alors qu'elle grimpait les marches qu'il restait à toute vitesse. Heureusement, mon genou s'en sortait vraiment bien. On arriva devant la porte puis dans son appartement. Elle lâcha ma main et retira ses chaussures avant de s'éloigner de moi. Je posai mes chaussures à côté des siennes, près du porte-manteau, et retirai ma veste, pendant qu'elle allumait le chauffage et quelques lampes, créant un éclairage doux et chaleureux dans une pièce confortable. J'aimais bien son appartement : il était petit mais accueillant avec ses couleurs chaudes, et ce petit canapé couvert de coussins.

Olivia se retourna vers moi en retirant son manteau de pluie. Je la retrouvai à mi-chemin dans la pièce de vie. Son manteau tomba au sol quand je me collai à elle. J'étais presque incapable de réfléchir, encore moins d'agir de façon rationnelle, mais il fallait que je m'assure d'une chose.

— Tu ferais mieux de le dire maintenant si tu veux que je parte.

Je fermai les yeux et pris une bouffée d'air. En les ouvrant, je croisai son regard.

— Je te veux, Olivia, mais j'ai besoin de savoir si tu me veux aussi.

Je voyais son pouls effréné battre dans son cou, le rouge de ses joues et je sentais ses seins monter et descendre contre mon torse à chaque respiration. Elle déglutit et leva la main pour ajuster ses lunettes. Elle resta silencieuse assez longtemps pour que je commence à m'inquiéter. Puis elle acquiesça. Quand elle ne dit rien, je me sentis obligé de demander :

— Qu'est-ce que ça veut dire ?

Elle écarquilla les yeux puis déglutit.

— Je te veux.

Ses mots résonnèrent dans la pièce silencieuse, parfaitement clairs et doux.

Un nœud de tension dont j'ignorais l'existence, logé dans ma poitrine, se détendit. Je levai la main et retirai ses lunettes, faisant attention en les posant sur la petite table à côté du canapé.

— D'accord.

J'avais eu tous types d'idées sur comment prouver à Olivia, sans l'ombre d'un doute, qu'on n'était pas obligé de s'ennuyer au lit. La plupart de mes idées étaient des fantasmes où je pouvais me contrôler pour réussir à orchestrer le moment. J'y repenserai plus tard et réaliserai le peu de contrôle que j'avais et l'homme bête et arrogant que j'avais été de penser l'inverse. Le son de ses lunettes qui touchaient le bois de la petite table était comme une alarme en moi. Je passai ma main dans ses boucles folles et collai mes lèvres aux siennes encore une fois. Ce qui suivit fut une folie pure, j'avais perdu tout contrôle face à la luxure qui s'emparait de moi.

Elle soupira dans ma bouche, un son délicat qui venait de sa gorge, et je la tirai fermement contre moi. C'était comme si notre baiser dans les escaliers avait été mis en pause. Sa jambe s'enroula autour de la mienne et elle se cambra contre moi. Je sentais la tension de ses tétons à travers son chemisier fin, et je les révélai, grognant en trouvant sa peau de soie. Tout était une barrière. J'arrachai ma bouche de la sienne et retirai son haut. Ces moments brouillons, chauds et improvisés dans son bureau ne m'avaient pas vraiment donné le temps de la regarder. Je laissai mes yeux voyager sur son corps, passant un doigt sur son téton. Elle portait un autre soutien-gorge qui n'était qu'un petit bout de tissu, une dentelle couleur crème qui offrait un avant-goût du rose de ses seins. Je passai ma langue sur la dentelle, souriant contre sa peau quand elle gémit et se cambra dans ma bouche. Alors que je déversais mon besoin pour l'avaler tout entière dans ma bouche, mouillant la dentelle qui la couvrait, je pris ses deux seins dans mes mains, savourant leur poids. Je levai enfin la tête et manquai de jouir sur place quand je la vis.

Ses yeux étaient à moitié fermés, et ses joues étaient rouges, son souffle saccadé. Elle était cambrée contre moi, collant ses hanches à ma queue, qui était si dure que c'était un miracle que je n'aie pas encore explosé dans mon pantalon. Je passai ma langue dans la vallée entre ses seins puis passai enfin le pouce sur l'attache, grognant en voyant ses seins se libérer. Ils étaient parfaits, ses tétons mouillés, roses et tendus. Je ne pus m'empêcher d'aller en sucer un puis l'autre. Quand elle siffla mon nom, je levai la tête. Je ne savais pas pourquoi, mais l'entendre dire mon nom me fouetta de désir.

— Oui, ma belle ?

Elle ouvrit les yeux puis les plissa. Sans un mot, elle déroula la jambe de là où elle l'avait accrochée. Elle passa la main entre nous et défit soudainement ma braguette, passant sa main sur ma queue. Le peu de contrôle qu'il me restait disparut, et je grognai, mon front tombant contre le sien alors qu'elle enroulait sa paume sur moi et commençait à me caresser pardessus mon caleçon. Ma queue vibrait sous son toucher et il m'en fallait plus. Tout de suite.

On réussit à se retrouver sur le canapé. Cette jupe que je fantasmais de relever sur ses hanches avait été jetée dans un coin, ainsi que le reste de nos vêtements. Rien de tout cela n'était très suave. Je m'accrochais au peu de contrôle qui me restait, qui ne tenait qu'à un fil. On se retrouva emmêlés sur le canapé. Je n'arrivais pas à me rassasier de son corps et j'étais occupé à l'explorer avec mes lèvres et mains quand elle me repoussa. J'ouvris les yeux, perdu et l'esprit ailleurs, et trouvai son regard sévère. Oh mon Dieu. J'adorais ce regard. Elle avait les yeux plissés. Elle poussa un doigt contre mon torse.

— Tu dois faire attention à ton genou, déclara-t-elle, des mots clairs et autoritaires.

Elle était installée contre les coussins, nue, excepté une culotte noire. Son souffle était irrégulier et je voyais bien qu'elle était dans le même état que moi. Ma queue palpitait en la voyant. J'étais allongé sur elle, ignorant complètement mon genou.

— Docteur Bowen, lançai-je. Merci de votre visite. Mon genou se porte très bien, merci.

Je savais, j'étais certain que l'appeler « docteur Bowen » ferait ressortir son côté coincée qui s'inquiétait de ce qu'elle faisait avec moi. J'avais envie de réveiller ce côté-là parce que je l'adorais. Elle pinça les lèvres, le regard plutôt agacé.

— Je ne veux pas que tu fasses quelque chose d'idiot.

Mes lèvres avaient été occupées à découvrir la courbe de son ventre. Je plongeai la tête et déposai un autre long baiser avant de relever les yeux.

— Tu as raison. Donne-moi juste une minute et après j'obéirai au docteur.

Son souffle se coupa brusquement quand je plongeai une main entre ses cuisses pour caresser la soie. Elle était trempée, si trempée. Je passai mes doigts d'avant en arrière, caressant doucement la soie, savourant chaque mouvement de ses hanches et le gémissement grave qui lui échappa.

— Liam, ce n'est pas bon pour...

Je n'avais pas envie d'attendre pour voir ce qu'elle avait à dire donc j'écartai sa culotte, faisant enfin ce que je rêvais de faire depuis des semaines. Je plongeai un doigt en elle, trempé par les preuves de son désir, et collai ma bouche contre elle. Ses hanches sursautèrent contre moi et je m'installai pour la goûter aussi profondément que ce que je voulais.

Chapitre Quatorze

OLIVIA

Oh! Mon. Dieu. J'allais fondre sur le canapé. Avec la sensation des doigts de Liam en moi et sa langue me faisant des choses diaboliques, je me noyais dans mon désir. Tout se resserrait dans mon centre, j'étais au bord du gouffre jusqu'à ce qu'il enroule sa langue sur mon clitoris et que j'explose. Je me raidis, entendant mon cri de loin lorsque le plaisir s'empara de moi. Il leva doucement la tête et sortit ses doigts de moi avant de retirer ma culotte d'un coup rapide. J'étais encore sous le choc quand il déposa des baisers sur mon ventre, s'attardant sur mes seins avant de s'installer sur moi. Pendant ce temps, mon désir revenait déjà. La sensation de sa queue contre mes plis mouillés me fit presque perdre la tête encore une fois.

Une partie lointaine de mon esprit essayait de se rappeler ce que j'étais en train de dire, avant que Liam ne me prouve que ma croyance profonde que le sexe était ennuyeux et en aucun cas nécessaire était parfaitement fausse. Son genou. Voilà. Je me forçai à ouvrir les yeux.

— Ton genou, dis-je faiblement.

Ses yeux étaient maintenant d'un bleu marine, et je sentais son cœur battre contre mes seins. Je savais qu'il avait envie de moi, comme le prouvait chaque centimètre de sa longueur tendue qui se frottait à moi alors qu'il cambrait légèrement les hanches. Je m'accrochai à ma raison. C'était complètement fou d'être là avec lui, mais je ne pouvais vraiment pas l'autoriser à mettre sa rééducation en péril dans un moment de folie.

— Dites-moi ce que je dois faire pour mon genou... docteur Bowen. Mais d'abord, dites-moi si vous vous ennuyez.

Sa bouche s'arrondit dans un coin avec un sourire qui faisait vibrer mon estomac.

Je me mordis la lèvre pour ne pas rire. J'étais à moitié mortifiée parce que je savais qu'il voyait bien que je ne m'ennuyais pas du tout. Je secouai la tête.

— Je veux t'entendre le dire, insista-t-il, d'un sourire encore plus large.

— D'accord. Je ne m'ennuie pas. Du tout, dis-je.

— Très bien. Donc qu'est-ce que je dois faire pour mon genou ? demanda-t-il, les yeux brillants de malice.

Alors que mon cœur battait la chamade, un frisson généreux me traversa. Je plongeai dans cette partie de moi que je connaissais si bien, le docteur en moi qui se focalisait sur la fonction des articulations et ce genre de choses.

— Tu ne devrais pas mettre autant de pression dessus, criai-je quand il enfonça ses hanches en moi.

J'étais tellement mouillée que c'en était presque ridicule. Sa queue se frotta à moi, passant sur mon bouton de plaisir, qui était actuellement le centre de mon monde. Je gémis, mais je m'accrochai à ce semblant de contrôle.

— Comment je m'assure de ne pas mettre trop de pression dessus ? demanda-t-il d'une voix tendue.

Je me forçai à bouger avant de perdre la tête encore une fois, et m'extirpai de sous lui.

— On échange, dis-je une fois que j'étais debout.

Ma bouche s'assécha quand il obéit immédiatement. Bon Dieu. Son corps était une œuvre d'art, des muscles fins, et chaque centimètre de son corps parfaitement défini. J'avais vu des parties de lui, mais c'était la première fois que je le voyais en entier, et c'était splendide. Il avait quelques poils noirs sur le torse, qui descendaient vers son nombril. Je l'avais senti contre moi et je savais qu'il était bien monté, mais le voir dur comme la pierre me fit serrer les cuisses encore plus fort.

Il avait les yeux posés sur moi, il tendit la main et attrapa son jean sur la pile de vêtements. Quelques secondes plus tard, il enfilait un préservatif et enroulait sa main autour de mon mollet. Il me caressa le mollet puis la cuisse avant d'arriver à mes fesses, les serrant avant de plonger ses doigts entre mes cuisses et de caresser mon intimité trempée. L'intérieur de mes cuisses était mouillé de mon besoin.

Quand je ne bougeai pas, il parla.

— Eh bien ma belle, je me suis retourné. Maintenant quoi ?

Il se redressa sur les coussins pour m'attraper doucement. Je le chevauchai, installant mes hanches contre lui, levant les yeux quand il lâcha un grognement grave suivi d'un rire étranglé.

— Oh, si c'est comme ça qu'on ne met pas de pression sur mon genou, je fais tout ce que tu veux.

Je rougis et décidai de l'embêter un peu. Je balançai mes hanches contre lui, savourant sa réaction. Il attrapa mes hanches et me maintint sur lui, se frottant contre moi, me faisant presque jouir rien qu'avec ça. Il relâcha sa prise et je me redressai. J'avais besoin de le sentir en moi, j'en avais autant besoin que d'air pour respirer.

— Olivia...

Mes yeux descendirent pour passer la main entre nous. Je trouvai son regard, chaud et intense, et je me figeai. Le gland de sa queue était juste là, et j'avais envie de plonger si profondément, mais il agrippa mes hanches et m'interdit de bouger.

— Je veux te voir, dit-il d'une voix rauque.

Doucement, il me relâcha. Je descendis doucement, les yeux dans les siens, gémissant en le sentant me remplir. C'était tellement bon, tellement, tellement bon. Je restai immobile quand mes hanches touchèrent les siennes, assise profondément sur lui. Mon centre vibrait sur son membre. Coucher avec Liam était plus qu'une action mécanique. Non, c'était sauvage et fou et j'avais l'impression d'être à nu, en dedans comme en dehors. Je ne pouvais pas m'en empêcher, je commençai à me balancer sur lui. On avança au ralenti, le plaisir se resserrant en nous, tout se rassembla autour de ce point de contact.

Il passa sa paume le long de mon dos, me ramenant à lui subtilement. Mes seins s'appuyèrent sur son torse, aussi dur que le reste de son corps, et il murmura contre mes lèvres.

— Jouis avec moi.

Son accent articulé, rude de passion, suffit à me faire exploser alors qu'il plongeait profondément en moi. Je hurlai, ma tête tombant dans le creux de son cou. Mon centre vibra et une vague de plaisir me traversa, si forte que je survécus à peine. Ses bras s'enroulèrent autour de moi, et il balança ses hanches en moi encore une fois avant de se raidir et de lâcher un cri.

Je restai juste là, à respirer l'odeur de sa peau alors

que des étincelles de plaisir résonnaient dans mon corps. Il se détendit sous moi, et nos souffles ralentirent ensemble. Après quelques instants, sa paume caressa mon dos lentement. Je ne savais pas quoi faire. Je n'avais pas envie de bouger. Plus jamais. J'avais envie de rester juste là, avec les bras de Liam autour de moi, sa queue au plus profond de moi et cette intimité désarmante qui vibrait autour de nous.

— Tu as froid, ma belle.

Sa voix me sortit de mon état second. Je sentis la chair de poule sur ma peau alors que sa paume caressait encore une fois mon dos. Je levai la tête à contre-cœur. Je me sentis si exposée que c'était difficile de le regarder dans les yeux. Son regard était détendu et chaud et calma mon cœur. J'essayai de trouver quoi dire et fus tellement soulagée quand il parla.

— Ne me dis pas que tu as l'intention de me renvoyer dehors sous la pluie maintenant.

Étant donné que j'avais envie qu'il reste ici à jamais, je secouai immédiatement la tête. Je n'étais peut-être pas à l'aise avec ce que je ressentais, mais j'étais trop proche de ce qui venait de se passer pour que ma raison revienne.

Mais quand je ne dis rien du tout, Liam sourit doucement.

— Très bien. Douche.

On réussit à se démêler et à nous diriger vers la douche. Il était parfaitement à l'aise avec sa nudité, mais ça me paraissait normal. La plupart des athlètes passent beaucoup de temps dans les vestiaires et à être manipulés par des kinés et des entraineurs. J'étais moi aussi à l'aise, ce qui me surprenait. Même si j'avais toujours trouvé le sexe ennuyeux, je n'avais jamais été une prude. C'était l'aspect intime de ce qui venait de se passer qui me déstabilisait. S'il le voyait, il faisait en sorte de l'ignorer. Une fois sous la douche, alors que la vapeur de l'eau chaude s'emparait de nous, il passa ses mains sur moi, par-derrière, et m'embrassa dans le cou. Je commençai à me couvrir de savon et la barre de savon tomba au sol dans un bruit sourd.

— Liam, dis-je à bout de souffle.

— Hm ?

— C'est glissant sous la douche. Je ne veux pas que tu perdes l'équilibre.

Mon refuge était mon esprit médical.

Il leva la tête et me retourna dans ses bras.

— Je ferai attention si tu me savonnes, dit-il avec un sourire.

Chapitre Quinze

LIAM

Je me réveillai avec le corps endormi et souple d'Olivia contre moi. J'étais blotti contre elle, et elle remuait les fesses contre moi, une façon très efficace de me réveiller de plus d'une façon. Son lit était un refuge de confort comme j'avais pu le découvrir cette nuit. Elle avait une abondance de coussins et une housse de couette en soie, assortie à des draps en flanelle. J'aurais certainement très bien dormi même dans un lit de paille tant qu'Olivia était à côté de moi. Mon corps était prêt à repartir pour plusieurs heures de plaisir avec elle, mais j'avais une séance de kiné dans peu de temps.

Je ne pus m'empêcher de passer la main sur la courbe de sa hanche et dans le creux de sa taille. Elle fit un petit bruit puis bougea les jambes. J'écartai ses mèches folles de son cou pour pouvoir la goûter. Rien qu'un baiser et après je me sortirais de ce lit, ou du moins, c'était ce que je me disais. Un autre son. C'était la première fois que des marmonnements endormis et incohérents m'excitaient, mais tout bruit venu de cette femme envoyait mon sang vers mon entrejambe. Et mes lèvres voyagèrent vers la courbe de son épaule. Une chair de poule apparut sur sa peau et je souris contre elle. Elle était réveillée. Je le sentais au petit frisson qui traversait son corps.

— Liam, qu'est-ce que tu fais ? demanda-t-elle d'une voix encore endormie, ce qui ne fit qu'accentuer le désir que je ressentais. À moitié réveillée et chaude, avec ses courbes généreuses contre moi, elle était la définition même d'irrésistible.

— Je te dis bonjour, répondis-je en faisant demi-tour et en retournant vers son cou.

Je ne pouvais pas m'empêcher de passer une main sous la courbe de son sein et de passer mes doigts sur ses tétons, qui se tendirent comme deux petites pointes obéissantes dès que je les touchai. Elle hoqueta de surprise quand je passai ma main sur son ventre, m'avançant vers ses plis. Mon corps entier se tendit quand je sentis sa mouille.

— Liam... commença-t-elle à dire avant de gémir quand je passai deux doigts en elle.

— Oui, ma belle ?

Bon sang. Elle était trop bonne, à tremper mes doigts et à se resserrer sur moi. Sa seule réponse à ma question fut de cambrer ses hanches sous mon toucher, tout en m'attirant plus profondément contre elle et de frotter ses fesses contre ma queue, qui était si dure que c'était un miracle que je n'explose pas immédiatement. J'avais besoin d'être en elle. Tout de suite. J'étais sur le point de plonger en elle quand je réalisai que je n'avais pas de préservatif à proximité du lit.

Comme si elle pouvait lire dans mes pensées, elle tendit la main vers la table de chevet, ouvrant rapidement un tiroir, manquant de le jeter au sol.

— Capote, lâcha-t-elle entre deux gémissements en me jetant un petit paquet en aluminium.

À la vitesse de la lumière, je l'ouvris et l'enfilai. Ses cheveux étaient tombés sur sa joue. Je les écartai et me penchai sur elle, visitant son cou de mes lèvres, dents et langue. Avec un mouvement subtil, ma queue se plaça devant son entrée.

Je restai immobile, presque incapable de me retenir.

— Olivia, soufflai-je.

Elle ouvrit les yeux et tourna la tête juste assez pour que je puisse la voir. J'étais possédé par le besoin de voir son visage quand je plongeais en elle. Ses joues étaient rouges et ses hanches se cambrèrent contre moi alors que je plongeais en elle. Ma tête tomba dans le creux de son cou et je respirai son odeur. Tout à fait différent de la folie désespérée de la veille, ce moment était lent, animal et holistique. Je me balançais dans son antre de velours mouillé, plongeant plus profondément à chaque coup de reins. Sa peau était douce comme la soie, son odeur était un miel épicé, et les petits sons qui lui échappaient me faisaient monter de plus en plus haut, la pression montant crescendo. J'explosai d'un éclat résonnant quand son corps se tendit et qu'elle se mit à vibrer sur ma queue, hurlant de plaisir. Mon explosion me secoua. Je serais sans doute tombé au sol si ce n'était pas si agréable d'être accroché à elle dans ce lit.

On resta immobiles, et je me surpris à caresser ses boucles soyeuses. Mis à part le fait que j'adorais ses magnifiques cheveux sauvages, je les adorais aussi parce qu'ils étaient le seul indice de ce qu'Olivia était sous sa carapace professionnelle et propre sur elle, qui tentait de les maitriser en chignon. Mon téléphone vibra et je l'ignorai. C'était sans doute Alex. Il voulait sans doute s'assurer que je le retrouverais à temps pour l'entrainement. Je ne voulais pas me lever et quitter cette bulle hors du temps.

Olivia tortilla ses fesses et se retourna, ma queue échappant à sa chaleur. Ses yeux trouvèrent mon visage, et je me demandai à quoi elle pensait. Une pointe d'anxiété s'empara de moi. Je n'avais pas l'habitude de tout ça – ce désir de rester, de ne rien faire de plus qu'être avec quelqu'un. Je combattais l'envie, écartais ce sentiment. Elle s'assit, tirant les draps pour se couvrir. Je ne pus m'empêcher de sourire. Tout ce qu'elle faisait pour être polie me donnait envie de me moquer d'elle.

— Un peu tard pour ça, tu ne crois pas ? demandai-je.

Elle rougit, et passa le drap sous ses aisselles en me lançant un regard noir. Elle se mordit l'intérieur de la joue en me regardant.

Comme je voyais qu'elle n'avait pas l'intention de parler, je continuai.

— Donc, tu penses encore que tu t'ennuies au lit, docteur Bowen ?

Ses joues passèrent du rose au rouge, ses yeux s'assombrirent et elle sauta du lit. Je la suivis, plus lentement que ce que j'aurais voulu. Le matin était le moment où mon genou en convalescence était le plus présent. J'étais souvent tendu et je ne m'échauffais qu'après une longue douche. Elle semblait se diriger vers la salle de bain, donc je la suivis jusqu'à la douche, jetant mon préservatif en chemin.

— Quel genre de femme dit que le sexe est ennuyeux, mais a des capotes à côté de son lit ? demandai-je en me savonnant rapidement et en passant une main dans son dos.

Je ne pouvais pas m'empêcher de la toucher. Même

si je ne savais pas combien de temps il me faudrait pour être enfin rassasié d'Olivia, j'en avais eu juste assez pour ne plus être entièrement affamé, et j'étais capable de me contrôler.

Olivia parla alors que l'eau coulait sur son visage et ses cheveux et qu'elle se retournait.

— Daisy me les a données. Elle en a mis partout dans l'appart. J'en ai même trouvé dans la cuisine une fois. Elle pensait que ça allait me motiver.

J'essayai de ne pas rire, mais je ne pus m'en empêcher et j'eus même besoin de m'appuyer contre le mur de la douche pour ne pas perdre l'équilibre. J'ouvris enfin les yeux et trouvai Olivia qui me fixait du regard, l'air mécontent et les mains sur les hanches.

Je pris une bouffée d'air et m'écartai du mur.

— Tu viens de m'offrir un nouveau challenge.

Elle pencha la tête.

— Hein ?

— Il faut qu'on les trouve toutes et qu'on les utilise.

Chapitre Seize

OLIVIA

Je parcourais l'écran devant moi et pris une note mentale de certains détails avant de regarder le patient devant moi. Un joueur de foot – de foot américain, une distinction à laquelle je n'avais jamais vraiment pensé avant Liam – était assis devant moi dans la salle d'examen avec une équipe de docteurs appuyée contre le mur derrière lui. C'était une consultation pour que je leur donne une seconde opinion, et ils avaient amené ce gars depuis le Colorado. Ce joueur, Carl Taylor, avait l'air fatigué et inquiet. Il avait raison de l'être.

Je posai ma tablette sur le comptoir et posai mes mains sur mes genoux.

— Eh bien, Carl, je vais être directe. Vous le savez mieux que nous, c'est la deuxième fois que vous avez une déchirure sur ce ligament. Je pense que vous pourrez rejouer, mais il faut que je sois très claire sur nos limites. Si vous choisissez de subir cette opération, on peut nettoyer le tissu cicatrisé et vous refaire une greffe, à neuf. Nos limites vont être au niveau de l'ancienne greffe, et dépendre de la façon dont vous allez devoir vous occuper de votre jambe pour vous assurer que cette zone reste forte. Je pense qu'on peut améliorer la situation, mais vous êtes responsable de ce qu'il se passe après. Je vais être très honnête : évidemment, vous courez beaucoup quand vous jouez, et vous avez eu du mal à changer la façon dont vous agissez sur le terrain ou quand on vous tacle. C'est la raison principale pour laquelle vous vous êtes blessé à nouveau.

Je m'arrêtai quand Carl haussa les sourcils.

Il était clairement surpris que je sache quoi que ce soit sur son style de jeu.

— Oui, pardon. Je regarde des enregistrements vidéo si je pense que ça peut me permettre de mieux comprendre la nature de votre blessure. Habituellement, je ne le fais que pour une blessure répétée parce que ça me permet de mieux comprendre ce qu'on a devant nous et pourquoi. Vous êtes un joueur défensif, et j'entends dire que vous êtes l'un des meilleurs. En vous regardant jouer au moment où vous vous blessez le genou, je vois que vous aviez les deux pieds bien ancrés au sol et que votre genou était tourné vers l'extérieur. Devinez ce que ça veut dire ?

Carl soupira.

— Il faut que j'arrête de faire ça.

— Exactement. J'imagine que c'est très difficile quand c'est quelque chose que vous faites bien, parce que votre instinct vous dit de continuer. Si vous décidez de nous demander de vous traiter, je vous recommande fortement de mettre en place des rendez-vous vidéo avec notre équipe kiné et coach sportif après l'opération. Pour vous remettre sur pied et en état de jouer, vous allez devoir être vigilant et changer certaines habitudes pour protéger ce genou.

Carl hocha la tête et se tourna en direction de son

équipe qui nous regarda tous les deux avant d'acquiescer.

— Si vous pensez que c'est faisable, on est prêts à faire tout ce que vous recommandez.

J'avais déjà eu l'occasion de parler avec Carl seule à seul. Il était encore jeune et il lui restait facilement dix ans de jeu devant lui s'il pouvait se remettre sans se refaire mal au genou. J'avais eu plusieurs consultations de ce genre où je disais non, non pas parce que je ne pouvais pas aider, mais à cause de l'attitude du joueur. Carl était ouvert et voulait entendre mon retour, donc je me disais qu'il avait une chance de saisir cette opportunité. Alors que j'étais assise là à le regarder, Liam entra dans mes pensées, de façon effrontée comme tout ce qu'il faisait d'autre. J'étais fascinée par l'effet que Liam me faisait. Carl était beau, aux yeux de n'importe qui, avec ses cheveux bruns, ses yeux bleus et son corps de dieu grec. Mais je ne ressentais rien. Pas même une pointe de désir, même si j'essayais de me motiver.

Mais Liam n'avait qu'à entrer dans cette pièce et me regarder pour que je prenne feu. C'était tellement incontrôlable que le simple fait de penser à lui tout de suite faisait vibrer mon intimité. Oh, bon Dieu. C'était déjà assez fou de dépasser toutes les limites imaginables avec un patient et de mettre mon boulot en jeu, mais maintenant je m'excitais toute seule à propos de Liam pendant un rendez-vous avec un autre patient. Je me forçai à me changer les idées et à me concentrer sur Carl, obligeant mon cerveau à revenir sur les détails de son opération.

Plus tard ce soir-là, après une journée où j'avais enchaîné les rendez-vous, je sortis du bâtiment et m'arrêtai sur le trottoir devant la clinique. La clinique était dans une rue juste assez haute pour qu'on puisse voir Puget Sound. Le ciel était dégagé, par miracle, ce soir et le soleil se couchait au-dessus de l'eau, l'horizon enflammé d'orange et de rouge, alors que la rivière reflétait les couleurs. Je pris une profonde inspiration et me mis en marche vers chez moi. Quelques minutes plus tard, après avoir fermé la porte de mon appartement et accroché mon manteau au mur, je me dirigeai vers la cuisine pour me faire un thé. Je m'arrêtai à côté du canapé et regardai autour de moi. Mon petit appartement me paraissait soudainement vide et silencieux. Il avait suffi d'une nuit avec Liam pour qu'il chamboule tout mon monde. Mis à part ses baisers à en tomber et le sexe à en faire fondre mes os, il était chaleureux et drôle et, contre toute attente, je l'aimais bien et j'avais adoré chaque minute passée avec lui.

J'avais été incapable de me retenir et j'avais cherché son nom sur Google ce matin. Lui, ainsi que de nombreuses stars du foot, étaient le centre de nombreux sites de ragots anglais. Je vis plusieurs photos de lui avec Alex et d'autres joueurs, et très peu de photos avec des femmes. D'après les journaux, il avait une réputation de gars impossible à séduire. Il y avait même des paris sur la date à laquelle il finirait par se mettre en couple. Il y avait quelques histoires récentes qui me serrèrent la poitrine. En tant que milieu de terrain offensif, une position souvent décisive dans un match, on lui demandait beaucoup de contrôle de balle, de présence tactique et d'être le joueur qui orchestre la défense et distribue la balle — en soi, d'être le cerveau de l'équipe. Il était glorifié comme étant l'un des meilleurs joueurs du monde et avait mené sa dernière équipe en Angleterre en finale de la Premier League dès sa première année. Il y avait de nombreux articles qui s'acharnaient sur lui pour avoir perdu sa concentration sur les derniers matchs qu'il avait joués avec cette équipe et qui supposaient que la mort de sa mère avait contribué au problème. J'avais envie de hurler, car évidemment que c'était le problème ! Ça n'aurait jamais dû être tellement important qu'on lui interdisait d'être humain et d'avoir besoin d'un peu de temps pour faire le deuil de sa mère.

Je regardai mon petit appartement et me demandai ce que Liam me trouvait. J'étais une bonne chirurgienne et je n'avais aucun doute sur ma force intellectuelle, mais me dire qu'un homme comme ça, qui avait le monde à ses pieds, avait envie de moi était un peu trop beau pour être vrai. C'était même vraiment difficile à croire. J'avais réussi à laisser passer le weekend sans succomber à l'envie brûlante de le revoir. Il m'avait écrit plusieurs fois et semblait avoir prévu de me demander de le voir tous les jours jusqu'à ce que je cède. Mais j'étais d'avis que ce n'était pas la chose la plus intelligente à faire. Mais, ici, à ce moment précis, je mourais d'envie de le voir.

Agitée, je me retournai et attrapai mon téléphone dans mon sac à main, posé au sol. J'écris rapidement à Daisy.

Tu veux manger ensemble ce soir ?

Elle répondit rapidement. *Où ?*

Ce resto thaï. Je sais plus comment il s'appelle.

Daisy et moi avions dîné ensemble dans tout Seattle pendant nos années de fac et de médecine, et elle savait exactement ce que je voulais dire malgré ma réponse vague.

Je t'y retrouve dans une demi-heure !

———

Presque exactement trente minutes plus tard, je passai la porte du restaurant thaï

et l'enseigne me rappela le nom : Thai Paradise. Daisy se tenait à côté de l'accueil et me fit un petit signe de main. Ses cheveux blonds étaient tressés lâchement, et sa tresse se balança quand elle se pencha vers moi pour me prendre dans ses bras.

— Tu m'as écrit pile au bon moment ! Et ils ont dit que notre table préférée sera prête dans trois minutes.

Elle jouait avec le bout de sa tresse et me regarda.

— Je suis sûre que tu as passé une meilleure journée que moi.

— Pourquoi tu dis ça ?

— Sa Majesté m'a appelée pour m'engueuler de ne pas avoir fait assez de pub pour l'une de nos nouvelles études.

Sa Majesté était le fléau que Daisy se tapait au boulot, et le seul point noir de sa vie professionnelle. En tant que chercheuse médicale fraichement sortie de l'école, elle était en bas de l'échelle dans son domaine. Elle était brillante et s'était facilement trouvé un poste dans un labo de recherche, mais elle se confrontait à plusieurs égos, l'un d'entre eux était Sa Majesté, qui aurait voulu être docteur, mais ne l'était pas. De ce que je comprenais, elle avait tendance à vouloir expédier les médicaments expérimentaux trop rapidement pour qu'ils arrivent sur le marché plus vite. Avec tous les scandales sur ce genre de choses, on pourrait se dire qu'elle aurait plus de bon sens. Daisy adorait aller loin dans les détails de la recherche, donc elle avait une patience presque infinie pour le procédé des études médicales.

— C'est une connasse et elle se sent menacée par toi, déclarai-je fermement. Ça l'énerve aussi que votre supérieur te respecte autant.

Daisy enroula son bras autour du mien et le serra.

— Tu vois, je me sens déjà mieux.

Notre serveuse nous fit signe de nous installer à la table qui faisait l'angle, et Daisy m'y entraina rapidement. Une fois installées, on papota pendant que notre serveuse nous apportait nos boissons et prit notre commande. Une fois qu'on fut bien installées, j'étais en train de boire quand Daisy me fit presque recracher.

— Bon. Je passais devant ton bâtiment par hasard dimanche matin, pour aller à la salle de sport, et j'ai vu Liam partir. Qu'est-ce que Monsieur Canon faisait chez toi à cette heure-là ?

J'attrapai une serviette pour essuyer le thé qui me coulait sur le menton. Que Daisy passe devant chez moi était tout à fait normal. On s'était inscrites à cette même salle de sport ensemble à la fac. De temps en temps, on s'y retrouvait, mais on était toutes les deux tellement occupées par le boulot depuis la fin de nos études que c'était devenu plus difficile d'accorder nos emplois du temps. Je n'étais pas habituée à ce que qui que ce soit fasse une remarque sur ma vie privée, car d'habitude il n'y avait rien à remarquer. Je la regardai en soupirant, déchirée. J'avais envie de tout lui dire, mais j'étais complètement confuse à propos du potentiel désastre professionnel dans lequel je m'étais fourrée. Pire encore, je ne savais pas comment gérer la profondeur des sentiments que j'avais pour Liam. Si qui que ce soit pouvait m'aider, c'était Daisy, donc je me lançai.

— Tu seras peut-être heureuse d'entendre que les capotes que tu as laissées partout dans mon appartement se sont enfin trouvées utiles, dis-je.

Daisy ouvrit la bouche une seconde avant de lâcher un petit cri.

— Oh mon Dieu ! C'est génial ! Tu as enfin décidé de t'amuser un peu, et il est tellement délicieux.

Elle s'adossa à sa chaise et applaudit doucement.

— D'accord, dis-moi tout.

Daisy était ma plus vieille amie, donc j'avais l'habitude de tout lui dire. D'ailleurs, je m'étais plainte en long, en large et en travers de l'ennui de mes dernières prouesses sexuelles. Étant donné que nous étions toutes les deux docteurs et que nous avions fait nos études en même temps, nous avions largement l'habitude de parler de choses qui feraient rougir la plupart des gens. Mais, pour des raisons que je n'arrivais pas à définir, tout lui dire me paraissait étrange. Ce qui s'était passé entre Liam et moi était si intense, si surprenant d'intimité, que je ne savais pas comment en parler. Mais je n'allais pas tout lui cacher parce que j'étais complètement perdue et je ne savais pas comment gérer mes propres sentiments.

Avec les joues rouges, j'ajustai mes lunettes et trouvai son regard, essayant d'écarter mes doutes.

— Eh bien, il m'a emmenée diner...

— Où ? me coupa-t-elle.

— À 13 Coins.

Daisy écarquilla les yeux. Elle savait que j'avais passé beaucoup de temps là-bas avec mes parents, car elle était souvent venue avec nous avant leur mort. Elle savait aussi que c'était leur restaurant d'anniversaire de mariage.

— Waouh. C'est... chargé de signification, ça.

Je me mis à enrouler ma serviette autour de mon doigt.

— Peut-être. Liam ne savait rien de ce restaurant, bien sûr.

Comme j'étais mal à l'aise de penser à ça, je continuai.

— Bref, on a mangé ensemble puis, bah, il a passé la nuit chez moi.

Daisy scruta mon visage.

— Ça va ?

Je haussai les épaules, la poitrine serrée d'un nœud d'anxiété. Je ne savais pas si ça allait. Avais-je le droit de dire que Liam me manquait autant que ça alors que nous n'avions passé qu'une nuit ensemble ? Avais-je le droit de vouloir qu'il soit quelqu'un d'autre, plutôt qu'une star internationale du foot sur qui les gens pariaient, des paris qui n'avaient rien à voir avec le sport ? Avais-je le droit de soudainement remettre en question mes notions antérieures sur les hommes et les relations amoureuses pour avoir envie de quelque chose dont je n'avais jamais eu envie ? Mon corps avait-il le droit d'être si sensible à tout ce qui concernait Liam au point qu'il me suffisait de penser à lui pour que la chaleur s'empare de mes veines, les papillons de mon ventre et que ma culotte soit ruinée ? Par exemple, à l'instant.

Alors que ces questions s'accumulaient dans mon esprit, je regardai Daisy et trouvai ses yeux marron chaleureux posés sur moi.

— Oh, dit-elle doucement. Tu l'aimes bien, genre vraiment, vraiment bien. Ne stresse pas. Il ressent la même chose pour toi. Ça se voit.

— Comment tu peux voir ça ? demandai-je, presque à bout de souffle en entendant sa réponse, et me demandant pourquoi ces mots comptaient autant pour moi.

Je n'étais pas du genre à me mettre dans cet état pour qui que ce soit. Je n'aimais pas me retrouver secouée dans tous les sens par mes émotions.

À ce moment-là, nos plats arrivèrent. J'avais choisi un curry rouge au poulet et aux noix de cajou, et Daisy avait choisi des nouilles épicées. Une fois que notre serveuse fut repartie, je regardai Daisy. Elle prit une bouchée de sa nourriture et tint ses baguettes en l'air pendant qu'elle mastiquait. Après une gorgée d'eau, elle s'adossa à sa chaise.

— C'est juste la façon dont il te regarde. Ce n'est pas comme si je le connaissais bien, mais il y a des regards qui ne sont que sexuels, et puis il y a les regards qui sont plus que ça. Lui, c'était plus.

Je pris une profonde inspiration et soupirai.

— Je crois que j'ai complètement perdu la tête.

Daisy sourit.

— Nan. Tu es humaine. J'ai toujours su que tu en étais capable, je me demandais juste qui réussirait à percer ta carapace.

Je regardai Daisy, le doute que j'essayais d'écarter si fort montait encore une fois en moi. Tout ce que je ressentais me surprenait. Incapable de réfléchir clairement, j'écartai ma confusion et levai les yeux au ciel.

— Bon, d'accord. Donc qu'est-ce que je fais ?

— Passe autant de temps que possible avec lui, dit Daisy en hochant fermement la tête. Je veux dire, il est vraiment joli à regarder, donc pourquoi ne pas prendre tout ce que tu peux. Je commence à me dire que tu ne vas pas me donner de détails puisque tu es passée complètement à la suite, mais j'imagine que tu ne t'es pas ennuyée au lit.

Son sourire malin envoya une autre vague de chaleur dans mes joues déjà rouges.

— Oh non.

— Je passerai chez toi demain et m'assurerai que tu as assez de capotes.

J'explosai de rire. Quand je réussis à m'arrêter, je secouai la tête.

— On n'en a utilisé qu'une seule des tiennes et tu en as mis partout la dernière fois.

— Ouais, et tu en as jeté la moitié.

La conversation commença à passer à autre chose, mais il y avait une autre inquiétude que je n'arrivais pas à écarter.

— Tu crois vraiment que ce n'est pas grave que j'aie fait ça avec un patient vraiment, vraiment récent ?

— Ancien patient. Tu l'as opéré il y a des semaines, et ce n'est officiellement plus ta responsabilité, dit Daisy entre deux bouchées, balançant ses baguettes pour appuyer son propos.

— Oui, mais...

Daisy secoua la tête avec un regard plein d'empathie.

— Oh, arrête ! On passe à autre chose. Bradley, au boulot, nous a offert des billets pour le match des Stars. Je me disais qu'on devrait y aller ensemble. Tu pourrais voir Liam jouer et je pourrais harceler le reste de l'équipe. Qu'est-ce que t'en penses ?

— Liam ne jouera pas pendant encore un moment, mais ça pourrait être fun. Tu n'es pas censée y aller avec Bradley ? Je veux dire, ce sont ses billets.

— Bradley sera là, mais il a quatre billets, donc je me suis dit peut-être toi, Harper et moi.

— Tu es sûre que Bradley veut tout un groupe ?

Bradley était l'ami « plus plus » de Daisy. Je ne savais jamais vraiment comment l'interpréter.

Daisy haussa les épaules.

— Je sais que tu ne comprends pas, mais on est vraiment juste amis. S'il ne voulait pas que j'invite qui que ce soit, je suis sûre qu'il ne m'aurait pas proposé les billets. En plus, Liam devrait être de retour sur le terrain à ce moment-là. C'est pour un match dans trois mois. Les billets partent comme des petits pains et c'est grâce à Liam et aux autres joueurs arrivés de Londres. Les Stars ont enfin une vraie chance.

L'idée de voir Liam jouer me fit vibrer de l'intérieur. Ça aurait dû me mettre la puce à l'oreille. Même si la plupart de mes dossiers étaient ceux de joueurs professionnels, j'étais loin d'être particulièrement passionnée par le monde du sport. C'était plutôt un intérêt clinique, une curiosité sur la façon dont un corps fonctionne et ce qui est nécessaire pour un joueur au sommet de sa forme. Le but était de leur permettre de retrouver toutes leurs capacités. Les fans dans les stades ? Je n'en faisais pas partie. Mais l'idée de voir Liam en action me fit frissonner d'envie.

Chapitre Dix-Sept

LIAM

Je descendis du tapis roulant et attrapai la serviette accrochée à la barre, m'essuyant le visage avant de mettre la serviette par-dessus mon épaule. Tim descendit du tapis à côté du mien, il me regarda des pieds à la tête. En tant qu'athlète professionnel, j'avais l'habitude qu'on me regarde constamment de façon aussi froide, comme si je n'étais pas là. Les coachs, les médecins.

— Comment va ton genou ? demanda-t-il.

Je pliai la jambe et m'appuyai dessus.

— Super. Honnêtement, le seul moment où je sens une différence maintenant, c'est juste quand je me réveille. Ça prend quelques minutes pour s'échauffer.

Ça faisait un mois depuis l'opération, ce que je trouvais fou en y pensant. Sans ma quasi-obsession pour Olivia, j'étais certain que le temps me paraitrait long, mais elle m'offrait la parfaite distraction. J'étais aussi très pris par mes séances de rééducation, les réunions avec l'équipe et les entrainements que je regardais. J'étais pressé de revenir sur le terrain, mais je ne m'ennuyais pas.

J'attrapai la bouteille d'eau que Tim me tendait et en bus la majorité. Je venais de passer une bonne demi-heure sur le tapis combo elliptique qu'il me faisait utiliser tous les jours. Il m'avait fait doucement accélérer, ajoutant plus d'intensité à la séance. Ce n'était qu'une partie de ce que je faisais tous les jours. Je passais tellement de temps avec Tim que j'avais appris à bien le connaitre. J'étais vraiment heureux de le trouver cool, sinon mes journées seraient longues.

Tim me fit signe de le suivre vers une autre section de la salle de sport de la clinique. Il y avait une section entière dédiée aux poids et aux machines pour les entrainements de musculation. Le football, du moins mon genre de football, ne demandait pas le même type de volume qu'on voyait sur les joueurs de football américain, donc je n'étais pas toujours fourré dans les poids comme beaucoup d'autres joueurs en rééducation à la clinique. L'envie de jouer commençait à me démanger. Mais j'avais rapidement compris que les conseils de Tim marchaient parfaitement bien, donc je suivais son plan à la lettre.

J'étais en train de m'étirer quand Tim s'interrompit, entendant quelqu'un l'appeler. Au son de la voix d'Olivia, un frisson remonta ma colonne vertébrale et un sourire s'empara de moi, en dedans et en dehors. De temps en temps, les chirurgiens passaient dans la salle de sport, mais c'était la première fois que je voyais Olivia ici. Je me levai doucement du tapis de yoga sur lequel j'étais assis et la vis s'avancer vers nous. Elle écarquilla les yeux en me voyant. Ça faisait presque une semaine que je ne l'avais pas vue, car elle changeait de sujet à chaque fois que j'essayais de la convaincre de me revoir. Mon corps se raidit en repensant à notre dernière rencontre, plongé profondément en elle alors qu'elle palpitait sur moi. Oh oui, ça avait été l'une des meilleures matinées de ma vie, sans parler de la nuit d'avant.

Elle portait une jupe, encore une fois, une jupe moulante qui arrivait à ses genoux. Une jupe parfaitement respectable, avec absolument rien de cochon. Mais la seule chose qu'elle m'évoquait était la dernière fois que je l'avais vue dans cette même jupe et que je l'avais remontée sur ses cuisses pour la doigter. Comme la dernière fois, elle portait un chemisier simple avec cette jupe, boutonné aussi haut que possible sans l'étrangler, et une blouse blanche. Elle enchainait sans doute les rendez-vous aujourd'hui, au lieu des opérations.

Elle s'arrêta devant nous, levant la main pour ajuster ses lunettes. Ses boucles étaient rassemblées en arrière avec une seule mèche rebelle s'échappant et s'enroulant sur ses lunettes. Tim posa ses mains sur ses hanches.

— Docteur Bowen, qu'est-ce qui vous amène ici ?

— J'ai besoin de quelques minutes pour parler de la chirurgie d'hier matin. Il est censé vous rencontrer demain après-midi. Je suis prise le reste de la journée, donc je voulais m'assurer qu'on puisse se trouver un moment avant que vous ne le rencontriez.

— Bien sûr. Je vais jeter un œil à mon emploi du temps, répondit Tim en sortant son portable de sa poche.

Je supposai qu'il regardait son calendrier.

Olivia jeta un œil vers moi, la première fois qu'elle me regardait depuis qu'elle était arrivée ici. Au moment où nos yeux se croisèrent, c'était comme si l'air entre nous avait pris feu. Ma queue durcit et ses joues rosirent.

— Bonjour docteur Bowen, dis-je avec un clin

d'œil, manquant d'exploser de rire quand ses joues passèrent au rose bonbon.

Je me dis que ma meilleure chance était de me comporter comme d'habitude, et j'adorais draguer. Tim n'y trouverait rien d'étrange.

Elle ajusta ses lunettes et déglutit lourdement.

— Bonjour Liam. On dirait que vous vous remettez plutôt bien.

Tim leva les yeux de son téléphone.

— Il s'en sort super bien. À priori, il va atteindre l'objectif de revenir sur le terrain dans les trois mois.

Il cliqua sur son téléphone.

— On peut voir demain matin. Est-ce que 7 h 30 ça marche pour vous ? demanda-t-il en regardant Olivia.

Elle hocha la tête et commença à dire quelque chose. Je savais qu'elle allait sans doute repartir aussi vite qu'elle était venue, donc j'intervins.

— Docteur Bowen, je voulais vous poser une question.

Elle ferma la bouche, plissant les yeux vers moi. J'adorais quand elle avait l'air toute propre sur elle et énervée par moi. L'air dans la pièce palpita sous la tension qu'elle dégageait, et bon sang que ça m'excitait.

— Je lis quelques articles pour m'assurer de faire tout ce que je peux pour progresser. Et j'ai cru comprendre qu'il fallait que je fasse attention à ne pas mettre trop de pression sur mon genou. Pouvez-vous m'expliquer ce que ça veut dire ? Ça a à voir avec le jeu ou...?

Je laissai ma phrase en suspens. Je mentais sur le fait d'avoir lu quoi que ce soit du genre, mais je voulais embêter Olivia. Elle avait insisté pour me chevaucher l'autre soir, tout ça parce qu'elle ne voulait pas que je mette de pression sur mon genou. Elle pouvait me chevaucher jusqu'à la mort si ça voulait dire que j'étais en elle.

Elle bougea les jambes, et rougit plus encore. Si je n'avais pas été autant à l'écoute de son corps, je n'aurais peut-être pas remarqué qu'elle se frottait les cuisses, me poussant à me demander si elle était aussi mouillée que j'étais dur. Ses yeux passèrent sur Tim, mais il était trop occupé à envoyer un message. Son regard revint vers moi, les joues toujours rouges.

— Je ne sais pas ce que vous lisiez, donc je ne peux pas commenter précisément. Mais en général, si vous sentez une pression au niveau du genou, c'est que vous le sollicitez trop pendant la convalescence, par exemple en vous agenouillant trop, dit-elle enfin.

— Ah, je vois. Ça peut me servir. Je ferai bien attention à ça.

Je souris presque parce que c'était si drôle de l'embêter, mais je m'étais mis dans une situation stupide, et j'avais bien trop envie d'elle maintenant. Il fallait que je me calme pour ne pas avoir l'air d'un idiot.

Tim leva la tête et rangea son téléphone dans sa poche.

— Pardon pour l'interruption.

Il nous regarda, plissa les yeux légèrement.

— Vous aviez besoin d'autre chose ? demanda-t-il à Olivia. Sinon on va se remettre au boulot.

— C'était tout. Merci.

Olivia resta immobile un instant avant de secouer la tête et de faire demi-tour. Je regardai ses hanches se balancer à chaque pas, dans sa petite jupe professionnelle en m'imaginant la remonter et plier Olivia en deux.

Après qu'elle eut quitté la pièce, Tim toussa. J'avais perdu la notion du temps, et me sentais un peu perdu moi-même. Olivia me faisait souvent cet effet-là. Les mots de Tim me surprirent.

— Le docteur Bowen est l'une des meilleures chirurgiennes ici, et l'une des personnes les plus gentilles que je connaisse. Vu comme tu la regardes, je vais te dire que je te botterais le cul moi-même si tu lui faisais du mal. Ce n'est pas quelqu'un dont tu peux te moquer, dit Tim d'un ton franc.

Je le regardai droit dans les yeux, essayant de contrôler mon expression même s'il m'avait pris par surprise. Je réfléchis à quoi répondre. J'avais commencé à comprendre que ma vie était maintenant divisée en deux. Il y avait l'« avant Olivia » et l'« après Olivia ». Avant Olivia, j'aurais haussé les épaules et je serais passé à autre chose, oubliant tous les fantasmes que j'avais. Une parmi tant d'autres. Après Olivia, j'essayais de décoder le nœud de sentiments qui grandissait en moi. Je n'arrivais même pas à imaginer lui faire du mal, mais qu'est-ce que ça voulait dire ? J'adorais l'embêter, mais ce n'était pas ce à quoi Tim pensait. Je savais que je ne pouvais pas lui dire ce qu'il s'était passé entre nous. J'étais presque certain que Tim n'aurait pas la réaction dont Olivia avait peur, et qu'il se ficherait bien qu'elle ait été mon médecin, mais je savais qu'Olivia ne voudrait pas que je lui dise, donc je ne dis rien. Je choisis mon style habituel et haussai les épaules, pour paraitre détendu.

— Je profite de la vue.

Tim haussa un sourcil.

— OK, mais arrête. Ça ne plairait pas au docteur Bowen.

Non. Non, ça ne lui plairait certainement pas... sauf quand on était seuls. Je haussai les épaules à nouveau et retournai à mes étirements.

Quelques heures plus tard, quand le ciel prenait

une couleur grise translucide et que les lampadaires s'allumaient, je marchais vers mon appartement et m'arrêtai sur le trottoir pour sortir mon téléphone. J'avais essayé de savoir à quelle heure Olivia terminait à la clinique, mais son bureau était fermé, et je n'avais pas osé aller la chercher dans la salle d'examen. Notre brève rencontre dans la salle de sport avait mis mon corps dans un état de désir sauvage. Et même si je me fichais bien que qui que ce soit nous voie ensemble, je savais que c'était différent pour elle, et je respectais ça.

Je sortis son numéro et lui écris.

Je n'ai pas peur de supplier si c'est ce qu'il faut pour te revoir.

Je m'adossai à un immeuble derrière moi et observai la rue agitée en attendant de voir si elle allait me répondre. Quand je sentis mon téléphone vibrer dans ma poche, je le sortis.

Ne sois pas si mélodramatique. Demain ?

Ce soir. S'il te plait.

Je regardai l'écran, attendant impatiemment de voir les trois petits points clignoter, me disant qu'elle écrivait.

D'accord. Dans une heure. Où ?

Chez toi pour commencer. Garde tes cheveux attachés.

J'avais arrêté de me mentir et avouais ouvertement que j'adorais ses cheveux. J'adorais surtout les voir bien rangés et les ébouriffer.

Tu es sérieux ?! Ce sont mes cheveux.

Et je les adore. À dans une heure.

Je ne voulais pas attendre de voir si elle avait quoi que ce soit à ajouter donc je me remis en marche vers chez moi.

Quelques instants plus tard, j'arrivais dans l'appart que je partageais avec Alex et me dirigeai directement vers ma chambre. Je m'étais douché à la clinique, mais je me disais que je pouvais me changer. Alex me fit un signe de main, assis sur le canapé à regarder la vidéo d'un match. Je me changeai rapidement et retournai dans le salon, m'installant à côté de lui sur le canapé. Je regardai l'écran et grimaçai presque. Il regardait l'un des matchs que nous avions perdus à Londres. Je savais que l'équipe face à qui nous avions perdu était censée nous affronter ici, à Seattle pour un match amical, donc c'était tout à fait normal qu'il regarde ça. Les Stars n'avaient encore jamais joué contre cette équipe, donc nous n'avions pas la possibilité de regarder d'anciens matchs. La seule raison pour laquelle nous affrontions cette équipe était pour la publicité. Les équipes américaines ne jouaient jamais face aux équipes anglaises, à part en amical. Ça faisait trop mal à regarder. Je n'étais vraiment pas présent pendant ce match. La mort de ma mère m'avait complètement déboussolé et ça se voyait. Je me vis rater la passe décisive qui permit à l'équipe adverse de nous voler la balle.

Alex appuya sur pause et me regarda.

— Comment s'est passée ta séance ?

— Bien. Tim pense que je m'en sors bien, et que je devrais être de retour sur le terrain dans les temps prévus.

Alex soutint mon regard et hocha doucement la tête.

— Bien. T'es pas trop boiteux, dit-il avec un sourire lent.

Je lui mis un petit coup de poing dans l'épaule.

— Pas trop.

Je pointai la télé du doigt.

— Tu crois que l'équipe est prête pour ces gars-là ?

Alex passa sa main dans ses cheveux et s'appuya dans le canapé.

— Je crois. Mais on a besoin de toi. Matt fait de son mieux, mais ce n'est pas toi.

Alex parlait de Matt Brady, mon remplaçant dans l'équipe. J'aimais bien Matt, c'était un joueur solide. Je n'étais pas particulièrement du genre à comparer mes compétences à celles d'un coéquipier, mais je savais que Matt ne jouait pas au même niveau que moi. Ma poitrine se serra et cette anxiété dont je pensais m'être débarrassé monta en moi. C'était impossible de ne pas se demander si je remonterais un jour au niveau où j'étais, pour jouer comme je jouais avant. Avec les progrès de ma rééducation, je me sentais bien, mais j'étais assez intelligent pour savoir que je ne saurais rien avant d'être de retour sur le terrain. Je pris une profonde inspiration et essayai d'écarter mon anxiété.

— Ouais. Il est solide. Il vous gardera la tête hors de l'eau si vous vous adaptez un peu.

Alex acquiesça.

— Ouais. On y travaille.

Il s'arrêta et prit une longue gorgée de la bière qu'il avait posée sur la table basse.

— Où tu vas ? demanda-t-il en reposant sa bière.

— Je vais diner avec Olivia.

Alex n'était pas le pote le plus curieux du monde, mais ça ne servait à rien d'essayer de lui cacher des choses. Il me connaissait trop bien.

Il soutint mon regard un long moment puis hocha lentement la tête.

— Depuis quand tu sors plus d'une fois avec la même nana ?

— Depuis Olivia, dis-je simplement.

Il rit doucement.

— Ça marche, mec. Voilà que je m'inquiétais pour elle, mais maintenant je me demande si je dois m'inquiéter pour toi.

Je bougeai les épaules en le regardant.

— Pas besoin de s'inquiéter, mec.

Alex haussa un sourcil, mais ne dit rien de plus. J'ignorai la pointe de gêne qui montait en moi. Il y avait un « avant Olivia » et un « après Olivia », et je ne savais pas comment gérer les sentiments déconcertant qui montaient en moi.

OLIVIA

Je me fixai dans le miroir après une autre tentative ratée de contrôler mes cheveux. Liam m'avait demandé de m'attacher les cheveux, et j'avais passé près d'une demi-heure à me débattre avec mon chignon. J'avais d'abord décidé que j'allais les détacher, par principe. Ça m'énervait qu'il me dise quoi faire de mes cheveux. Mais ça m'excitait aussi, oh que ça m'excitait. Donc j'avais décidé de les attacher. Je portais un chignon presque tous les jours, donc ça n'aurait dû prendre que quelques minutes. Mes cheveux étaient particulièrement rebelles aujourd'hui et repoussaient chaque tentative d'attache. Je n'aurais jamais dû les détacher. Il y avait une mèche qui s'échappait toujours, quoi que je fasse. Je passai ma main sous l'eau et lissai la mèche, sachant très bien qu'elle se libérerait sans doute dès qu'elle serait sèche.

Quand j'entendis frapper à la porte, je réalisai que je n'avais même pas eu le temps de me changer. Je portais encore ma jupe noire et mon chemisier couleur crème du boulot, une tenue parfaitement professionnelle et ennuyeuse. Tant pis. Je n'avais pas le temps d'y faire quoi que ce soit, donc je me dirigeai vers la porte et l'ouvris. Liam se tenait appuyé contre le cadre de la porte, une main dans la poche, tirant sur la ceinture de son jean, juste assez pour révéler une étincelle de peau de cette zone parfaitement tentante, où les muscles de ses abdos formaient un V. J'eus le souffle coupé quand je le regardai dans les yeux. Ses cheveux noirs brillaient sous les lumières du hall et sa bouche s'arrondit en un petit sourire.

— Salut ma belle.

J'avais l'impression que l'air de la pièce se réchauffait. Mon ventre fit un soubresaut, et mon pouls s'accéléra. Je réussis à parler, par miracle.

— Salut. Euh, je n'ai pas eu le temps de me changer, dis-je en désignant ma jupe. Si tu peux attendre quelques minutes, je vais...

— Pas besoin de te changer. J'adore quand tu as l'air toute professionnelle.

Je mouillai instantanément. Quand je réalisai que j'avais ouvert la bouche, je la refermai et m'écartai de la porte.

— T'es obligé de dire « professionnelle » sur ce ton ? demandai-je alors que je trébuchais presque pour attraper mon sac à main.

Je n'avais pas vraiment envie de me changer parce que je savais que j'allais passer des heures à me demander quoi porter, mais quand même.

Quand je me retournai vers la porte, je découvris que Liam n'avait pas bougé.

— Comment veux-tu que je dise « professionnelle » ? demanda-t-il.

Je plongeai les bras dans mon manteau et passai mon sac à main sur mon épaule.

— Pas comme ça, dis-je, exaspérée par sa question.

Il haussa un sourcil, le regard chaud dans ses yeux me faisant presque fondre sur place.

— Dès que tu me dis comment prononcer le mot « professionnelle » de façon professionnelle, je serai ravi de le faire, répondit-il en accentuant le mot en question.

Son accent anglais lâchait des papillons dans mon estomac. Personne ne m'avait jamais mise en garde sur le fait de parler à des hommes avec un accent britannique. À ce moment précis, j'aurais voulu qu'on me prévienne, car il suffisait que Liam parle de sa voix grave pour que je perde la tête.

J'avais réussi à descendre les marches de l'immeuble, ignorant la chaleur humide entre mes cuisses. Chaque pas était une friction subtile de mon intimité, lâchant des secousses de plaisir dans tout mon corps. C'était de la folie pure. Marcher. Même marcher était un problème avec Liam.

Je ne réfléchis même pas à notre destination. Quand on sortit dans l'obscurité de la ville, Liam me regarda.

— On va où ? demanda-t-il.

— Je n'y ai pas réfléchi. Une préférence ?

Mes habitudes sociales me permettaient de survivre à ce moment.

— Ma belle, je viens d'arriver à Seattle. Quelques coéquipiers m'ont trainé en ville plusieurs fois, mais je ne peux pas dire que j'ai vraiment une suggestion à proposer. On peut retourner à 13 Coins, si tu veux.

La plupart du temps, j'aurais accepté d'aller à 13 Coins, mais ça me paraissait trop intime, de plus d'une façon. J'arrivais à peine à contrôler mon corps et le fait de mélanger des souvenirs avec Liam à un lieu qui contenait déjà tellement de souvenirs de mes parents ne me paraissait pas être la meilleure des idées. Je réfléchis rapidement.

— Tu aimes la cuisine thaï ?

Alors qu'il hochait la tête, le tram s'arrêta à l'arrêt de l'autre côté de la rue. J'attrapai sa main.

— Viens.

Après un petit trajet, on descendit du tram et Liam marcha avec moi, la main posée dans le creux de mon dos. La chaleur de son toucher me brûlait à travers mon manteau et mon chemisier. Je l'emmenais au même endroit où j'étais venue manger avec Daisy, plus tôt dans la semaine. Même si Seattle avait de nombreux restaurants, je me cantonnais à ceux que je connaissais bien. La serveuse sourit en me voyant, lançant un regard rapide vers Liam, une étincelle dans les yeux.

Une fois à notre table, Liam me regarda.

— OK, ma belle. Tu commandes pour moi.

J'ajustai mes lunettes.

— Tu es sûr ?

Il acquiesça fermement.

— Ouais. Je n'ai mangé thaï qu'une seule fois dans ma vie.

Notre serveuse arriva et prit rapidement notre commande. Après que je lui eus demandé de suggérer plusieurs plats à Liam, il sourit immédiatement en l'entendant décrire les nouilles épicées, aussi appelées nouilles de l'ivrogne.

— Oh, c'est marrant ça. Les nouilles de l'ivrogne, je pense que c'est fait pour moi.

Un peu plus tard, notre serveuse débarrassait nos assiettes vides et m'amenait un verre de vin d'après-diner. Liam avait été charmant et drôle tout au long du diner, ce qui n'était pas une surprise. Il m'avait raconté plus d'histoires des petites blagues que se faisaient ses coéquipiers quand il était en Angleterre. Je voyais bien que son ancienne équipe lui manquait, et je réalisai que la majorité de son temps à Seattle avait été après sa blessure. Étant donné qu'il était un investissement central pour l'équipe et qu'il avait un rôle de leader, j'avais du mal à imaginer l'ampleur du challenge représenté par un tel ajustement, et le fait d'être actuellement sur le banc.

Notre vin arriva, et Liam me regarda après avoir pris une grosse gorgée.

— Bon, est-ce que c'était si terrible que ça, ma belle ? demanda-t-il avec un clin d'œil.

— Quoi donc ?

— Me voir. Tu me fuis comme la peste.

Je me redressai.

— C'est faux !

Un mensonge complet, mais je n'avais pas envie de parler de pourquoi je l'évitais.

Ses yeux bleus s'assombrirent et passèrent sur moi, déclenchant un frisson chaud dans mes veines alors que ma peau rougissait partout où il posait les yeux.

— Oh, tu m'évites. Ce que tu n'as pas encore compris, c'est que ça ne fait que me donner plus envie de toi. J'adore les challenges, murmura-t-il.

Notre table était dans un coin et aussi petite qu'une table puisse l'être tout en laissant la place pour deux assiettes. J'avais passé le diner à essayer d'éviter ses genoux. Je sursautai un peu quand je sentis sa main remonter sur mon genou nu et glisser sur ma cuisse. Je pris une gorgée de vin et me demandai si j'avais fait une grossière erreur. J'évitais Liam parce que je n'avais aucune idée de comment gérer cette situation. Malgré l'idée de Daisy, que je devrais en profiter autant que possible, je ne savais pas si c'était une bonne idée. Car je m'attachais trop à lui et, quand j'étais avec lui, je ne pouvais pas faire demi-tour. Être avec lui me faisait l'effet d'un rayon de soleil après de longues journées pluvieuses. Cette sensation sur la peau était divine.

Liam me donnait envie de choses auxquelles je n'avais jamais pensé. Mais tout était si instable avec lui. Il y avait le petit problème qu'il ait été mon patient si récemment, puis le fait que c'était une star mondiale du football. Je n'étais rien d'autre qu'une fille de la campagne qui s'était retrouvée dans son orbite, car j'étais assez intelligente pour suivre des études de médecine et obtenir mon job de rêve. Je n'aurais jamais dû me poser les questions que je me posais sur lui. Comme : cette connexion incroyable pourrait-elle devenir plus ? Que pensait-il réellement de moi ? Et me voulait-il autant que je le voulais ? Était-il aussi perdu que moi quand nous étions ensemble ?

Mon souffle siffla quand il arriva au centre de mes cuisses. Sa paume resta là, enroulée autour de ma cuisse, son pouce me caressant. Mon corps entier se resserrait sur la bande de peau qu'il caressait doucement.

— Liam, qu'est-ce que tu fais ? demandai-je avec un murmure furieux.

Mes joues étaient brûlantes, mon corps entier était en feu, c'était un miracle que je ne fonde pas sur ma chaise.

Ses yeux trouvèrent les miens, son regard était devenu bleu marine.

— Je te touche, dit-il d'un ton sombre, sa voix me faisant frissonner de désir.

À ce moment-là, il passa sa main sur la courbe de ma cuisse, vers l'intérieur, où ma peau était la plus sensible. Je n'avais même pas réalisé que j'écartais les cuisses jusqu'à ce que je sente ma jupe remonter. Il passa un doigt sur la soie humide qui se trouvait là.

J'étais trempée d'excitation alors qu'il commençait à me pousser vers la folie au milieu du restaurant, sa main cachée sous la table dans un coin sombre. Il ne faisait que passer son doigt d'avant en arrière sur mon clitoris gonflé, encore et encore et encore. J'avais le souffle court, j'oubliai presque où j'étais. Ses yeux étaient sur moi tout du long, et j'étais incapable de détourner le regard, prise dans cette toile vibrante et sensuelle avec lui. Il passa un doigt sous le bord de ma culotte et le plongea en moi. Je dégoulinais de mouille et il entra immédiatement. Mes hanches se cambraient sous son toucher et j'étais sur le point de jouir, de petites vagues de plaisir montaient en moi.

Je fus sortie de ma folie quand la serveuse sortit de la cuisine non loin, la porte battante se refermant derrière elle et me ramenant à la réalité. Je serrai les cuisses.

— Oh mon Dieu ! Il faut qu'on arrête.

Sa main était coincée entre mes cuisses maintenant. Il haussa un sourcil et plongea son doigt pour une autre caresse langoureuse.

— Vraiment ? demanda-t-il, un ton plein de malice.

Le désir sauvage qui battait en moi, mélangé à la gêne, me mettait dans tous mes états. Je le fixai du regard.

— Oui !

Notre serveuse traversait à nouveau la salle pour déposer des plats sur une table de l'autre côté de la pièce, et je voyais bien qu'elle allait se diriger vers nous quand elle aurait terminé.

— Calme-toi, ma belle, dit Liam doucement.

Je desserrai mes cuisses et il sortit son doigt de moi. Il replaça ma culotte et me lança un sourire alors que la serveuse arrivait devant notre table. Sentir la chaleur de son toucher disparaitre créait un manque béant en moi. J'avais vraiment complètement perdu la tête. J'étais mortifiée d'avoir presque joui au milieu d'un restaurant, mais ça ne m'empêchait pas de mourir d'envie que ses doigts reviennent immédiatement.

Je réussis à hocher la tête et à dire quelques mots alors que la serveuse demandait s'il nous fallait autre chose, mais j'avais la tête ailleurs. Spécifiquement, je pensais à Liam et au moment où nous serions seuls. Je n'avais aucune idée de combien de temps s'était écoulé quand on se retrouva dehors. Je n'étais qu'à moitié consciente du monde qui m'entourait. Il s'était mis à pleuvoir doucement quand nous étions arrivés au restaurant quelques heures plus tôt. La sensation de sa main dans mon dos était brûlante. Liam appela un taxi et je ne pensai même pas à demander pourquoi. Je ne prenais presque jamais le taxi. Une fois installés à l'arrière de la voiture, cachés par la séparation entre le conducteur et nous, Liam me tira sur ses genoux.

J'écartai immédiatement les genoux en reprenant mon équilibre et en m'installant sur lui, savourant la sensation de sa bosse dure à travers les couches de ma culotte et de son jean. Il se recula et leva les mains pour détacher mes cheveux. En un mouvement, l'élastique lâcha et atterrit quelque part dans le taxi. Mes boucles se libérèrent et cascadèrent sur mes épaules. Il passa sa main dans mes cheveux avant de poser sa paume à l'arrière de ma tête pour m'embrasser. Nos bouches se trouvèrent en un baiser chaud, mouillé et puissant. Je n'arrivais pas à m'approcher assez, à aller assez vite pour me satisfaire, et j'enroulai mes bras autour de lui, collant mon corps contre le sien.

Je soupirai dans sa bouche en le sentant, son corps musclé brûlant comme un feu de joie. Il grogna dans ma bouche quand je frottai mes hanches contre lui, criant presque de plaisir à la pression de sa queue dure contre moi. Avec un gros mot marmonné, il arracha ses lèvres aux miennes. Ses yeux trouvèrent les miens dans la lumière tamisée du taxi, un regard si intense que mon cœur sursauta. J'avais l'impression que nous étions seuls au monde, protégés par le silence de la voiture alors que d'autres véhicules nous dépassaient et que la pluie s'abattait doucement sur le toit. L'air était lourd de désir, tendu de besoin et de cette intimité que je ne comprenais pas vraiment, qui nous enveloppait. Quand j'étais avec lui comme ça, aucune de mes peurs n'avait d'importance. La seule chose que je savais était que c'était bon, je me sentais protégée dans ses bras. C'était bien plus que juste physique.

Liam déglutit, appelant mes yeux vers sa gorge, où je voyais le battement rapide de son cœur dans les veines de son cou. Sa main passait dans mes boucles et il cambra subtilement les hanches, m'offrant un autre éclair de plaisir, me brûlant de l'intérieur.

Il libéra sa main de mes cheveux et suivit la courbe de mon épaule, s'arrêtant sur la courbe de mon sein avant de décider de déboutonner mon chemisier, si rapidement que je me retrouvai à moitié nue une minute plus tard, le vent frais me donnant la chair de poule.

Je pensai un peu à où nous étions.

— Liam, peut-être qu'on devrait...

— Dis-moi tout ce qu'on n'a pas le droit de faire, ma belle. Je vais devoir désobéir sur tout, dit-il avec un petit rire.

Je ne pus m'empêcher de sourire. Il était tellement cochon et, secrètement, j'adorais ça. Je me penchai en arrière pour le regarder. Il saisit mon téton tendu entre son pouce et son index, la soie fine de mon soutien-gorge ne faisait qu'accentuer son toucher.

— Je ne devrais pas faire ça ? demanda-t-il d'un murmure brut.

Sans un mot, je secouai la tête.

— Je crois...

Il passa sa main sur la courbe de mon ventre. Je sentis un éclair de gêne. Je n'avais jamais été l'une de ces filles squelettiques, et j'aimais trop la nourriture pour me priver. Donc j'avais des courbes, des vraies. Il baissa les yeux et je suivis son regard. Ma jupe était remontée sur mes cuisses, et la soie de mon string noir était visible, contre la bosse évidente de son jean. Il serra ma hanche d'une main généreuse.

— Je t'ai déjà dit que j'adore chaque centimètre de ton corps ? demanda-t-il d'un murmure, effaçant immédiatement ma gêne.

Ses yeux remontèrent pour trouver les miens, juste au moment où il passa ses doigts sur la soie entre mes cuisses. Je n'avais plus honte de rien à ce stade et je ne pouvais m'empêcher de cambrer les hanches sous son toucher.

— Je crois qu'on a besoin de terminer ce qu'on a commencé avant de te ramener chez toi.

Au lieu de m'inquiéter de là où nous étions, je m'inquiétais du fait qu'il parle de terminer quelque chose alors que je n'arrivais pas à imaginer qu'il ne dorme pas chez moi.

— Non ! On peut attendre. Je veux...

— Oh, ma belle. On ira beaucoup plus loin. Vois ça comme un amuse-bouche. Je sais exactement ce que je veux faire quand on arrive chez toi, et ça ne marchera pas ici.

Il écarta ma culotte et plongea deux doigts en moi. Quelques secondes plus tard, les provocations lentes qu'il m'avait imposées au restaurant réapparurent, et j'étais déjà si proche du gouffre que je jouis instantanément. Il plongea sa main libre dans mes cheveux et posa sa bouche sur la mienne encore une fois. Alors que sa langue faisait écho aux caresses de ses doigts, mon orgasme me traversa alors que notre baiser attrapait mes cris.

Je collai mon front au sien et il recula doucement de notre baiser. Mon souffle était saccadé et j'essayai de me reprendre, mais j'étais encore étourdie de l'orgasme qui venait de me secouer. Quand je réussis enfin à ouvrir les yeux et à lever la tête, je trouvai son regard et mon cœur s'emballa. Le désir dans ses yeux était si sauvage et intense qu'il me frappa en pleine poitrine.

Chapitre Dix-Neuf

LIAM

Sans comprendre comment, je réussis à aider Olivia à reboutonner son chemisier. Elle ne descendit pas de mes genoux jusqu'à ce que le taxi se gare devant son immeuble. J'étais tellement excité que j'arrivais à peine à réfléchir. La seule chose dont j'étais certain était que j'avais besoin d'être en elle et j'avais besoin de l'avoir nue dans mes bras. Une voix lointaine, enfouie dans ma tête, me disait que je perdais le contrôle. J'étais déjà parti trop loin avec Olivia, je ne pouvais pas m'arrêter pour réfléchir, et encore moins écouter la partie de moi qui pensait que j'avais perdu la tête. Car oui, c'était parfaitement vrai.

Le conducteur ouvrit la cloison et nous annonça le prix. Je buggais un instant, l'esprit grillé au point de ne pas comprendre, puis je trouvai mon portefeuille pour le payer. On réussit à sortir de la voiture. Olivia lissa sa jupe vers le bas et serra sa veste sur elle, couvrant le chemisier mal boutonné. Une petite pluie froide tombait sur mes joues, juste assez pour calmer la luxure chaude qui me ravageait. Je regardai Olivia, ses boucles formant une couronne autour de son visage et ses magnifiques yeux verts brillant sous la lumière des lampadaires. Mon envie d'elle était si puissante que je tremblais presque. J'enroulai ma main sur la sienne et m'éclaircis la gorge.

— On y va? demandai-je d'une voix presque criarde alors que je désignais l'entrée de son bâtiment.

Elle hocha la tête et s'avança, me tirant avec elle. Elle lâcha les clés devant la porte plus d'une fois, mais on finit par réussir à entrer. Je ne pouvais pas quitter ses hanches des yeux, qui se balançaient alors qu'elle montait les marches devant moi. Ça demanda toute la discipline dont j'étais capable de ne pas la prendre dans la cage d'escalier. Perdu dans un brouillard, je la suivis chez elle. Elle lança son manteau sur le porte-manteau, me faisant signe de faire de même. Après qu'elle eut retiré ses chaussures, je fis de même pendant qu'elle traversait son petit appartement pour allumer le chauffage. Je la retrouvai à mi-chemin dans la pièce, passant mes mains sur les courbes généreuses de ses hanches. Son souffle se coupa, et ses yeux trouvèrent les miens.

Je m'étais dit qu'une fois chez elle, je repartirais à zéro pour la séduire lentement. Mais j'étais bien trop excité pour ça. Ma queue était si dure que j'étais sur le point de perdre mon sang-froid sans même l'avoir touchée. On se tenait juste à côté du canapé. J'aimerais dire que j'avais fait exprès, mais c'était uniquement parce que son appartement était plutôt petit.

— Retourne-toi, dis-je d'un ton bourru.

Ses yeux vert sombre soutinrent les miens puis elle se retourna. Je passai une main dans ses cheveux, les écartant pour pouvoir goûter la peau douce de son cou. Un frisson la traversa. Je défis le bouton de mon jean et baissai ma braguette. En un éclair, j'attrapai la capote que j'avais rangée dans ma poche. Je m'arrêtai pour la regarder.

Olivia se tenait devant moi, le dos droit et la tête légèrement penchée. Son souffle était court et qu'est-ce qu'elle m'excitait. Je passai ma paume sur ma queue. J'étais si dur que ma seule pensée était d'être en elle.

— Penche-toi, dis-je d'une voix à peine plus audible qu'un murmure.

Alors que le canapé était juste devant elle, elle n'hésita pas et se pencha, enroulant ses mains sur le dos du canapé.

Je baissai mon jean et mon caleçon, juste assez bas pour libérer ma queue complètement, et j'enfilai la capote. Je fis glisser ma main sur son dos, savourant sa cambrure quand elle leva les fesses. Je me laissai enfin aller au fantasme que j'entretenais depuis que je l'avais rencontrée, dans l'une de ses petites jupes professionnelles, et je remontai le tissu jusqu'à ses hanches, grognant presque en voyant ses fesses rebondies et ce morceau de soie noire. J'adorais ses courbes et je les caressai de ma main, me délectant de sa peau soyeuse et du rebondi de sa peau. Son souffle était lourd, comme le mien.

Je me penchai en avant et accrochai un doigt à son string pour l'écarter. Elle était trempée, rose et brillante de mouille. Je ne pouvais plus attendre donc je m'avançai derrière elle. M'accrochant à ses hanches, je positionnai ma queue devant son entrée et plongeai en elle d'un coup, m'enfonçant profondément. Je m'entendis grogner, un son brutal, mélangé à ses gémissements. Son antre pulsa sur moi, sa chaleur et sa pression soyeuse attisant la luxure en moi. D'une main, je tenais ses hanches, et je glissai l'autre sur son dos jusqu'à ses cheveux, agrippant ses boucles en commençant mes va-et-vient. Elle se cambra profondément, ses hanches s'appuyant contre moi à chaque coup de reins. La pression monta rapidement et je sentais que mon explosion approchait. Je lâchai ses hanches pour passer la main entre ses cuisses et venir caresser son clitoris gonflé. Quand elle cria, je me laissai enfin aller, mon explosion s'emparant de moi, vite et fort.

Je m'effondrai sur son dos et enroulai mes bras sur sa taille. Je ne m'accrochais pas à elle pour rester sur pied, je m'accrochais à elle comme à une bouée de sauvetage. Quelle que soit cette folie avec Olivia, j'avais l'impression d'être complètement à nu, et elle était la seule à pouvoir calmer la peur que ce sentiment créait.

De longs moments passèrent avant que je la sente frissonner, réalisant qu'elle avait la chair de poule. Je me redressai doucement et me retirai. Elle se redressa et se tourna pour me faire face, sa jupe complètement remontée.

— Tu as froid, dis-je.

Un commentaire si mondain considérant l'ampleur des émotions qui me traversaient, mais je ne trouvais rien d'autre à dire.

Chapitre Vingt

OLIVIA

Je garai ma voiture devant la maison de ma tante. Je coupai le moteur en cliquant sur le bouton. J'adorais mon hybride à hayon et je tapotai le tableau de bord de la main. Je regardai autour de moi en sortant de la voiture. Le ciel était parsemé de nuages qui cachaient partiellement le soleil. Les feuilles jaunies d'un bouleau se détachèrent au vent. Cascade Falls, la petite ville dans laquelle j'avais grandi, était installée au pied des vallées de la chaine des Cascades. C'était l'une des nombreuses petites villes en périphérie de Seattle, mais, une fois le périphérique passé, quand on entrait dans cette forêt imposante, c'était difficile d'imaginer que Seattle n'était pas loin. Après la mort de mes parents, ma tante Lorraine m'avait élevée. Elle était la sœur jumelle de ma mère et lui ressemblait énormément, ce qui rendait la chose presque étrange. Au fil des années, je lui avais donné le surnom affectueux de Lorrie. Elle était en grande partie responsable de mon intérêt pour la médecine. Elle était en études de médecine quand mes parents avaient eu leur accident et elle avait tout lâché pour m'élever. Elle avait déjà un diplôme d'infirmière à l'époque et elle travaillait encore en tant que telle dans l'une des cliniques pédiatriques locales. Elle ne m'avait jamais mis de pression, mais j'avais toujours eu le même intérêt pour les sujets proches de la médecine, et devenir docteur avait été un choix facile pour moi.

Sa maison était un petit pavillon, quelque chose de très commun dans cette région, cachée au pied des vallées, parmi d'autres maisons similaires. Son jardin adoré perdait ses couleurs alors que l'automne avançait. Je marchai le long du chemin d'ardoises en direction de sa porte et l'ouvris en l'appelant.

— Lorrie ! C'est moi.

Sa porte d'entrée donnait sur un salon chaleureux avec une grande cheminée en pierre d'un côté et une petite table à manger de l'autre. La cuisine était séparée par une arche, derrière la table à manger. J'accrochai mon manteau au mur et me dirigeai vers la table ronde, posant le sac de bonnes choses que je lui amenais. Alors que je mettais en route une cafetière, j'entendis enfin des pas et regardai par-dessus mon épaule.

— Salut la p'tite, dit Lorrie en arrivant à mon niveau, et elle me prit rapidement dans ses bras avant de me faire un bisou sur la joue.

Elle retourna vers la table et ouvrit le sac.

— Oh, génial ! Tu m'as apporté des piroshkies et des homebows.

Lorrie adorait le marché de Pike's Place dans le centre de Seattle et, dès que je venais la voir, je m'assurais de lui ramener un stock de ses plats préférés. Elle adorait les hombows, un pain asiatique fourré, et les piroshkies, une spécialité russe fourrée au saumon et au fromage frais. Je lui avais également amené du pain frais de l'une de ses boulangeries préférées.

— Il y a autre chose. Regarde au fond du sac. J'ai pris un pain aux olives et un pain au chorizo pour toi.

Je mis la machine à café en route et m'installai sur une chaise en face d'elle.

Lorrie avait des cheveux noirs bouclés, comme ma mère et moi, et des mèches argentées commençaient à s'y faire une place. Elle les portait en tresse lâche. Ses yeux marron se plissaient dans les coins quand elle souriait.

— Alors, comment va la vie dans la grande ville ?

Je haussai les épaules.

— Comme toujours. Je travaille toujours beaucoup.

Ma réponse était ce que je disais habituellement, car c'était la majorité de ma vie. Excepté Liam maintenant, mais je ne savais pas vraiment comment parler de lui, ou comment décrire ce que nous étions l'un pour l'autre. Le simple fait d'essayer me donnait l'impression d'être complètement dans le flou. Je n'étais vraiment pas habituée à ce que mes émotions soient si irrégulières.

Lorrie jouait avec le bout de sa tresse en me regardant.

— Tu as regardé les infos ce matin ?

Sa question me surprit.

— Hein ? Non, mais je ne le fais presque jamais. Pourquoi tu demandes ça ?

Lorrie se leva et s'avança vers la table basse, ramenant le journal. En s'asseyant, elle tourna les pages puis me tendit le papier, désignant une photo.

— Je suis sûre que personne d'autre ne le remarquerait parce que ce n'est pas un bon angle, mais on dirait vraiment toi.

La photo en question était une photo de Liam et moi, prise la veille au soir quand on était allés diner. Grâce à la lumière tamisée du restaurant et à la vue restreinte par la fenêtre, mon visage était en grande partie dans l'ombre. Liam était assis face à la fenêtre et était facile à reconnaitre. La légende disait : Qui est la mystérieuse femme avec Liam Reed, le footballeur anglais de renom et la nouvelle star de Seattle ? Évidemment, il fallait que ce soit sur la page à ragots du plus gros journal de Seattle. Sous la photo et légende, il y avait un paragraphe à propos des paris tenus à Londres sur la vie romantique mystérieuse de Liam.

Mon estomac se serra tandis qu'un sentiment d'inquiétude s'emparait de moi et que mes joues tournaient au rouge. Je savais que je ne pouvais pas éviter ce sujet avec Lorrie, donc je pris mon courage à deux mains et la regardai.

— C'est moi.

Je mis mon visage dans mes mains et soupirai.

— Je n'arrive pas à le croire. Et si quelqu'un d'autre voit ça et remarque que c'est moi ? Je ne sais pas ce qui m'a pris.

Je levai la tête et écartai quelques mèches de mes yeux, l'esprit en feu. Peu de gens lisaient encore le journal comme Lorrie, mais tout serait aussi en ligne avec une page pour les commentaires. Le simple fait de penser à qui d'autre aurait pu voir ça me donnait envie de pleurer. Si qui que ce soit d'autre me reconnaissait, je serais dans de beaux draps.

Lorrie pencha la tête, les yeux inquiets.

— Chérie, je ne pense pas que qui que ce soit puisse te reconnaitre, à part Daisy ou Harper, peut-être. Qu'est-ce qui t'inquiète autant ? J'étais contente de te voir enfin sortir avec quelqu'un. Pas parce que c'est une espèce de star du foot, mais parce que c'est chouette que tu aies une vie sociale.

La cafetière sonna et Lorrie se leva rapidement et

s'avança vers le comptoir pour nous servir une tasse chacune. J'enroulai ma main autour du mug qu'elle me tendit et pris une longue gorgée, savourant cet arôme riche et amer.

— Je m'inquiète parce que je n'aurais jamais dû sortir avec lui. Techniquement, c'est un ancien patient, je l'ai opéré et il travaille encore avec l'équipe de rééducation de la clinique. Je suis tellement bête, dis-je avec un soupir.

À l'intérieur, j'étais mortifiée. Parce que je savais que j'avais été complètement stupide. Je n'étais pas du genre à dépasser les limites, mais j'avais fait ma maligne et j'avais ignoré toutes les limites imaginables. J'avais un nœud à l'intérieur, regrettant de ne pas avoir été capable de garder mes distances face à Liam, face à l'intensité de mes sentiments pour lui, face au désir brûlant entre nous et j'acceptai la réalité qu'il était temps de faire un grand pas en arrière avant de me retrouver plus embourbée que je ne l'étais déjà.

Lorrie écarquilla les yeux. Elle resta silencieuse un moment, prenant une gorgée de son café et me regardant.

— D'accord, bon, je ne vais pas te dire que c'était la meilleure idée du monde. C'est un petit peu glissant, mais je pense que tu n'auras pas de problèmes. Même si c'était il n'y a pas si longtemps, ce n'est plus ton patient et tu n'avais pas de relation personnelle avec lui avant l'opération. N'est-ce pas ?

Je hochai la tête, l'anxiété me serrant la poitrine.

Lorrie haussa les épaules.

— Techniquement, tu n'as rien fait de mal. La clinique pensera peut-être autre chose, et il y a peut-être des règles internes à la clinique sur le sujet, mais ne cherche pas les ennuis quand il n'y en a pas. Ça va sans doute passer et personne ne t'en parlera.

Elle prit une autre gorgée de café, lâchant un sourire en posant sa tasse.

— Je dois dire, comme toujours, que tu fais de ton mieux. Tu décides enfin de sortir avec quelqu'un après des années, et tu choisis le gars le plus beau de Seattle. Ou du moins, c'est ce que dit la page des ragots. Vous êtes quoi l'un pour l'autre ?

Mes joues étaient brûlantes, j'avais besoin d'un éventail. Au lieu de ça, je pris une gorgée de café chaud et haussai les épaules.

— C'est un peu ça le problème. Je ne sais pas quoi en penser. Il ne se serait rien passé de tout ça si Liam n'avait pas autant insisté. J'ai enfin accepté et je suis allée diner avec lui il y a quelques semaines, et une fois encore la nuit dernière. Il est complètement dans une autre catégorie que moi, et je ne sais vraiment pas ce qu'il me trouve.

Lorrie secoua la tête tristement.

— Chérie, tu es magnifique, tu ne t'es simplement jamais autorisée à penser à quoi que ce soit d'autre que les études et le boulot. Si tu veux mon avis, c'est un homme intelligent s'il a réussi à voir au-delà de la carapace.

— Comment ça, la carapace ? demandai-je, un peu sur la défensive.

— Je vois bien comment tu es. Tu ne regardes jamais les hommes, et tu es tellement concentrée sur ton travail que tu le laisses occuper toute ta vie. Un petit scandale ne te ferait pas de mal.

J'ouvris la bouche, choquée.

— Oh mon Dieu. Tu crois qu'un petit scandale me ferait du bien ? Tu es pire que Daisy !

— Et on t'aime toutes les deux profondément. Depuis la mort de tes parents, tu t'es renfermée sur toi-même. Avant ça, tu étais une petite fille qui faisait tout ce qu'elle voulait. C'est tout à fait logique que tu aies perdu un peu de ça après ce qu'il s'est passé, mais j'ai très longtemps espéré que tu te détendes un peu. Parle-moi de Liam.

J'étais ébranlée par son commentaire, mais je ne savais pas comment répondre. En revanche, je pouvais lui parler de Liam.

— Il est drôle, il est gentil... C'est bizarre d'entendre parler de lui dans les journaux parce que quand je lis des trucs comme ça, j'ai l'impression que c'est une énorme star du foot. Et oui, j'imagine que c'est vrai, mais en personne c'est juste un gars. Donc, il y a ça, et le bazar que j'ai déclenché dans ma situation professionnelle. Je n'arrive pas à croire que je me sois laissée faire ça.

J'ajustai mes lunettes et l'anxiété se noua dans ma poitrine.

— Il te plait, dit Lorrie doucement.

Ma gorge se serra à ses mots. Je commençais à avoir peur que mes sentiments soient bien plus qu'une simple attraction. Je pris plusieurs bouffées d'air et une autre gorgée de café avant d'acquiescer.

— Oui, j'imagine. Je n'aime pas me retrouver dans les pages des ragots, en revanche. J'ai l'impression qu'on envahit ma vie, et personne ne sait qui je suis.

— Je pense que personne n'aime se retrouver dans les pages des potins. Sauf les stars de télé-réalité qui se réveilleront un jour du cauchemar qu'elles se sont créé, dit Lorrie en secouant la tête.

Elle tendit le bras sur la table et me serra la main.

— Ne t'inquiète pas pour ces photos idiotes. Ça n'ira pas plus loin. J'aimerais bien rencontrer ton Liam.

— Ce n'est pas mon Liam.

Ma réponse était un réflexe, mais je ne savais pas

comment interpréter le fait que Lorrie savait si rapidement à quel point Liam comptait pour moi.

Lorrie sourit.

— C'est ça. Je serai à Seattle le mois prochain pour une conférence d'infirmières.

———

Je retournai à Seattle plus tard ce même après-midi, le cerveau plein d'inquiétudes à propos de Liam, de ma décision stupide de sortir avec un patient et de ces photos débiles. Je réussis à écarter mes inquiétudes pour le reste de ma journée avec Lorrie, mais, seule dans la voiture, il n'avait fallu que quelques minutes pour faire d'une photo, que personne à part Lorrie n'allait relier à moi, un cauchemar épique dans ma tête. Mon esprit faisait des allers-retours entre ça et me demander quand je reverrais Liam.

Se réveiller à côté de lui était comme être au paradis. Je m'étais réveillée blottie contre lui, ma jambe autour des siennes, mon pied sous son mollet et mon corps contre le sien. J'avais souvent froid quand je dormais, mais, avec Liam comme radiateur personnel, j'avais chaud et j'étais bien. Ses mèches noires partaient dans tous les sens et son corps musclé était si tentant que je lui avais presque grimpé dessus. Quand je m'étais retrouvée à explorer son torse nu, encore à moitié endormie – que pouvais-je faire d'autre avec son délicieux corps à côté du mien ? –, il avait tourné la tête vers moi, un petit sourire étirant ses lèvres, et ses yeux bleus endormis me lançant un regard qui m'avait fait frissonner. Il suffisait d'un regard pour me faire monter au septième ciel.

— Bonjour ma belle, avait-il dit, les yeux descendant sur mon corps alors qu'il roulait un peu sur le côté pour poser sa main dans le creux de ma taille.

Puis il avait choisi de me rendre folle quelques minutes plus tard. Nous avions utilisé un autre des préservatifs que Daisy avait généreusement cachés dans mon appartement. Elle était passée quelques jours après notre diner ensemble et m'avait distribué une boite entière.

Un klaxon retentit derrière moi sur le périphérique, me sortant de mes pensées sur Liam. Je levai les yeux et réalisai que j'étais sur le point de rater ma sortie. Je changeai de voie et sortis du périph. Quelques minutes plus tard, j'arrivai devant la porte de mon appartement et la trouvai déverrouillée. Je supposai que Daisy était là. Nous avions les clés de nos appartements respectifs. Je passais bien moins souvent chez elle, notamment parce que je n'allais pas dans ce coin, sauf pour la voir. En revanche, son boulot et la salle de sport qu'elle utilisait n'étaient pas loin de chez moi. Quand j'ouvris la porte, elle se tenait près du comptoir de la cuisine, clés en main, en plein appel téléphonique.

Elle me fit un signe de main et je retirai mes chaussures et mon manteau. Elle mit fin à son appel et s'installa sur le canapé alors que j'entrais dans la cuisine pour me servir un verre de vin.

— Du vin ? proposai-je.

— Pourquoi pas. Tu veux commander à manger ?

Avant que je ne puisse répondre, elle continua, comme si elle parlait seule.

— On pourrait appeler Harper et lui dire de venir. On n'a pas fait de soirée filles à la maison depuis tellement longtemps. Elle a appelé et elle a dit qu'elle serait dans le coin pour un rendez-vous cet aprèm.

J'apportai deux verres de vin dans le salon, en tendis un à Daisy et m'assis.

— Je suis partante pour une soirée filles à la maison.

Nous utilisions ce terme depuis la fac, pour parler des soirées où nous avions besoin de réviser mais ne voulions pas être seules. Nous étalions à manger sur toutes les surfaces disponibles et étudions jusqu'au petit matin. Nous n'avions plus besoin de réviser, mais nous essayions tout de même de nous voir de temps en temps. J'essayais de résister à l'envie de voir Liam et j'avais besoin de conseils, donc c'était parfait.

— Je vais appeler Harper, tu commandes à manger.

Daisy prit une gorgée de son vin et fit tourner le verre dans sa main.

— Tu veux un truc en particulier ?

— Tu choisis.

— D'accord, pizza alors. C'est la semaine du requin pour moi, donc j'ai besoin de fromage et de féculents.

« La semaine du requin » était notre façon de parler de nos règles. Nous avions inventé ce surnom un été, quand nous révisions pour notre examen de l'Ordre des médecins, et que la chaine nature et découverte avait choisi de faire une semaine spéciale requins.

Je sortis mon téléphone de ma poche pour appeler Harper.

— Pizza ça me va. Je n'ai pas besoin d'une excuse.

Quelques heures plus tard, nous étions toutes les trois sur le canapé, dans un coma alimentaire de pizza et de vin. Je n'avais pas encore parlé de la photo dans le journal, et sans doute partout sur Internet, parce que je n'aimais pas y penser. Elles m'avaient vannée sur Liam, mais Harper avait une mini-crise familiale, car sa mère était en pleine chimiothérapie pour un cancer du sein et n'allait pas très bien, donc nous avions parlé d'autre chose. On était passées sur des sujets plus légers, et j'étais assez détendue pour trouver le courage de dire quelque chose.

— Est-ce que vous avez vu le journal, aujourd'hui ? demandai-je.

Harper tourna la tête vers moi, toujours appuyée contre le canapé, le regard curieux.

— Tu veux dire le Seattle Observer ?

J'acquiesçai et elle secoua la tête.

— Non. Pourquoi tu demandes ?

Daisy me regarda aussi, haussant un sourcil.

— C'est un quiz d'actualités politiques ?

Je levai les yeux au ciel.

— Bien sûr que non. Bref, je suis allée voir Lorrie aujourd'hui et il y a une photo de Liam et moi dans le journal. On ne voit pas vraiment que c'est moi, mais je ne sais pas quoi faire.

Harper se redressa et Daisy fit un bond.

— Oh, c'est génial ! Liam et toi êtes un potin.

— En quoi est-ce que c'est génial ? Je ne suis pas encore un potin parce qu'on me voit à peine, et je préfèrerais que ça reste comme ça. Mon Dieu, ce n'était déjà pas une bonne idée d'être avec lui, mais encore moins dans les pages à ragots.

Daisy secoua la main pour me faire taire.

— Si tu décides de stresser à propos de ton taf comme ça, tu devrais juste en parler au docteur Adams et lui dire que tu as diné avec Liam. Elle te dira ce qu'elle te dira et tu pourras arrêter de stresser. Ils ne vont pas te virer. Ce serait différent si Liam déposait une plainte à la clinique, mais ce n'est pas comme s'il allait faire ça. Aucune chance. Tu es la meilleure chirurgienne qu'ils aient, et tu t'occupes de bien trop de dossiers importants, avec des retours parfaits. Je sais que tu n'aimes pas y réfléchir comme ça, mais tu leur rapportes beaucoup d'argent.

Harper hocha la tête pendant que Daisy parlait. Je les regardai toutes les deux.

— Vous croyez vraiment que je devrais lui dire ?

Le docteur Helen Adams était ma superviseure à la clinique. Elle m'avait recrutée dès que j'avais terminé mon internat. Je la respectais énormément et je me sentais chanceuse d'avoir une patronne que j'aimais bien. Elle avait arrêté d'opérer un an plus tôt quand de l'arthrose dans l'une de ses mains avait rendu la pratique impossible. Elle travaillait comme consultante pour des dossiers dans le monde entier. Même si une partie de moi trouvait l'idée de Daisy complètement folle, c'était peut-être la solution pour que j'arrête de mourir d'inquiétude à propos de cette histoire. J'en avais marre de jongler dans ma tête – et mon cœur – à propos de Liam.

Harper prit la parole.

— Moi je pense que oui. Tu vas devenir folle sinon. Tu ne peux pas vraiment effacer le fait que vous avez dîné ensemble deux fois et...

— Que vous avez baisé comme des lapins, ajouta Daisy avec un sourire.

Harper leva les yeux au ciel et continua.

— Tu vas devenir parano même si tu arrêtes de le voir. Et si tu continues à le voir, il va forcément y avoir plus de photos de ce genre. C'est quelqu'un de connu, que ça te plaise ou non. Si tu en parles au docteur Adams maintenant, tu peux éviter que tout ça tourne au scandale.

Je m'adossai au canapé et les regardai toutes les deux.

— Hein ? Eh bah peut-être que c'est ce que je vais faire. Je vais y réfléchir.

— En attendant, on parie sur combien de temps il faudra au web pour te reconnaitre sur cette photo ? demanda Daisy avec un sourire malin.

— Ce n'est pas drôle ! Je n'aime pas ça. Je ne sais vraiment pas comment je me suis retrouvée dans cette situation. Ce n'est pas comme si on avait vraiment des choses en commun, et je ne sais pas...

Une serviette en boule rebondit sur ma tête.

— Arrête ! Tu te crées des barrières. Si tu veux mon avis, tu as peur parce que quelqu'un a enfin réussi à passer sous ta carapace, déclara Daisy.

Harper rit doucement.

— Bon, OK, c'est un peu intense, mais c'est un peu vrai.

— Bon, d'accord. Dans tous les cas, c'est une star du foot et je suis docteur. Je veux dire, il y a des paris en ligne sur le jour où il finira par se ranger. Ce n'est vraiment pas le genre de gars pour qui je devrais risquer ma carrière. C'est dingue, dis-je.

Daisy haussa les épaules.

— C'est juste un gars. Ça n'a pas vraiment d'importance ce que tu devrais ou ne devrais pas faire, et c'est stupide de décider à l'avance de qui tu as le droit ou non de tomber amoureuse. Peut-être qu'il est célèbre, et c'est évident que c'est un joueur de folie, mais je l'ai trouvé sympa quand je l'ai rencontré. Il est marrant et gentil, et plutôt normal.

Elle regarda Harper.

— Tu devrais le rencontrer. C'est toi qui es notre radar.

Cette fois, Harper leva les yeux au ciel.

— C'est débile. Mais j'aimerais bien le rencontrer. N'importe quel gars qui te met dans tous tes états vaut la peine d'être rencontré.

— Je suis dans tous mes états ?

Daisy et Harper me regardèrent à l'unisson.

— Euh, ouais. Tes yeux sont tout pétillants la moitié du temps maintenant, dit Daisy avec un rire étouffé.

Mes joues rougirent et je pris une gorgée de vin. Pétillants. Même si j'avais envie de les contredire, je savais que c'était vrai et ça me terrifiait.

Chapitre Vingt-Et-Un

LIAM

Je traversai le couloir du stade, me dirigeant vers le bureau du coach pour un rendez-vous. Je me disais qu'il voulait sans doute savoir où j'en étais dans ma rééducation. Je savais qu'il parlait souvent à Tim et au docteur Monroe. En ce qui me concernait, je savais déjà que s'il voulait me demander de jouer plus tôt que prévu après mon opération, j'étais prêt. Ça faisait un mois et demi depuis qu'Olivia avait fait son tour de magie sur mon genou et je me sentais bien. Après mes séances de rééducation, il n'y avait aucune douleur. Le seul moment où je remarquais une différence, c'était au réveil. C'était comme si j'avais besoin d'un peu d'huile au niveau de l'articulation, et une douche chaude faisait l'affaire. J'essayais de convaincre Tim d'accélérer le programme, mais il était sacrément têtu, du moins c'était ce que je découvrais. Il insistait sur le fait que mon genou devait être prêt pour des chocs éventuels et qu'il allait me lancer dans une nouvelle série d'exercices pour simuler ce que mon genou allait ressentir pendant un match.

Mes pas étaient la seule chose qui résonnait dans le

couloir. J'adorais être dans les stades quand ils étaient presque vides. L'espace semblait sacré, quand les chants de la foule n'étaient que de lointains échos, mais le sentiment que je ressentais en jouant était encore plus présent en moi quand j'étais dans un stade silencieux. La porte du coach était ouverte, mais je m'arrêtai quand même et frappai doucement du poing. Il leva les yeux de son ordinateur et me fit signe d'entrer.

— Entre, Liam. Assieds-toi, dit-il en désignant la chaise en face de son bureau.

Je m'assis et m'adossai. Le coach pencha la tête sur le côté, son regard perspicace soutenant le mien. Après un moment de silence, il parla.

— Tim me dit que tu es peut-être en avance dans ta convalescence. Il me dit que tu insistes pour qu'il te laisse revenir plus tôt que prévu.

Je hochai la tête.

—Je me sens bien. Ça coûte rien d'essayer, hein ?

Le coach sourit.

— Je ne t'en veux pas de demander, mais on va attendre. Je préfèrerais te récupérer en pleine forme qu'un peu trop tôt. Le jeu n'en vaut pas la chandelle. J'apprécie les efforts que tu mets dans ta rééducation et le soutien que tu offres à Matt. Il n'est pas toi et il ne le sera jamais, et je ne sais pas ce que tu lui as dit avant le match l'autre jour, mais ça a été utile.

Après avoir regardé quelques entrainements difficiles, j'avais pris Matt à part et lui avais donné quelques conseils sur comment gérer l'équipe. Être le joueur central demandait plus que des compétences physiques. Ça demandait une compréhension tactique profonde sur le fonctionnement de son équipe. Alex avait aussi fait des efforts pour qu'il y ait moins de pression sur Matt. Je pris une inspiration et hochai la tête.

— J'aimerais bien dire que c'est grâce à moi, mais Alex a aidé aussi. Matt a beaucoup de pression. Il s'en sort bien, au final.

Le coach acquiesça et attrapa un élastique sur son bureau, l'étirant entre ses mains sans trop y réfléchir. Il resta silencieux un instant de plus et je me demandai pourquoi il avait voulu me voir.

— Je suis sûr que tu en as l'habitude, mais tu étais dans le journal le weekend dernier. Il me semble que ce genre de ragot ne gênait pas ton jeu en Angleterre, donc j'espère que ce sera pareil ici.

J'étais gêné et ne savais pas de quoi le coach parlait.

— Pardon ?

Il tourna son ordinateur portable vers moi sur le bureau. Ouvrant l'écran, il cliqua sur une page et me montra une photo. Je me penchai en avant et vis une photo d'Olivia et moi pendant notre diner du weekend dernier. J'étais face à la fenêtre, donc il était facile de me reconnaitre. Olivia avait le dos tourné à la caméra et le visage dans l'ombre. Un éclair de colère me traversa. J'avais appris à ignorer ces conneries, mais ce n'était pas juste pour Olivia et je savais qu'elle flippait certainement.

— Bordel, dis-je en me reculant, passant ma main dans mes cheveux.

Je n'avais jamais apprécié l'attitude des journaux et je ne voulais vraiment pas qu'Olivia s'inquiète pour quelque chose comme ça.

— Quelqu'un qui compte ? demanda le coach, ses yeux me donnant un soupçon de sourire.

Oh, juste la femme qui compte le plus au monde. Mais je

n'allais pas dire ça à voix haute. Olivia m'avait poliment esquivé quand j'avais essayé de la revoir. Ça faisait quatre jours depuis le matin où je m'étais réveillé à côté d'elle, dimanche dernier, et elle me manquait comme un fou. Le moi de d'habitude serait passé à autre chose, mais le moi de d'habitude ne dormait que rarement avec une femme, en réalité. J'avais une vie sexuelle, mais d'habitude je rentrais dormir chez moi. Je ne pouvais que me demander si elle avait vu cette photo en ligne.

Mon visage dut laisser transparaitre quelque chose, car le coach hocha doucement la tête.

— Donc elle compte beaucoup. Eh bien, d'après mon expérience, c'est une bonne chose.

Je ne pouvais m'empêcher de me demander ce qu'il entendait par là. Je n'avais pas l'habitude d'être dans un état pareil. Surtout à propos d'une femme.

— Qu'est-ce que vous voulez dire ?

Le coach me lança un regard pensif et haussa les épaules.

— La vie d'un joueur de football international, ou de n'importe quel sport en fait, n'est pas facile. C'est fatigant, et l'attention inlassable des médias est une distraction très agaçante. Mais trouver quelqu'un à qui on tient est une bonne chose, quoi qu'il arrive, ça nous donne quelque chose qu'on n'a pas sans : un point de gravité pour nos vies, quelque chose de plus important que le boulot. Une femme que tu aimes devient le plus grand match de ta vie, aucune partie de foot ne pourrait rivaliser.

Je le fixai du regard pendant quelques secondes de trop, mon cœur battant fort contre mes côtes. Je ne savais pas vraiment quoi penser. Je n'étais pas assez stupide pour prétendre qu'Olivia n'était pas unique, mais parler d'amour ? Je déglutis pour avaler la vague d'émotions qui montait dans ma poitrine et dans ma gorge. Quand je ne répondis pas, le coach continua.

— Et tu n'as pas l'air du genre de gars qui passent leur vie tout seul. Tu viens d'une famille unie, et tu as la tête sur les épaules. Pas besoin de me donner les détails, mais, si elle compte pour toi, ne sois pas bête, et ne la laisse pas t'échapper.

Il me fit un clin d'œil et se retourna quand son téléphone de bureau sonna.

— Attends, dit-il en prenant le téléphone rapidement.

Il hocha la tête à ce qu'on lui disait au téléphone puis me regarda, couvrant le téléphone de sa main.

— Il faut que je prenne cet appel. À part si tu as besoin de parler plus longtemps, je n'ai rien d'autre à dire. Suis le plan de ton kiné et ne va pas trop vite. Compris ?

Je hochai la tête et me levai.

— Tu veux bien fermer la porte pour moi, Liam ? lança-t-il alors que je passais la porte.

Je lui fis un signe positif, fermai la porte derrière moi et traversai le couloir dans une semi-transe. Ma tête tournait comme une toupie. Je ne savais pas pourquoi les mots du coach me mettaient dans cet état-là. Je me disais que même si j'avais assez de bon sens pour réaliser que ce que je ressentais pour Olivia était différent de tout ce que j'avais ressenti auparavant, personne ne m'avait encore demandé ce qu'elle représentait pour moi. Il fallait que je la voie. Tout de suite.

Chapitre Vingt-Deux

OLIVIA

Je passai la main sur le tissu de ma blouse, ce qui n'aida pas vraiment à essuyer la sueur anxieuse de mes paumes. J'avais opéré deux fois ce matin, et tout s'était bien passé. Cet après-midi, j'avais ma réunion de routine avec le docteur Adams, et j'avais passé toute ma semaine à m'inquiéter en me demandant s'il fallait que je lui parle de mes diners avec Liam. J'avais même appelé Harper une fois de plus hier soir pour réfléchir à voix haute. Comme Daisy donnait souvent des conseils basés sur ses émotions, je me tournais souvent vers Harper, toujours parfaitement rationnelle pour une réponse ancrée dans la réalité. Harper était absolument convaincue que je devais parler au docteur Adams.

— Soit ça, soit tu continues ce que tu fais déjà, et tu continues à te prendre le chou sur le sujet. Et en plus, Liam a vraiment l'air de compter pour toi. Et si c'est le cas, ce serait plus intelligent de ne pas te mettre dans une situation plus compliquée que nécessaire, m'avait dit Harper d'un ton prudent.

Je n'avais pas réussi à admettre que Liam commençait à bien trop compter. Je ne l'évitais pas ouvertement, mais je trouvais des excuses pour ne pas le voir depuis qu'il avait quitté mon appartement, dimanche matin. C'étaient des excuses légitimes liées au boulot, mais j'aurais pu trouver des moments entre deux rendez-vous, après mes heures de bureau et de paperasse qui n'en terminaient jamais. Je ne me sentais pas dans mon assiette, et c'était à cause de cette fichue photo.

J'avais pris mon courage à deux mains et j'étais assise en face du bureau du docteur Adams alors qu'elle terminait un appel. Quand elle posa son téléphone, elle ajusta ses lunettes et me lança un sourire.

— Désolée. Comment vas-tu aujourd'hui, Olivia ?

Je déglutis et réussis à lui lancer un sourire nerveux.

— Ça va. J'ai eu beaucoup d'opérations cette semaine, mais elles se sont toutes bien passées.

Elle lissa ses cheveux gris courts de la main et hocha la tête, ses yeux bleus chaleureux sur moi.

— Bien sûr qu'elles se sont toutes bien passées. Tu es une excellente chirurgienne. Jetons un œil aux chiffres.

Elle commença à tourner sa chaise. Je savais qu'elle voulait sans doute regarder les statistiques trimestrielles des patients que nous avions reçus dans notre unité, leurs temps de convalescence, mais je savais qu'une fois qu'on serait lancées là-dedans, la seule heure que j'avais avec elle cette semaine s'envolerait. J'étais tellement tentée d'acquiescer et de l'écouter, mais je m'étais préparée à aller au bout de cette histoire, et il fallait que je le fasse.

— Juste avant ça, il y avait quelque chose dont j'espérais pouvoir parler.

Elle fit pivoter sa chaise à nouveau pour me faire face, haussant les sourcils. C'était une femme fine, avec des traits droits et marqués, adoucis seulement par la gentillesse dans ses yeux. J'espérais pouvoir compter sur cette gentillesse pour survivre à ce moment.

Je pris une profonde inspiration, ajustai mes lunettes et me forçai à parler.

— Je n'arrive pas vraiment à croire que je sois sur le point de dire ça, mais j'ai diné deux fois avec un patient que j'ai opéré le mois dernier. Je sais que ça n'aurait jamais dû arriver, et je n'ai pas de bonne excuse à part le fait qu'il continue de m'inviter. J'ai décidé de venir vous en parler parce que je ne veux pas créer de problèmes, et je suis un peu inquiète. S'il faut que je passe en conseil de discipline, dites-le-moi tout de suite, s'il vous plait.

Mes mots m'échappèrent à toute vitesse, je n'arrêtai de parler que quand j'eus besoin de respirer.

J'ajustai mes lunettes à nouveau puis croisai mes mains sur mes genoux. Il fallut que je me force à la regarder. Le visage du docteur Adams était complètement inexpressif, et je savais que ça voulait dire qu'elle pensait quelque chose et essayait de ne pas le montrer. Mon estomac se serrait si fort que je priais pour ne pas vomir. Je n'arrivais pas à croire à quel point j'avais été stupide. J'avais toujours été l'une des « filles sages ». Je n'avais jamais eu de problèmes à l'école, je n'avais jamais eu une note en dessous de 15 et je respectais les règles, où que j'aille. J'étais la personne qui s'arrêtait complètement à tous les panneaux STOP, même au milieu de la campagne. Et c'était pour ça que je n'arrivais pas à croire à quel point j'avais perdu la tête depuis Liam. Jusqu'à ce que je voie cette fichue photo, j'avançais dans une transe. Oh, je m'inquiétais déjà des limites que je dépassais, mais parler d'une transe de désir était un euphémisme. La photo avait été un retour à la réalité brutal, comme un seau d'eau glacée.

L'expression du docteur Adams passa de neutre à confuse. Elle s'adossa à sa chaise et tapota ses doigts sur son bureau.

— Laisse-moi deviner. Liam Reed ?

Mes joues rougirent immédiatement. Je déglutis et je hochai la tête.

— Comment...?

— Je l'ai vu dans la salle de sport avec Tim, l'autre jour. Tu repartais et il te fixait du regard.

Elle respira, son regard revenant au neutre encore une fois.

— Évidemment, je n'ai pas besoin de te dire que ce n'était vraiment pas une bonne décision.

Mon estomac se noua et je déglutis. Oh, je savais parfaitement que j'avais fait une grosse erreur. C'était peu de le dire.

— Je sais. Je ne sais pas ce qui m'a pris. Je ne le reverrai pas, et si vous devez me renvoyer, dis-le-moi tout de suite.

Le docteur Adams soupira.

— Olivia, je ne vais pas te renvoyer. Ces questions éthiques ne sont pas aussi noir sur blanc que tu le penses. Il y a des recommandations, on suggère que les médecins n'engagent pas de relations romantiques avec un ancien patient avant six mois après la fin du traitement. Évidemment, ça ne fait que six semaines, et Liam est encore un patient à la clinique. Je sais qu'officiellement, il n'est plus un patient chirurgical, mais on est sur un terrain glissant si on faisait comme si tu n'avais rien à voir avec son traitement. S'il y a des complications, tu serais le chirurgien en consultation. Ce qui n'est plus une option maintenant. Je vais devoir mettre le système à jour pour que tu n'aies plus accès à son dossier médical, et je vais parler à Tim pour m'assurer qu'il ne se tourne pas vers toi pour toute consultation supplémentaire. Si Liam a des besoins de suivi, tu ne peux pas t'occuper de lui. Je sais que ça ne va pas te plaire, mais je vais prévenir le conseil d'administration de la clinique. Ils décideront peut-être d'engager une procédure disciplinaire formelle, et je dois bien sûr t'écrire une lettre de réprimande. Le pire scénario, ce serait une réprimande officielle, mais la priorité de la clinique va être d'éviter la mauvaise publicité. Liam est un adulte consentant, et il est clair qu'il a été le premier à engager la chose. Dans n'importe quel autre scénario, le fait que tu sois indispensable à cette clinique n'aurait aucune importance. Si tu t'inquiètes pour ton droit d'exercer, la seule inquiétude que tu dois avoir est si Liam décide de porter plainte. Je suppose que ce n'est pas un problème. Quant à ton contrat de travail, je suis choquée, mais ça ne change rien au fait que je te fais entièrement confiance en tant que docteur et que je ne doute en aucun cas de ta capacité à prendre soin de tes patients. Le fait que tu sois venue me voir de toi-même me prouve que je peux te faire confiance. Je préfère l'apprendre de ta bouche que de n'importe qui d'autre.

Mon cœur battait encore la chamade et mon estomac était noué, mais je réussis à prendre une grande inspiration et à acquiescer. Un sentiment de soulagement s'empara de moi. Pas parce qu'elle ne m'avait pas renvoyée, mais parce que j'avais enfin avoué la vérité. J'allais devoir subir les conséquences avec le conseil d'administration, mais j'étais capable de supporter ça. Je me tordis les mains et les essuyai sur ma blouse encore une fois. Je ne savais pas vraiment quoi dire d'autre. Ça avait pris toute ma force de survivre à ces dernières minutes, et je n'avais plus l'énergie de réfléchir.

Le docteur Adams me sauva en changeant un peu de sujet.

— Excuse-moi si je suis un peu trop familière, mais c'est tellement surprenant de te voir faire quelque chose comme ça, je ne peux pas m'empêcher de me demander ce que Liam représente pour toi.

Mon cœur repartit au galop. Liam comptait bien trop pour moi, et je ne savais pas quoi faire de cette information. Je regardai le docteur Adams et manquai de fondre en larmes. Son regard perspicace trouva le mien, et elle soupira doucement.

— Oh, je vois. Eh bien, si tu te prends une réprimande des ressources humaines et du conseil d'administration, au moins que ce soit pour quelqu'un qui compte.

J'ouvris la bouche, mais la refermai tout de suite. Je ne savais pas quoi penser du fait que tout le monde autour de moi voyait si simplement à quel point je m'étais attachée à Liam. Pendant un instant, je crus qu'elle allait en dire plus, mais elle ne dit rien. Après quelques secondes de silence, elle fit pivoter sa chaise.

— Regardons les chiffres.

———

Quelques heures plus tard, je rentrais chez moi sous une pluie légère. Il faisait frais et j'avais oublié mon manteau de pluie à la clinique. Je commençai à frissonner dès que ma blouse en coton atteignit sa limite d'absorption, mais je continuai à avancer, tête basse, me disant que je ne vivais qu'à quinze minutes de là. Après mon rendez-vous avec le docteur Adams, le reste de ma journée était passée en un éclair flou. J'étais plus que soulagée de lui avoir enfin parlé. Mais mon cerveau était rapidement passé à l'inquiétude que je portais face à mes sentiments pour Liam. Ce n'était pas un gars comme les autres pour moi. J'étais terrifiée d'être en train de tomber amoureuse de lui, alors que je supposais qu'il n'avait absolument pas ça en tête. La moi habituelle aurait eu envie de mettre un mur entre lui et moi, mais, étrangement, j'avais envie de le voir, comme s'il pouvait me rassurer. Je ne savais pas comment j'avais pu être assez bête pour tomber amoureuse d'un footballeur mondialement connu, qui avait toutes les femmes du monde à ses pieds. J'avais assez de bon sens pour savoir qu'il me courait sans doute après parce que je lui avais dit non. Une fois qu'il se serait habitué à moi, il passerait sans doute à quelqu'un d'autre.

Je regardais mes pieds sur le trottoir alors que je marchais vers mon bâtiment, comptant les pavés sans trop réfléchir. Je cherchais mes clés, mais j'avais froid aux mains et mes clés tombèrent au sol. Je me penchai pour les ramasser, mais la main d'un homme les attrapa plus vite que moi, une main que je reconnus dès que je la vis. Liam avait de belles mains, des mains qui me faisaient frissonner de plus d'une façon : puissantes, agiles et légèrement marquées de cicatrices. Mon souffle se coupa, et je levai la tête d'un coup, trouvant Liam devant ma porte. J'étais tellement perdue dans mes pensées que je ne l'avais même pas remarqué. Ses cheveux noirs étaient mouillés et ses yeux bleus brillaient sous la lumière grise de la pluie. Il me lança un sourire en coin.

— Salut ma belle. Tu es trempée.

Je passai une main sur mes cheveux mouillés. Mes mèches s'échappaient dans tous les sens. Je me sentais aussi belle qu'un tas de boue dans ma tenue médicale, après une longue journée de boulot, un rendez-vous épuisant avec ma patronne et des heures passées avec mes pensées nouées sur Liam. Mais j'étais tellement heureuse de le voir que je souris. Il me rendit un grand sourire, comme un soleil chaud après des jours entiers de pluie.

— Tu ne vas pas te débarrasser de moi si facilement. J'ai décidé que, comme tu ne fais que de me donner des excuses pour éviter de me voir, j'allais simplement me pointer chez moi. On monte ?

Je n'hésitai même pas et hochai la tête. Quand j'essayai de mettre la clé dans la serrure, mes mains étaient trop froides pour faire quoi que ce soit. Liam s'avança à côté de moi et enroula sa main chaude autour de la mienne.

— Je vais le faire.

Frissonnant de froid, je hochai la tête et lui tendis les clés. Il nous fit passer la porte rapidement et posa sa paume chaude dans mon dos alors qu'on montait les marches. Il ne dit rien, et je ne savais pas quoi dire. La journée avait été si pleine de stress et de sentiments confus que la seule chose que je voulais était me réchauffer, me sécher et me blottir contre lui.

Une fois chez moi, je le regardai. Ses yeux passèrent sur moi.

— Tu trembles. Il faut que tu te douches, dit-il d'un ton détaché.

Une minute plus tard, il m'avait retiré mes vêtements et faisait chauffer l'eau de la douche. Il n'y avait rien de sexuel dans son toucher et c'était étrangement réconfortant. Il retira ses propres vêtements à la dernière minute et me suivit sous la douche. Alors que l'eau chaude coulait sur moi, je commençai enfin à dégeler. On s'échangea le savon et je me tournai vers lui. Soudainement, les larmes me montèrent aux yeux et je m'effondrai.

Chapitre Vingt-Trois

LIAM

Olivia me regarda, ses cils sombres trempés et ses yeux verts brillant dans la vapeur d'eau. Au moment où je l'avais vue s'approcher de son bâtiment, je savais que quelque chose n'allait pas. Elle avait les épaules basses sous la pluie, les yeux fatigués et, quand elle m'avait vu, elle dégageait une grande vulnérabilité. À l'instant, je voyais une douleur et une confusion dans ses yeux. Elle lâcha le savon qui tomba au sol dans la douche d'un bruit sourd, et elle fondit en larmes, plongeant son visage dans ses mains.

Je ne pris même pas une seconde pour réfléchir. La seule chose que je savais était que j'étais prêt à tout pour effacer sa douleur. Je passai mes bras sur elle, passant ma main dans son dos lentement, murmurant contre ses cheveux. L'eau coulait sur nous et la vapeur montait tandis que je la tenais. Elle baissa doucement les mains, se détendant dans mes bras et enroulant ses mains sur ma taille. Elle trembla doucement, mais ses pleurs ralentirent au fur et à mesure, jusqu'à ce que je la sente prendre une grande inspiration. Elle enfouit son visage contre mon torse avant de lever lentement les yeux. Je détendis ma prise et me reculai pour la regarder. Un éclair de peine me traversa, sa douleur devenait mienne. Je ne savais pas ce qui la mettait dans cet état-là. Elle soutint mon regard dans l'air humide.

Je sentis ma poitrine se serrer et mon pouls s'accélérer. Olivia fit glisser ses mains sur ma peau mouillée, de ma taille à mon torse. L'air était électrique. Quoi que ce soit, le sentiment semblait s'être calmé. Son regard tenait le mien, sombre et décidé. Je commençais à m'habituer au fait que je n'avais aucun contrôle quand il s'agissait d'elle. À l'instant, une partie de moi s'accrochait à l'inquiétude de ce qui l'avait fait fondre en larmes. Moi, l'homme qui ne voulait jamais qu'une femme se projette trop, j'étais maintenant inquiet qu'Olivia puisse penser que ce n'était que physique pour moi.

Mon corps, en revanche, trouvait ça parfait que les mains d'Olivia me caressent. Son toucher était trop rapide, un peu frénétique, presque comme si elle voulait se perdre en moi. Je tendis la main vers son visage, mais elle m'évita, ses lèvres suivant ses mains. Mon souffle siffla quand elle posa une main sur mon torse et me poussa fermement. Mon dos s'écrasa contre le carrelage froid alors qu'elle se baissait et enroulait une main sur ma queue, durcie quelques secondes après le changement d'énergie entre nous.

Elle me regarda d'en bas, à travers ses cils mouillés, ses yeux trouvant les miens, alors qu'elle se penchait en avant et passait sa langue sous ma queue. Ma tête tomba contre le carrelage et sa bouche se referma sur moi, me faisant monter au septième ciel.

S'il y avait bien une chose que j'avais comprise chez Olivia, c'était qu'elle allait au bout des choses. J'avais assez de bon sens pour savoir qu'elle n'était pas devenue une médecin si prolifique par accident. Non, j'étais certain qu'elle avait toujours été bonne élève, ce qui me poussait à me dire qu'elle était une femme déterminée. À l'instant, elle semblait concentrée sur moi et déterminée à s'occuper de mon plaisir. Ou plutôt, à s'occuper de ma queue. Et bon sang, c'était la meilleure chose du monde. De tous les temps. Sa bouche chaude et humide m'avalait encore et encore alors que sa langue me rendait fou de lentes et longues caresses. J'étais si proche de l'explosion, mais j'avais besoin d'être en elle.

Je tendis la main vers elle, la tirant vers moi plus brutalement que ce que je voulais, mais j'étais trop excité, la seule chose à laquelle je pensais était à me rapprocher d'elle. Je la levai contre moi. Elle me fit plaisir en enroulant immédiatement ses jambes autour de moi. Je sentais la chaleur mouillée de son corps contre moi et je serrai les dents. Je n'avais pas été assez prévoyant pour mettre des préservatifs dans la douche.

— Olivia... Attends, lâchai-je alors qu'elle resserrait ses jambes sur mes hanches et se cambrait contre moi.

Elle mordit doucement mon cou et marmonna quelque chose. J'ouvris la porte de la douche avec mon épaule, la gardant contre moi tant bien que mal.

— Où tu vas ? demanda-t-elle, reculant pour me regarder.

J'avais presque mal à force de me retenir, mais je réussis à parler.

— Capote.

Elle écarquilla les yeux avant de sourire.

— Juste là, dit-elle en désignant un petit panier accroché dans la douche.

Il y avait du shampoing et d'autres produits de douche, mais je n'avais pas vu les préservatifs. Elle tendit la main par-dessus mon épaule et écarta le shampoing, trouvant un préservatif. En l'espace de deux secondes, elle ouvrit l'emballage et je plaçai ma queue devant son entrée. Je me forçai à attendre parce que j'avais besoin de la voir.

J'écartai une mèche mouillée de ses yeux.

— Olivia...

Elle leva le regard pour trouver le mien et elle resserra ses jambes sur moi. Nos regards restèrent fixés l'un sur l'autre alors que je plongeais lentement en elle. Elle écarquilla les yeux quand j'arrivai au fond de sa prise crémeuse. Une vague d'émotions me traversa, et je la tirai plus près de moi jusqu'à ce que nos corps soient entièrement collés. Nos peaux étaient mouillées de l'eau chaude qui coulait sur nous. Ses tétons étaient tendus et si doux contre mon torse, je jouis presque sans bouger. Mais il fallait que je bouge, il fallait que je la sente exploser. Avec le mur derrière elle et ses jambes autour de moi, je ne pouvais pas beaucoup bouger, mais ce n'était pas grave. On se balança doucement ensemble. Son antre palpita alors qu'elle lâchait des petits cris. La luxure montait si fort en moi, la pression ne cessa jamais d'augmenter jusqu'à ce qu'elle se cambre contre moi et hurle de plaisir. Mon orgasme suivit le sien avec un grognement sauvage quand elle se resserra sur moi et vibra.

Sa tête tomba dans le creux de mon épaule. Je la gardai près de moi et fermai les yeux, savourant la sensation de son corps sur le mien. Après de longs moments, on se démêla, on sortit de la douche et on se sécha. Les sentiments lourds qu'Olivia semblait porter plus tôt avaient l'air d'avoir disparu. Elle s'habilla d'un pantalon en coton et d'un haut, prépara du chocolat chaud et me fit monter dans son lit avec elle, ce qui m'allait parfaitement.

— Pendant que je revenais du boulot, la seule

chose dont j'avais envie était de me sécher et de me réchauffer.

Elle s'arrêta et se mordit la lèvre, rougissant un peu. J'adorais ça.

— J'ai eu plus que ma dose, mais je veux quand même être au chaud, donc on regarde la télé ici.

Elle ramena d'autres coussins dans sa chambre, qu'elle avait pris sur le canapé, et les empila. Je restai allongé dans ce lit quelques heures plus tard, à écouter la respiration régulière d'Olivia alors qu'elle dormait à côté de moi. Elle était au chaud et au sec, et mon cœur trébuchait sur l'incertitude qui venait avec le chemin que j'avais choisi. Je me demandais encore quelle était cette douleur dans les yeux d'Olivia plus tôt, mais je n'avais pas osé insister. Il y avait également le fait embêtant que je n'avais aucune idée de comment gérer ce terrain émotionnel. Je n'avais jamais fait face à ce genre de sentiment et j'étais perdu. J'aimais avoir le contrôle et, pour la majorité de ma vie, je l'avais. Être un athlète international, quel que soit le sport, voulait dire un engagement profond, une grande concentration et discipline, ce qui voulait dire un degré de contrôle fou sur toutes les petites choses. J'étais entièrement confortable avec l'idée d'être le roi d'un match sur la pelouse, ce qui avait toujours été la plus grande partie de ma vie.

Cette histoire avec Olivia me secouait parce que j'avais l'impression d'avoir perdu le contrôle, malmené par la force de mon désir et de mes sentiments. Les derniers mois de ma vie en général avaient été difficiles, avec la mort soudaine de ma mère, me retrouver transféré vers une équipe sur un autre continent, et me retrouver sur le banc après une blessure au genou. De toutes ces choses, la mort de ma mère et mes sentiments pour Olivia avaient le plus de points communs, car ça impliquait mon cœur. La nouvelle équipe et mon genou étaient des choses que je savais gérer. Mes émotions, c'était autre chose.

Quand Olivia se tourna sur le côté, ses fesses arrondies se collant à ma hanche, je roulai pour la regarder, la tirant contre moi, et je me blottis dans le creux de son cou. Je m'endormis en respirant son odeur.

OLIVIA

Quand j'entendis quelqu'un frapper à ma porte, je répondis :

— Entrez.

Tim Maxwell passa la porte, la refermant derrière lui. Tim était l'un de nos meilleurs kinés et coach de rééducation. Nous avions de nombreux coachs dans l'équipe avec de super compétences, mais la façon dont Tim approchait ses clients ajoutait quelque chose de plus. Il n'était pas intimidé par les athlètes professionnels et n'avait aucun problème à leur tenir tête quand ils essayaient d'aller trop vite. C'était aussi l'un des hommes les plus gentils que je connaissais et un bon ami. D'habitude, je ne ressentirais aucun stress à le voir, mais je savais qu'il était probable que le docteur Adams l'ait prévenu que je ne pouvais plus m'occuper du dossier de Liam.

— Salut Tim. Comment ça va ? demandai-je en essayant de masquer mon anxiété autant que possible.

Il s'assit devant mon bureau et me regarda un long moment, ce qui ne fit que me stresser plus.

— Donc j'ai cru comprendre que je ne suis pas

censé venir te voir si j'ai des complications dans la convalescence de Liam Reed.

J'ajustai mes lunettes et hochai la tête. Même si j'étais soulagée d'avoir parlé au docteur Adams, ça ne changeait rien au fait que je m'en voulais de la situation dans laquelle je m'étais mise. Je m'étais promis que je trouverais une façon de mettre fin à ce que je partageais avec Liam et, au lieu de ça, j'avais passé une nuit de plus avec lui. J'écartai ces pensées pour me concentrer sur le moment présent. Me forçant à me reprendre, je trouvai le regard de Tim.

— C'est exact.

Un petit sourire s'empara de son visage.

— Je ne m'étais jamais imaginé que tu te retrouverais dans une situation comme ça. Comment est-ce que le docteur Adams l'a pris quand tu lui as parlé ?

— Aussi bien que possible. Je prie juste pour que le conseil d'administration ne soit pas trop sévère, dis-je avec un soupir.

Le sourire de Tim s'effaça.

— Ils feront quelque chose, mais tu ne vas pas perdre ton poste. Tu rapportes trop, et tu as fait ce qu'il fallait en allant voir le docteur Adams.

Il s'arrêta pour réfléchir.

— Tu m'as surpris, mais ça ne m'a pas surpris que l'homme en question soit Liam. Il est incapable d'arrêter de te regarder. Je dois t'avouer que je lui ai dit de te laisser tranquille. Liam est un gars sympa, mais je ne voudrais pas te voir souffrir. Je ne pense pas qu'il ait l'intention de te faire du mal, mais c'est l'un des célibataires préférés des Anglais, et il est bien parti pour être pareil ici. J'imagine que tu ne me dirais pas si c'était du sérieux ?

Les commentaires de Tim alimentaient mes inquiétudes et mes peurs sur la vitesse à laquelle je tombais amoureuse de Liam. Je fermai les yeux et pris une inspiration avant de trouver son regard à nouveau. Ses yeux marron chaleureux calmèrent un peu mon anxiété.

— Je ne sais pas quoi penser. Je suis aussi surprise que toi par cette situation. Liam... eh bien, il est un peu difficile de lui résister...

— Et il a l'air de vraiment te kiffer, vu comment il te regarde, ajouta Tim.

Je rougis et continuai.

— Je ne sais pas quoi penser. Ce n'est pas comme si on avait grand-chose en commun, mais quand je suis avec lui, je ne pense pas au fait que c'est un joueur de foot mondialement connu et que la moitié des femmes de la planète le veulent. Je ne sais pas ce que je fais ni où ça va.

Je déglutis et retins une vague d'émotions, me rappelant l'autre soir, quand j'avais fondu en larmes sous la douche. Liam n'avait pas hésité à me prendre dans ses bras forts et solides, le simple fait d'être dans son étreinte calmant ma confusion et mes peurs. M'endormir dans ses bras était le meilleur sentiment du monde. De tous les temps. Enfin, ça et me réveiller à ses côtés. Mieux encore, le sentir en moi alors que le galop fou de mon désir était enfin satisfait et que nous étions si proches l'un de l'autre que j'arrivais à peine à réfléchir.

Tim me regarda, les yeux pleins de chaleur et de compassion.

— Oh, ma biche, je crois que tu es amoureuse, dit-il doucement.

Mon souffle se coupa et je pleurai presque, secouant la tête brutalement.

— Non, non, ce n'est pas possible. C'est juste du sexe, et je n'ai pas l'habitude. Ça va passer. En plus, il faut que j'arrange toute cette situation tordue dans laquelle je me suis mise, en sortant avec un patient. Je ne peux pas continuer à le voir.

Tim haussa un sourcil et me regarda longtemps.

— OK, deux choses. Déjà, j'aime bien Liam. C'est un gars bien. Il est évident que sa famille compte beaucoup pour lui, ce qui est une bonne chose. Il n'en parle pas beaucoup, mais je vois bien que la mort de sa mère est encore très difficile pour lui. Je ne dis vraiment pas que c'est une bonne chose, mais ça te donne des informations sur qui il est. Peut-être que tu devrais arrêter de t'inquiéter de vos différences. Ensuite, tu as déjà arrangé ta situation. Tu l'as dit au docteur Adams. Elle t'a retirée du dossier et a fait en sorte que tu ne sois en aucun cas concernée par la suite de son suivi. Oui, tu vas devoir gérer le conseil d'administration, mais tu vas devoir faire ça dans tous les cas. Ne passe pas à côté de quelque chose juste parce que tu as une possibilité de fuite.

Les mots directs de Tim me frappèrent en plein visage. Je n'aimais pas avouer que je me cherchais des excuses, mais il avait peut-être raison. Ça ne changeait pas le fait que j'avais l'impression de me noyer.

— Dans tous les cas, je ne sais même pas ce que Liam veut, et dire qu'on vit dans deux mondes différents est un euphémisme. Je suis chirurgienne, et il joue au ballon. Je m'occupe de mes affaires, et il est suivi par les paparazzis.

Tim haussa les épaules.

— Ne pense pas à ça. Pense à ce qui se passe, au lieu de te concentrer sur les choses qui vous séparent. Regarde autour de toi. La plupart des couples ne sont pas ensemble parce qu'ils sont la même personne. Là, Liam te kiffe. Crois-moi, je vois comment il te regarde. Tu ressens clairement la même chose pour lui, sinon tu ne m'en parlerais même pas. J'étais peut-être surpris, mais je suis heureux de te voir te concentrer sur autre chose que le boulot.

Son bipeur sonna. Tim se leva et me lança un regard sévère.

— Rends-moi service et ne te mets pas des bâtons dans les roues.

Sur ces mots, il quitta mon bureau. Je retournai ma chaise et regardai par la fenêtre. Le ciel était partiellement dégagé ce matin. Le Puget Sound brillait sous les rayons du soleil qui perçaient les nuages. Je me sentais soulagée de venir travailler cette semaine, enfin libérée du point de l'inquiétude qui venait avec le fait de mentir sur ce qu'il se passait entre Liam et moi. Mais je n'arrivais pas à me débarrasser des peurs que mes sentiments pour Liam m'apportaient. En secouant la tête, j'écartai ces pensées.

Quelques heures plus tard, j'étais encore au boulot quand mon téléphone vibra d'un message de Daisy. *Je vais le tuer.*

Complètement confuse, je lui répondis. *Quoi ?*

Le Seattle Observer, en ligne.

Je fermai la page sur laquelle je travaillais et allai vers le site du Seattle Observer. Sur la première page, il y avait une photo de Liam sur un banc devant le stade des Seattle Stars. Ce n'était pas une simple photo de Liam, il avait une femme presque sur les genoux. Si elle n'était pas encore mannequin, elle devrait le devenir. Elle était grande avec des cheveux blonds et brillants. Elle se penchait en avant, son décolleté parfaitement perché sous le nez de Liam. Je me sentis malade, malade d'une jalousie violente et malade de remettre en question. Je détestais ça, mais je ne pouvais m'empêcher de cliquer sur la photo qui menait à un bref article qui ne me donnait aucune information de plus et ne fit qu'alimenter mon inquiétude de ne pas savoir ce que je faisais avec lui.

Liam Reed, l'un des footballeurs favoris des Anglais, avec Millie Morton, la seule femme avec qui il ait failli se caser. Mademoiselle Morton est toujours une favorite des défilés de mode et sera présente lors du match amical des Seattle Stars dans quelques mois. Elle a fait une apparition inattendue à Seattle, un peu plus tôt que prévu. Même si ce n'est qu'un match pour le plaisir, monsieur Reed est attendu sur le terrain, après sa convalescence. Nous attendons avec impatience les feux d'artifice de ce match. En attendant, toujours aucun autre indice sur la mystérieuse femme vue avec monsieur Reed à Seattle.

Tout ce que je venais de dire à Tim revint au galop. Ma vie était tellement différente de celle de Liam. Il fallait que je me concentre sur ma carrière, non pas que je me demande ce que Liam ressentait pour moi alors qu'il draguait une femme qui semblait être venue jusqu'à Seattle pour lui rendre visite. Cette photo était un symbole de toutes les raisons pour lesquelles il fallait que je protège mon cœur de ce jeu avec Liam. Je restai assise là, immobile pendant de longues minutes avant de répondre à Daisy. *Pas besoin de le tuer. C'est un retour à la réalité pour moi.*

Je posai mon téléphone et déglutis, la gorge serrée, alors que des larmes chaudes me montaient aux yeux. Après quelques inspirations tremblantes, j'acquiesçai toute seule. C'était une bonne chose. Il me fallait quelque chose pour me forcer à être moins bête.

Chapitre Vingt-Cinq

LIAM

Je vidai la bouteille d'eau que Tim m'avait tendue et la posai sur le sol avant de le regarder.

— Alors ? demandai-je.

Tim se tenait là, une main sur sa hanche alors qu'il reprenait son souffle en même temps que moi. On venait de terminer une course de quarante-cinq minutes sur le tapis de course alors que Tim me faisait courir des intervalles difficiles, avec des pentes et des arrêts brutaux pour me forcer à utiliser mon genou. Malgré le fait que c'était sur une machine, ça m'avait donné un sentiment très similaire à ce que je vivais sur le terrain. Tim hocha doucement la tête.

— Tu es en bonne voie. Je dois dire, je suis plutôt tenté de te libérer une semaine plus tôt que prévu, mais je ne pense pas que le coach Hoffman sera d'accord.

Je souris, envahi par un grand sentiment de soulagement.

— Eh bah, dites donc ! Je me battrai avec le vieux Bernie s'il le faut.

Tim me rendit mon sourire et secoua lentement la tête.

— Je ne pense pas que tu gagneras.

Il reprit un air sérieux.

— Honnêtement, le coach Hoffman s'occupe bien de ses joueurs. J'ai plus souvent l'habitude des coachs qui veulent accélérer la convalescence. Hoffman préfèrerait que tu reviennes tard plutôt que de devoir te renvoyer ici dans deux semaines. Je lui dirai que je pense que tu es prêt, mais tu peux continuer à bosser avec moi jusqu'à l'échéance de base, si tu le souhaites.

Je m'appuyai contre le mur et croisai les bras.

— Ouais. Je serais surpris que le coach me laisse revenir en avance.

En haussant les épaules, je m'écartai du mur.

— Eh bah, tu me verras à la même heure que d'habitude, dans ce cas-là.

Je commençai à me diriger vers la douche quand Tim appela mon nom. Je me retournai en haussant les sourcils.

— Oui ?

Tim et moi étions seuls dans la salle de sport, mais il s'avança tout de même vers moi.

— Olivia.

Il ne dit rien de plus.

Au moment où il prononça son nom, mon cœur se serra. Olivia. Il ne se passait pas une heure sans que je ne pense à elle. Depuis le weekend dernier, elle m'évitait encore, ce qui m'énervait bien plus que je ne voulais l'admettre. Après notre dernière nuit ensemble, j'avais commencé à m'avouer ce qu'elle représentait pour moi. Même si ça me déstabilisait, je n'arrivais pas à imaginer ma vie sans elle.

Je réalisai que Tim attendait.

— Quoi, Olivia ?

— Je vais supposer que tu as déjà ignoré ma requête de la laisser tranquille.

Je soutins son regard et hochai lentement la tête. Je respectais Tim et j'avais assez de bon sens pour savoir qu'il essayait simplement de protéger Olivia. Si je ne savais pas déjà qu'il était dans une relation sérieuse avec un homme, j'aurais sans doute été jaloux, un sentiment que je n'avais jamais ressenti auparavant.

Tim avait l'air de peser ses mots. Il croisa les bras et baissa la tête, un message clair dans les yeux.

— Je ne sais pas ce qu'elle t'a dit, mais elle a prévenu sa directrice de ce qu'il se passait. Et elle a reçu l'ordre de ne plus consulter ton dossier. C'est une adulte, donc elle est responsable de ses choix, bien sûr, mais il faut que tu comprennes qu'Olivia ne fait jamais ce genre de choses. Elle n'a pas beaucoup d'expérience avec les relations amoureuses, et encore moins avec des hommes comme toi. Je te respecte. Je pense honnêtement que tu es un gars bien, mais tu as vraiment intérêt à ne pas lui faire de mal. Il n'y a pas beaucoup de personnes comme elle dans ce monde, c'est une femme honnête avec un bon fond et l'une des personnes les plus brillantes que je connaisse.

Ma poitrine se serra et mon pouls s'accéléra. Olivia ne m'avait pas dit qu'elle avait parlé de nous à sa directrice. Je me demandais ce que ça voulait dire. Je savais que tout ce que Tim disait sur elle était vrai. Je savais que de l'extérieur, j'avais peut-être l'air de courir après Olivia parce qu'elle était nouvelle pour moi. Peut-être que c'était le cas au début, mais même à l'époque ça ne me plaisait pas de la voir comme ça. La seule chose que je savais était que je l'avais vue, et que j'avais eu envie d'elle au plus profond de mon être. Plus j'en apprenais sur elle, plus je me sentais proche d'elle. Elle était entrée dans mon cœur sans même essayer. Je savais qu'elle se demandait ce que je lui trouvais, mais c'était parce qu'elle était tout sauf vaine. Elle était incroyablement belle et ne le savait même pas. J'adorais le fait que je n'avais jamais à me demander si elle passait du temps avec moi parce que j'étais connu. Ma carrière et ma célébrité étaient plutôt un défaut à ses yeux.

Je regardai Tim encore une fois et m'éclaircis la gorge.

— Olivia compte beaucoup pour moi, dis-je enfin.

Il hocha la tête.

— Très bien. Fais bien attention à elle.

Sur ces mots, il se retourna et se dirigea vers son bureau. Je restai immobile quelques instants avant d'aller me doucher. Il fallait que je voie Olivia.

———

Alors que j'arrivais devant le bâtiment d'Olivia, j'eus la chance qu'un voisin me tienne la porte en sortant. J'entrai dans l'immeuble et montai les marches jusque chez elle. Ça faisait deux mois que je m'étais blessé. Cette lésion était maintenant un vieux souvenir. Je pouvais monter les marches sans problème, et je savais que c'était grâce aux conseils rigoureux de Tim. Si j'avais travaillé seul, je serais sans doute allé trop vite. Je montai les dernières marches pour arriver au troisième étage et me dirigeai vers la porte d'Olivia. Il faisait presque nuit dehors donc j'espérais qu'elle soit chez elle. Sachant qu'elle avait parlé de nous à sa directrice, je ne voulais pas essayer de la trouver à la clinique. Après avoir frappé plusieurs fois sans aucun succès, je m'appuyai contre le mur en soupirant.

Je me fichais bien de sa directrice, j'étais prêt à la trouver sur son lieu de travail s'il le fallait. Une fois sorti de son immeuble, je traversai les quelques rues qui séparaient son appartement de la clinique en moins de cinq minutes. Les portes de la clinique étaient ouvertes, mais le bâtiment était silencieux, la journée se terminait. Il restait quelques personnes dans la salle d'attente principale. Je continuai mon chemin et me dirigeai vers le bureau d'Olivia. Je vis sa porte ouverte en arrivant. Un sentiment d'euphorie monta en moi. Il ne m'en fallait pas plus, le simple fait de savoir que j'étais sur le point de la voir m'emplissait de joie.

Je ne m'arrêtai pas une minute et entrai directement dans son bureau. Elle se tenait devant la fenêtre, les bras croisés. Elle ne semblait pas m'avoir entendu. Je m'avançai vers elle et passai mes mains sur ses bras, déposant un baiser dans son cou pour respirer son odeur.

— Salut ma belle, marmonnai-je contre sa peau, récompensé par une chair de poule naissante sous mes lèvres.

Pendant un instant, elle s'appuya contre moi, son corps se détendant puis elle se redressa et s'écarta. Confus, je levai la tête et la vis s'éloigner de plusieurs pas, essayant clairement de mettre une distance entre nous. Je la regardai pour essayer de lire son expression. Elle avait un visage tendu, les yeux anxieux.

— Liam, je ne peux pas continuer.

Mon cœur se mit à battre si fort que ça me faisait mal. Pendant ce temps, mon estomac se noua, car je n'aimais pas le regard dans ses yeux, si anxieux et froid. Elle croisa les bras, plus fort qu'avant, comme pour se protéger de moi.

— Qu'est-ce que tu veux dire ? demandai-je en m'approchant d'un pas pour réduire le gouffre qu'elle créait entre nous.

Je n'allai pas trop loin, car je voulais lui donner l'espace dont elle semblait avoir besoin.

Elle agita la main entre nous.

— Ça ! Nous ! J'en ai parlé à ma directrice parce que je n'aime pas mentir. Mais je ne fais pas ce genre de choses ! Ce n'est pas moi. Il faut que j'attende de voir si le conseil d'administration me fait passer en conseil disciplinaire. Et puis après, il y a toi. Je ne suis pas bête. Je sais que je ne suis pas le genre de femme avec qui tu sors d'habitude. Restons-en là et n'aggravons pas la situation.

Mon cœur battait si fort que c'était un miracle que je ne me brise pas les côtes.

— Comment ça, aggraver la situation ?

Elle commença à faire les cent pas, m'évitant du regard.

— Liam, ça, ce truc entre nous, ce n'est pas le genre de choses que je fais. Je ne sais pas ce que tu attends de moi, mais je sais qu'un jour, nos différences finiront par nous séparer. Je ne peux pas...

Elle s'arrêta et secoua la tête rapidement, ses yeux croisant enfin les miens.

— Je ne fais pas ce genre de choses. Je ne suis pas... Oh, je ne sais pas comment t'expliquer.

Mon cœur me faisait mal alors que je la regardais. Je ne comprenais pas ce qu'elle essayait de dire, mais un sentiment de désespoir montait en moi.

— Olivia, qu'est-ce qu'il s'est passé ? Pourquoi est-ce que tu fais ça ?

Elle arrêta de marcher et me regarda droit dans les yeux, les joues rougies et les yeux sombres.

— Parce que je ne suis clairement pas à ma place, là. Tu fais comme si tu ne savais pas ce que je voulais dire, mais tu sais forcément. Je veux dire, bon sang, il y a cette mannequin qui est venue d'Angleterre pour te voir ! Ce n'est pas moi ça. Ma carrière est ce qui compte pour moi, et j'espère avoir la chance de ne pas avoir tout gâché définitivement. Tu ne m'aurais jamais remarquée si tu ne t'étais pas retrouvé ici pour ton opération.

Je secouai la tête, pour essayer de comprendre ce qu'elle disait.

— De quelle mannequin tu parles ?

La seule femme à qui je pensais était Millie Morton, que je trouvais agaçante à souhait et qui était venue voir l'équipe l'autre jour. Elle était sortie avec la moitié des gars de mon ancienne équipe à Londres et passait son temps à se pavaner à moitié nue devant nous tous. Mais elle n'était vraiment pas venue me voir moi.

Olivia me lança un regard noir.

— Liam, il y a une photo en ligne, dit-elle d'un ton presque méprisant.

Un éclair de colère me traversa. Pas à cause d'Olivia, mais à cause de cette situation. J'étais en colère qu'il suffise d'une photo dont j'ignorais l'existence pour qu'Olivia nous remette en question.

— Si tu parles de Millie Morton, elle n'était en aucun cas là pour me voir moi, et elle saute toujours sur l'occasion de toucher n'importe qui. Je ne m'en suis pas soucié plus que ça parce qu'elle est super chiante. Je ne sais pas exactement de quelle photo tu parles, mais je n'ai rien à cacher à propos de Millie. Je la connais à peine et je préférerais que ça reste comme ça.

Olivia agita la main en m'ignorant, se retournant pour ne pas me regarder.

— Ça n'a pas vraiment d'importance. Il faut que je me concentre sur ce qui est important, et que j'arrête de m'embêter avec des trucs comme ça. Nos vies sont tellement différentes, ça n'a aucun sens qu'on soit ensemble.

Au diable la distance qu'elle voulait mettre entre nous. Je m'avançai vers elle et essayai de la prendre dans mes bras, mais elle se raidit. Quand je baissai les yeux vers son visage, son regard trouva le mien, empli de larmes.

— Olivia, s'il te plait...

J'essayai de la prendre dans mes bras, mais elle recula d'un pas brusque.

— Je ne peux pas. Je ne peux pas être si bête. C'est déjà assez stupide de m'être mise dans une position où je pourrais perdre mon boulot. Je ne peux pas continuer, je suis déjà allée bien trop loin. S'il te plait, va-t'en.

Elle recula et me tourna le dos, ses bras serrés sur sa taille.

Je ne pouvais pas partir, pas alors que j'avais l'impression qu'on m'arrachait le cœur.

— Comment ça, tu es allée trop loin ?

Elle se retourna et me sourit d'un petit sourire triste.

— Je pense qu'on ressent peut-être des choses différentes parce qu'on est trop différents. Tu es arrivé et tu m'as fait perdre la tête, presque littéralement. Alors que tu peux avoir n'importe quelle femme et qu'ils font des paris à Londres, tout ça parce que tu es célèbre pour ne t'être jamais attaché à quelqu'un. Laisse-moi faire. J'aimerais au moins garder ma fierté.

Une autre vague de colère monta en moi. Ça me mettait hors de moi qu'elle détruise ce qu'on avait et le décrive comme si ce n'était qu'une aventure passagère. À ce moment-là, quelqu'un frappa à la porte déjà ouverte. Olivia se dirigea rapidement vers la porte.

— Docteur Adams, je ne savais pas que vous aviez prévu de passer.

Je reconnus le nom de sa directrice et me retournai lentement. La femme qui se tenait dans l'entrée était grande et fine avec des cheveux gris courts. Elle portait une blouse blanche et un pantalon noir. Elle me regarda puis se tourna à nouveau vers Olivia. Quoi qu'elle pense de ma présence ici, son expression restait neutre.

— J'espérais pouvoir te parler quelques minutes. Je peux revenir plus tard si tu veux, dit le docteur Adams.

J'avais envie de hurler qu'évidemment il fallait qu'elle revienne plus tard, quand j'aurais réussi à convaincre Olivia de ne pas m'exclure de sa vie. Mais je savais que ça ne ferait qu'énerver Olivia, donc je restai silencieux.

— Oh, ce n'est pas nécessaire. Je viens de terminer ma conversation avec...

Elle fit une pause, et je réalisai qu'elle était en train de décider comment m'appeler. Je me forçai à me mordre la langue, mais je mourais d'envie de parler.

— ... monsieur Reed, dit-elle enfin.

Donc j'étais à nouveau monsieur Reed. Bordel de Dieu. Je déglutis, la seule chose qui m'empêchait d'avancer jusqu'à Olivia pour déverser le chaos de mes sentiments dans un baiser était la présence du docteur Adams.

Le docteur Adams me regarda et hocha doucement la tête.

— Monsieur Reed. Tim me dit que votre rééducation se passe très bien. J'espère que vous avez été bien entouré ici, à la clinique.

La tension dans l'air était si forte que je suffoquais presque. Olivia voulait que je parte au plus vite. Entre ça et la gêne portée par le fait que sa patronne était au courant de ce qu'il s'était passé entre nous, eh bien, c'était peu dire que de parler d'une ambiance tendue. Je n'étais vraiment pas heureux qu'Olivia me mette dans cette situation, j'agonisais. Mais j'avais dû faire énormément d'efforts pour la séduire, et je ne voulais pas abandonner.

Je hochai la tête vers le docteur Adams.

— Je n'aurais pas pu rêver d'une meilleure équipe. Entre le docteur Bowen et Tim, je ne serais pas surpris d'être en meilleure forme qu'avant ma blessure.

Olivia ne me regarda pas une minute, mais elle ne bougea pas d'un pas, de là où elle s'était plantée, à côté de la porte. Je pouvais soit aggraver la situation en insistant qu'elle continue de me parler, ou je pouvais partir et réfléchir à une solution. Ça demanda toute la politesse que ma mère m'avait inculquée de passer cette porte, frôlant Olivia.

— J'étais sur le point de partir, donc je vais vous laisser tranquilles.

Je m'arrêtai au niveau d'Olivia, la regardant droit dans les yeux.

— À bientôt.

Je savais que c'était osé de dire quoi que ce soit devant sa directrice, mais je m'en fichais complètement. Je dus forcer mes pieds à avancer. La porte du bureau se referma derrière moi et je continuai d'avancer, le cœur brisé et l'estomac noué.

Chapitre Vingt-Six

OLIVIA

Je marchais rapidement sous la petite pluie froide, la tête baissée et les yeux sur le trottoir. Je n'eus pas besoin de lever la tête quand j'arrivai au niveau du Desert Isle Café, car la lumière chaleureuse brillait à travers la fenêtre et éclairait les pavés. Je retrouvais Daisy pour un café. J'avais presque annulé, car je ne me sentais pas prête à parler de Liam, mais j'avais besoin qu'elle m'encourage. La nuit dernière, j'avais éteint mon téléphone après le premier message de Liam, mais j'en avais trouvé toute une série au réveil, se terminant par : *Donc tu as décidé de ne pas me parler. Très bien alors. Je ne vais pas abandonner.*

J'étais certaine que Liam se présenterait sans doute encore devant chez moi ou au boulot. Ce que je ne comprenais pas, c'était pourquoi il ne lâchait pas l'affaire. Je n'étais pas assez bête pour dire que ce qui s'était passé entre nous était facile à ignorer, mais il fallait qu'il réalise qu'y mettre fin était la chose logique à faire. Il fallait que je reprenne ma vie d'avant, celle où j'étais fière de mon boulot et où je ne me faisais pas malmener par les aléas du désir et des émotions. Je soufflai pour évacuer le nœud de douleur dans ma poitrine et passai la porte du Desert Isle. C'était l'un de mes lieux préférés, où je trouvais un réconfort toujours chaleureux, accueillant et où je pouvais me détendre assez pour ne pas avoir à m'inquiéter de quoi que ce soit. C'était un petit soulagement d'être là. Je vis Daisy déjà installée dans un coin avec Harper, et je leur fis coucou avant de me diriger vers le comptoir.

Quelques instants plus tard, je m'installai sur la chaise vide à la même table et regardai Daisy et Harper.

— Salut. Désolée, je suis un peu en retard. J'ai perdu la notion du temps en faisant ma paperasse.

— Pour une fois tu es plus en retard que moi, dit Daisy avec un sourire. Harper, bien entendu, était sans doute là pile à l'heure.

Harper leva les yeux au ciel.

— La seule raison pour laquelle je suis presque toujours à l'heure, c'est parce que j'avais un rendez-vous dans le coin. Bref, comment ça va ? demanda-t-elle, posant ses yeux bleus chaleureux sur moi.

Je voyais bien que Daisy avait dû lui donner les dernières nouvelles, sinon elle n'aurait pas l'air aussi inquiète. Je ne pris même pas la peine d'esquiver et les regardai toutes les deux.

— Ça va, je vais parfaitement bien, dis-je avec une pointe de frustration dans la voix.

Je ne faisais que de me dire que j'allais parfaitement bien. Ma vie reprendrait son cours, sans problème et sans la tempête d'émotions que m'avait apportée ma chute libre dans le monde de Liam.

Daisy tenait sa tasse de café en l'air, prête à boire, mais la posa lourdement sur la table.

— Tu ne vas pas bien. Tu as une tête de déterrée. Liam est venu me trouver aujourd'hui.

— Quoi ?! crachai-je, écarquillant les yeux alors que mon pouls s'accélérait.

— Si tu avais pris le temps de me rappeler aujourd'hui, je t'aurais expliqué, dit Daisy avec une pointe d'agacement.

— Désolée. J'étais vraiment occupée au boulot.

Daisy m'avait écrit vers midi pour me dire qu'elle avait besoin de me parler. J'avais répondu rapidement qu'il allait falloir que ça attende ce soir.

— Qu'est-ce qu'il voulait ?

Je ne pouvais pas contrôler la réaction dansante de mon cœur.

Daisy s'adossa à sa chaise, d'un regard plus doux.

— Crois-le ou non, il est venu me demander conseil. Je ne sais pas ce que tu lui as dit hier, mais il est dans tous ses états. Qu'est-ce qu'il s'est passé ?

Je ne savais pas quoi penser du fait que mon cœur se réjouissait d'entendre que Liam était dans tous ses états. Ce n'était pas comme si je voulais qu'il souffre, mais au moins je n'étais pas la seule à m'effondrer intérieurement. Je pris une gorgée de café, savourant l'amertume.

— On peut dire que j'ai rompu. Mais ce n'est pas comme si on était vraiment ensemble, je lui ai juste dit qu'il fallait qu'on arrête de se voir.

Harper passa son doigt sur le bord de sa tasse et me regarda, avant de se tourner vers Daisy.

— Et qu'est-ce que Liam t'a dit ?

— Il a dit qu'Olivia refusait de lui parler et qu'il voulait mon aide. Je lui ai demandé ce qu'Olivia représentait pour lui...

Daisy tourna les yeux vers moi.

— Et il a dit qu'elle était la personne la plus importante au monde. Cet homme tient vraiment à toi. Je trouve ça peut être idiot que tu te demandes ce qu'il te trouve, mais je comprends ton inquiétude. Je me sens responsable, j'ai l'impression d'avoir tout gâché en te montrant cette photo. Il a dit que tu en avais parlé et il a tout expliqué. Le contexte est important. Laisse-lui une chance. Il a l'air d'un chien battu, et je crois que ça lui a demandé un grand effort d'humilité de venir me parler. Sans parler du fait qu'il a fallu qu'il me trouve.

— Alors qu'est-ce que tu lui as donné comme conseil ? demandai-je enfin.

Cet espoir idiot renaissait dans mon cœur en entendant que Liam était allé trouver Daisy pour lui parler de moi.

Daisy s'adossa à sa chaise, l'air pensif.

— Je ne vais pas te le dire.

— Ce n'est pas juste, dis-je, agacée, en prenant une petite gorgée de café.

Harper secoua la tête vers Daisy.

— Sérieusement ?

Daisy ne changea pas d'avis.

— Sérieusement ? J'essaie juste d'être une bonne amie. S'il y a bien une chose que je sais sur toi... dit-elle en me regardant, c'est que tu es bien trop attachée à l'idée d'être seule. Ce n'est pas comme si j'avais révélé des secrets. J'ai juste donné quelques conseils à un homme qui est clairement amoureux de toi. C'est tout.

Je la fixai du regard, mon cœur battant la chamade dans ma gorge serrée. L'entendre dire que Liam était amoureux de moi avec tant de simplicité me rendait folle. Avant Liam, ma vie était si calme et bien rangée. Même si j'essayais de me convaincre que c'était mieux comme ça, je devais avouer qu'il me manquait douloureusement, chaque seconde où nous n'étions pas ensemble.

Harper haussa un sourcil, et un rire grave lui échappa avant qu'elle ne se tourne vers moi.

— S'il y a besoin d'une chose qui est sûre, c'est que Daisy lui aurait botté le cul à ce gars si elle n'était pas certaine qu'il t'aime. Peut-être que tu devrais lui laisser une chance.

J'essayai de faire taire l'espoir qui naissait en moi. Je ne pouvais pas me laisser emporter et retomber dans cette folie naïve. C'était trop enivrant, trop brouillon et ça me donnait l'impression de perdre le contrôle, une sensation que je détestais.

Je n'avais pas l'énergie de débattre avec Daisy et Harper, donc je les regardai.

— Ça ne change rien. C'est une star du foot, avec la moitié des femmes du monde à ses pieds. Je suis une chirurgienne avec une vie ennuyeuse.

Je pris une gorgée de café et regardai Daisy.

— La photo m'a simplement rappelé ce que je n'étais pas. C'est quelque chose qui colle dans la vie de Liam, pas dans la mienne.

Ma gorge se serra et les larmes me montèrent aux yeux, donc je terminai le reste de ma tasse et me levai pour en commander une autre. Je n'avais pas envie de continuer à parler de Liam. Daisy et Harper ne m'offraient pas le soutien que j'avais espéré. J'avais envie que quelqu'un me dise que ma décision était logique. Je commandai un autre café et revins à la table. Harper leva les yeux, comme si elle était sur le point de dire quelque chose, mais au lieu de cela, elle passa son bras sur mes épaules et me fit un petit câlin. Quand Daisy commença à dire quelque chose, Harper secoua la tête fermement en s'éloignant de moi.

— Pas maintenant.

Daisy lui lança un regard intense puis haussa les épaules. La conversation se continua, sur des sujets qui n'avaient rien à voir avec Liam. Quand je partis un peu plus tard, je me sentais un peu plus légère, en grande partie car j'avais réussi à me distraire quelques instants de la place profonde que Liam prenait dans mon esprit.

Quelques heures plus tard, j'étais allongée dans mon lit, les yeux grands ouverts alors que le manque de Liam me tenait éveillée.

Chapitre Vingt-Sept

LIAM

— Qu'est-ce que...?!

Le reste de ma phrase fut écrasé par la claque de la serviette contre mon visage.

Je l'attrapai et l'arrachai des mains d'Alex avant de la lui relancer.

— Qu'est-ce que quoi ? demandai-je, terminant ma question.

Alex attrapa la serviette et la jeta dans le panier à linge avant de s'appuyer contre le cadre de la porte, les bras croisés. Il venait de se doucher et ses cheveux étaient mouillés, redressés et tout ébouriffés. Ça n'enlevait rien à son regard noir. Quand Alex était énervé, ça se voyait.

— J'en ai ras le bol que tu déprimes comme ça. Va parler à Olivia avant que je t'y traine moi-même.

Je le fixai du regard et m'installai sur une chaise dans la cuisine.

— Je ne déprime pas.

Alex s'écarta de la porte et s'assit en face de moi, tapotant la table des doigts.

— Oh, si. Je ne t'ai pas vu sourire depuis des jours. Je croyais que tu étais allé voir Daisy.

Je déglutis pour contrôler les sentiments qui s'emparaient de ma poitrine et penchai la tête sur le côté, pour essayer de dénouer la tension dans mon cou.

— Daisy ne m'a pas beaucoup aidé, marmonnai-je en passant ma main dans mes cheveux.

— Qu'est-ce qu'elle a dit ?

— Elle m'a dit de tout tenter ou de ne rien tenter. Je ne sais pas ce que ça veut dire.

Je secouai la tête doucement et soupirai.

Alex me regarda.

— Qu'est-ce qu'il te faut ? Une présentation Power-Point, j'imagine. Bordel. Tu sais ce que ça veut dire. Si tu as trop peur d'aller voir Olivia, c'est ton problème.

Je lui lançai un autre regard, mais mon estomac se nouait à nouveau. Je mourais d'envie de voir Olivia, mais elle avait rendu la chose parfaitement impossible : elle ignorait mes SMS, elle m'ignorait quand je venais frapper à sa porte, et elle était occupée, comme par hasard, à chaque fois que je venais à la clinique. Par désespoir, j'étais allé voir Daisy, qui ne m'avait pas beaucoup aidé. Elle m'avait dit qu'Olivia ne s'attachait pas souvent à qui que ce soit depuis la mort de ses parents. Pas surprenant. Puis elle m'avait montré cette photo débile de Millie et moi.

Je la regardai à peine alors qu'elle attendait devant le stade avec quelques-uns de mes coéquipiers. Millie, comme toujours, était venue se pavaner. Comme je l'avais dit à Olivia, je n'avais jamais été avec Millie. Jamais. Mais elle avait fait un boulot monstre pour convaincre les torchons britanniques qu'on avait quelque chose à cacher. Elle saisissait toutes les opportunités qu'elle avait de se jeter sur moi quand on se trouvait au même endroit. Et même si j'étais le premier à dire que j'aimais bien voir les femmes se jeter à mes pieds, Millie ne m'avait jamais intéressé. Elle était trop opportuniste, trop cupide et trop superficielle pour moi.

Daisy avait au moins eu l'honnêteté d'avouer qu'elle aurait dû regarder le reste des photos, où Millie flirtait ouvertement avec la moitié de l'équipe. Daisy avait l'air triste, mais ça ne changeait rien.

— Écoute, m'avait-elle dit. Peut-être que ça a poussé Olivia à agir, mais ce n'est pas facile pour elle. Elle est plutôt déterminée à vivre une petite vie calme. Si tu veux la récupérer, tu vas devoir la secouer. Si tu veux la convaincre que tu l'aimes et qu'elle vaut la peine que tu te battes, tu vas devoir aller au bout des choses et tout tenter, donner tout ce que tu as, sinon tu prends ta balle et tu laisses tomber.

En me remémorant les mots de Daisy, je regardai Alex et retins l'envie de baisser les yeux. Son regard bien trop perspicace soutenait le mien.

— Je n'ai pas peur, marmonnai-je.

— Eh bah alors fais quelque chose.

Il me lança un regard intense et secoua la tête.

— Tu reviens bientôt sur le terrain. Ne laisse pas cette situation te distraire. Arrange les choses.

Sur ces mots, il se leva et me laissa mariner dans mes propres pensées pendant qu'il se préparait pour l'entrainement. Je n'aimais pas y penser, mais j'avais peur que cette situation soit une distraction. Je ne vivais peut-être pas la même vie calme qu'Olivia, mais je ne connaissais pas grand-chose à l'amour non plus. Je n'étais jamais tombé amoureux. Je dus me forcer à lever mes fesses de ma chaise et à le suivre.

Je passai l'après-midi à essayer de me concentrer et à trouver une idée assez puissante pour convaincre Olivia de mes sentiments.

Chapitre Vingt-Huit

OLIVIA

Quelqu'un frappa doucement à la porte de ma salle de consultation avant d'entrer doucement. Je levai les yeux et trouvai le docteur Monroe, le docteur des Seattle Stars qui passait la porte avec un patient. Le patient en question était Mack Dawson, l'un des joueurs américains de l'équipe, un originaire de Seattle et beau comme un cœur. Mack avait un corps de rêve, des cheveux blonds épais et des yeux noisette toujours brillants, avec un sourire charmeur. Je le regardai le cœur plein d'espoir, en espérant qu'il réveillerait ne serait-ce qu'une fraction de l'effet que Liam me faisait. Rien, je ne ressentais rien. Je regardais Mack avec un œil médical, purement objectif, sans une once d'inté-rêt. J'avais pris l'habitude déconcertante de penser que j'allais lever la tête et tomber sur Liam. Aujourd'hui, c'était pire que d'habitude, car je savais que le docteur Monroe serait présent avec Mack, et je n'avais pas pu m'empêcher de me demander si Liam allait saisir l'oc-casion de venir.

Pas de Liam. Juste le docteur Monroe et Mack. Je ravalai ma déception et souris poliment à Mack.

— Bonjour Mack, j'ai cru comprendre que vous êtes mal tombé sur votre coude.

Mack me lança ce sourire ravageur et ajouta même un clin d'œil. Il était évident que cet homme ne savait pas cesser de flirter. Je ne pus m'empêcher de repenser à la première fois où j'avais vu Liam dans cette pièce, tout aussi dragueur et coquin. Le simple fait de penser à ce premier baiser me réchauffa. Je n'avais aucune nouvelle de Liam depuis plus d'une semaine. Il avait arrêté de m'écrire. Il faisait exactement ce que j'avais demandé, mais je trouvais ça insupportable. Il me manquait tellement que j'en avais mal au cœur, et j'étais dévorée par mon désir. Je n'avais jamais été en manque de toute ma vie. Je m'étais pourtant réveillée plusieurs fois d'un sommeil profond, les draps humides et ma culotte trempée après avoir rêvé de Liam.

Concentre-toi, Olivia. Concentre-toi. Liam fait ce que tu as demandé. Passe à autre chose.

J'ajustai mes lunettes et regardai Mack et le docteur Monroe.

— J'ai eu le temps de regarder la radio que vous avez transmise, mais laissez-moi regarder à nouveau, dis-je en prenant ma tablette et en cliquant sur l'écran. On dirait que c'est une fracture isolée de la diaphyse de l'ulna. Je vois que vous avez traité avec du froid et stabilisé la fracture temporairement.

Je posai ma tablette et désignai le bras de Mack.

Mack acquiesça.

— C'était comme une mauvaise danse. Je me suis retrouvé emmêlé avec un défenseur. Il est tombé, je suis tombé et je me suis tordu le coude.

— Sur une échelle de 1 à 10, comment décririez-vous la douleur ? demandai-je en me retenant de sourire.

Mack ne me faisait aucun effet sur le plan sexuel,

mais c'était impossible de ne pas l'aimer. Il avait une façon drôle et joviale de parler, et semblait complètement détendu dans cette situation.

Mack haussa les épaules à nouveau.

— 3, 4. Pas grand-chose. Je veux dire, ça fait mal, mais j'avais envie de continuer à jouer. Le coach m'a sorti.

Je regardai le docteur Monroe. La blessure était mineure, et mon expertise n'était en aucun cas nécessaire. Je commençai à dire ça, mais Mack me coupa la parole.

— Je sais que ce n'est pas grand-chose, mais je veux que vous vous en occupiez. Après avoir vu la convalescence de Liam, je ne veux personne d'autre, dit Mack fermement.

La simple mention du nom de Liam envoya mon pouls vers les cieux et j'en avais des papillons dans le ventre. Je déglutis et écartai Liam de mon esprit. Je tournai les yeux vers le docteur Monroe qui se tenait un peu derrière Mack. Le docteur Monroe haussa les épaules et me lança un petit sourire.

Ce n'était pas que je refusais les blessures mineures comme celle-ci, mais je m'en occupais rarement. En revanche, je savais que la clinique serait ravie que j'accepte n'importe quel dossier arrivé de chez les Seattle Stars. Je regardai Mack et acquiesçai.

— Je peux parfaitement vous faire un plâtre, mais sachez que cette blessure n'est pas chirurgicale, et que votre rééducation sera brève.

Mack sourit encore.

— Ça me va très bien, doc.

La conversation passa rapidement à la planification d'une autre radio pour Mack, pour que je puisse poser un plâtre cet après-midi.

Après que Mack eut quitté la salle d'examen, le

docteur Monroe me mit à nouveau dans tous mes états en mentionnant Liam.

— Liam est censé jouer la semaine prochaine. Il a repris l'entrainement cette semaine et il est comme neuf. On ne peut pas vous remercier assez pour de tels résultats, dit le docteur Monroe.

J'ajustai mes lunettes et réussis à hocher la tête, faisant de mon mieux pour rassembler mes pensées.

— Heureuse de l'entendre.

Une série de questions passa dans ma tête, toutes plus inappropriées les unes que les autres pour le docteur Monroe. Je fus soulagée quand mon bipeur sonna. Je regardai le numéro et répondis à l'appel rapidement.

Je réussis à éviter le sujet de Liam pendant le rendez-vous de l'après-midi, posant le plâtre de Mack rapidement et l'envoyant s'organiser avec l'équipe de rééducation. Je détestais le fait que cette connexion passée avec Liam me fasse encore cet effet-là, et que j'aie une case dédiée à sa personne qui tournait en boucle dans ma tête. Je marchais vers chez moi dans la nuit naissante, par une soirée sans pluie, ce qui m'énervait presque, car des nuages sombres et une pluie glaciale auraient reflété mon humeur.

Ce qui aurait été ma routine de confort – un chocolat chaud avec une pointe généreuse de liqueur irlandaise, installée sur le canapé avec un plaid, à regarder des bêtises à la télé tout en terminant ma paperasse – me faisait me sentir seule. Je lavai ma tasse solitaire et l'assiette dans laquelle j'avais mangé un reste durci de pizza et les posai à sécher avant de fondre en larmes en les regardant. Tout cela était triste. Cette tasse solitaire, cette assiette solitaire, ma vie de solitaire. Liam faisait exactement ce que je lui demandais et ça me faisait si mal que j'arrivais à peine à respirer.

Chapitre Vingt-Neuf

LIAM

Mon téléphone vibra dans ma poche alors que je marchais avec Alex. Il m'avait trainé jusqu'au port, insistant qu'il fallait que j'arrête de passer tout mon temps au stade ou à la maison. Je n'avais pas envie de grand-chose d'autre depuis qu'Olivia m'avait viré de sa vie. J'avais repris l'entrainement avec l'équipe, alors que nous nous préparions pour un match la semaine prochaine, et je faisais de mon mieux pour rester focalisé sur le jeu. Alex adorait l'océan et insistait régulièrement pour me trainer jusqu'à la mer quand nous vivions à Londres. Là-bas, il fallait quitter la ville pour toucher l'océan. Mais ici, notre appartement n'était qu'à quelques rues de l'eau. Nous marchions le long des quais sur le port. Même à cette heure matinale, le quartier vibrait de vie, avec les mouettes qui criaient et survolaient les quais alors que les pêcheurs préparaient leurs bateaux, les voix rebondissant sur l'eau en ce début de journée, et le grognement des moteurs sur la surface aqueuse.

Je sortis mon téléphone de ma poche et vis le numéro de mon père à l'écran.

— Je vais répondre, dis-je à Alex.

Il hocha à peine la tête, les mains dans les poches alors qu'il regardait l'eau.

Avant que je ne puisse dire un mot, mon père parla.

— Bonjour, Liam ! dit-il d'un ton joyeux.

Étant donné qu'il venait de passer des mois terriblement difficiles depuis la mort de ma mère, mon cœur se serra.

— Bonjour papa. Comment ça va ?

— Ça va bien, et toi ? Comment va ton genou ?

— Bien mieux, dis-je, mon esprit revenant immédiatement à Olivia.

— Vraiment ? demanda-t-il.

J'entendais l'espoir joyeux dans sa voix et je compris qu'il s'était beaucoup inquiété pour moi. Il m'avait appelé plusieurs fois depuis ma blessure. Pendant que je m'inquiétais pour lui, il s'inquiétait tout autant pour moi.

— Vraiment, papa. J'ai repris l'entrainement avec l'équipe, et je serai sur le terrain pour notre prochain match, la semaine prochaine.

Alex prit de l'avance, et je décidai de le suivre plus lentement.

— Comment ça va toi ? Pour de vrai ? demandai-je.

Je n'arrivais pas vraiment à prononcer les mots évidents, à dire que ma mère était morte depuis des mois maintenant. Mes parents avaient eu de la chance et étaient restés amoureux jusqu'au bout.

— Ça va, Liam. Ta mère me manque, et me manquera toujours. Je commence à m'habituer à ce qu'on me traine partout, entre tes frères et mes amis. Mais ça va. Vraiment.

Ma gorge se serra tandis que j'imaginais toutes ces personnes tirant mon père de la maison pour lui remonter le moral. Ça me faisait un drôle d'effet de penser à ma mère. Je n'avais pas réalisé que j'avais commencé à m'habituer à son absence, ce qui était un grand changement, car j'avais envie de hurler tous les jours avant ça. Même si le fait de signer chez les Seattle Stars avait amené une série de sentiments conflictuels, je comprenais que le changement brutal de décor m'avait sans doute aidé. Entendre la voix de mon père et penser à ma mère envoyèrent une vague de deuil violente dans mon cœur.

Je toussai.

— Super. Comment vont Carter et Leo ?

Mon père rit doucement.

— Carter s'est trouvé une nouvelle copine qui est un peu trop occupée à mon goût. Elle ne va pas rester longtemps. Leo travaille trop, comme toujours. Dis-moi comment tu vas. Tu n'as pas l'air dans ton assiette.

Je pris une profonde inspiration, savourant l'air de l'océan. Alex était passé sur un autre quai donc je le suivis de loin. Mon père était bien trop perspicace. Je ne savais pas si je n'étais pas dans mon assiette car cet appel m'avait fait penser à ma mère, ou si c'était parce qu'Olivia me manquait continuellement. Mon père était l'une des rares personnes à qui je demandais conseil. Il ne se mêlait pas des affaires des autres, mais il était clair et perspicace.

— Ah bon ? commençai-je.

— Non. Je lis les journaux de Seattle et j'ai vu que Millie était en ville.

Mon père savait que je détestais les torchons britanniques qui colportaient des potins, et que les manipulations de Millie l'année dernière m'avaient énervé. Avant que je ne puisse répondre, il continua.

— Et qui est la femme que tu as emmenée diner ? Ça te ferait du bien de te trouver une gentille fille, dit-il d'un ton bourru.

Je n'étais pas surpris de voir que mon père avait trouvé une façon de me surveiller. Il était très protecteur et était du genre à chasser les journalistes qui embêtaient la famille à la recherche d'infos. Sa question sur Olivia me secoua. Je ne savais pas encore quoi faire, et Alex partageait son mécontentement librement. Il me trouvait lâche, et je l'étais sans doute. Mais je ne savais pas quoi faire, j'étais perdu. Olivia m'avait offert un challenge à relever. Mais je n'avais pas imaginé que l'amour s'y mêlerait, et ça m'avait déstabilisé.

— Liam ? Tu es toujours là ? demanda mon père.

— Je suis là papa. Millie est vraiment une plaie. Je l'ignore autant qu'avant. Je suis sûr que quelqu'un la paie pour venir au match de la semaine prochaine, une connerie publicitaire.

— Ouais. Mais tu ne m'apprends rien de nouveau. Je suis sûr que ce ne sont pas les manigances de Millie qui te mettent dans cet état.

Je me raclai la gorge et pris une autre bouffée d'air. Alex arriva au bord du quai et commença à avancer vers le centre-ville, en me jetant un œil par-dessus son épaule pour voir si je le suivais encore. Je lui fis un signe de main et me demandai comment expliquer Olivia à mon père.

— Tu as raison. Millie n'est rien pour moi. J'ai rencontré quelqu'un, et je ne sais pas quoi faire, dis-je directement.

— Ah, je vois. C'est donc ça ?

— Oui, papa. Je viens de te le dire, dis-je avec une pointe d'agacement dans le ton.

— Parle-moi d'elle.

— C'est la chirurgienne qui a opéré mon genou. Elle, euh...

Je manquais de mots. Comment décrire Olivia ?

Elle était ravissante, avec ses boucles noires, ses grands yeux verts, sa peau pâle et ses courbes généreuses. Je repensai à la première fois où je l'avais vue, ajustant ses lunettes, les cheveux attachés et les mèches rebelles. En vérité, la puissance du désir qu'elle faisait naitre en moi n'était que la surface de ce qu'elle représentait maintenant pour moi. Sa chaleur, sa brillance, sa force d'esprit, le fait qu'elle se fichait complètement de mon statut de footballeur, et elle, tout simplement. Elle me manquait tellement, et je désespérais de trouver une façon de la reconquérir... de tout tenter.

— Elle compte pour toi, dit mon père, interrompant ma rêverie.

— Oui. Vraiment, dis-je simplement. Mais j'ai tout gâché, et je ne sais pas comment arranger les choses.

— Tu l'aimes ? demanda mon père, une question simple et directe qui reflétait l'homme qu'il était.

Je continuai de marcher, les yeux sur Alex loin devant moi. Nous nous éloignions du port, marchant le long du trottoir qui menait vers chez nous. Mon cœur sursauta à la question de mon père, pour me forcer à regarder la vérité en face. Alors que mon pouls s'accélérait, je réussis à respirer lentement.

— Oui. Je l'aime, dis-je enfin.

— Comment elle s'appelle ?

— Olivia.

Dire son nom fit trembler mon corps de besoin.

— Si tu aimes Olivia, alors arrange les choses, dit mon père.

— Je ne sais pas comment.

— Liam, tu sais comment. Si tu l'aimes, il faut juste que tu y réfléchisses. Tu trouveras la bonne façon. Mais je te dirai une chose. Tu es mon plus grand garçon, et tu as toujours eu un bon cœur. Ta mère s'inquiétait pour toi parce qu'elle pensait que ta carrière te mettrait des bâtons dans les roues et te collerait avec des filles comme Millie. Si tu ne sais pas quoi faire, réfléchis, et tu trouveras.

Je déglutis alors que ma gorge se serrait et je hochai la tête, réalisant que mon père ne verrait pas ma réaction.

— Papa, je n'ai jamais fait ça. Comment je...?

— Liam, on ne sait jamais comment aimer jusqu'à ce qu'on le fasse. Je ne connais pas ton Olivia, mais je te connais toi. Tu as un grand cœur, et tu as l'espace de trouver la solution. Ne réfléchis pas trop longtemps.

— D'accord, dis-je d'une voix distante.

— Je t'aime, mon fils. Je regarderai le match. Et je viendrai te rendre visite bientôt pour rencontrer ton Olivia. D'accord ?

— D'accord. Je t'aime papa. Je vais m'en sortir. Vraiment, dis-je, d'une voix plus puissante que ce que je ressentais.

Il raccrocha et je rangeai doucement mon téléphone dans ma poche. Regardant devant moi, je vis qu'Alex s'était arrêté à un passage piéton un peu avant notre appartement et se tenait contre un poteau, les mains dans les poches, les yeux vers le ciel. Alors que je ne pensais à rien d'autre qu'Olivia, je courus doucement pour le rejoindre. Une chose que j'aimais chez Alex, c'était le fait que le silence n'était jamais gênant avec lui. Il pencha la tête et haussa un sourcil quand j'arrivai à son niveau. Le feu passa au vert et on traversa la rue.

L'équipe avait des interviews ce soir, prévues depuis des mois par le management. S'il y avait bien une chose que je n'aimais pas dans le foot, c'était le cirque médiatique qui venait avec. J'avais eu le petit espoir que ce serait différent aux États-Unis, car ils aimaient moins ce sport, mais puisque les Seattle Stars montaient dans les rangs mondiaux, en même temps que d'autres équipes américaines, l'attention médiatique augmentait. Alors qu'Olivia s'emparait de mon esprit, pour une fois, je me fichais bien des interviews. Je ferais ce que j'avais à faire et trouverai ma solution.

Chapitre Trente

OLIVIA

J'étais chez moi alors qu'il pleuvait des cordes dehors, brillant contre la fenêtre alors que la pluie coulait sur la vitre. Ma journée de travail avait été plus longue que d'habitude, après qu'une opération en urgence se fut ajoutée à l'emploi du temps. J'étais rentrée chez moi sous la pluie et, contrairement à quelques semaines plus tôt, je n'avais pas trouvé Liam qui m'attendait devant ma porte, comme je l'espérais. Mes soirées solitaires m'énervaient maintenant. Ce qui était un quotidien confortable était devenu un écho de vide en moi. C'était pourtant ma vie, la même vie qui me satisfaisait parfaitement avant que je ne rencontre Liam. En si peu de temps, il avait retourné mon monde. Je me demandais si j'allais continuer à me sentir si seule jusqu'à ce que je rencontre quelqu'un d'autre. Mais je doutais de pouvoir combler l'absence de Liam dans mon cœur. Personne d'autre ne ferait l'affaire. Daisy avait décidé que je devrais aller voir Liam moi-même vu l'état dans lequel ça me mettait. Mais le fait qu'il ait respecté ma demande en me laissant seule en disait long. Ça et la vérité sous-jacente que nos mondes étaient différents me rappelaient qu'il était plus intelligent de passer à autre chose.

Je pris une gorgée de mon chocolat chaud, agrémenté d'une bonne dose de Baileys, et j'ouvris mon ordinateur portable. Avec un mouvement de télécommande, je zappai d'une chaine à l'autre pour trouver le meilleur bruit de fond pendant que je travaillais, et je choisis un journal télévisé. Un peu plus tard, j'étais partie dans un délire et parcourais les pages d'un refuge animalier. Cette idée m'était venue après une vague de tristesse alors que je me sentais seule, après avoir entré le nom de Liam sur Google. Je continuais de le faire en secret même si je détestais me sentir si faible. Je regardais des photos de lui et il me manquait tellement que j'en ressentais une douleur viscérale. Je trouvai une photo de lui après un match à Seattle, peu de temps avant que je ne le rencontre à la clinique. Il se tenait sur le banc, ses cheveux noirs ébouriffés avec une trace de boue sur la joue, son corps dégageant une force et une puissance folle même quand il ne faisait rien d'autre que se tenir debout. J'avais l'impression qu'il me regardait droit dans les yeux avec son regard bleu perçant regardant la caméra. Un éclair de désir me traversa, si fort que je dus reprendre mon souffle.

Soudainement, je m'étais retrouvée convaincue de devoir adopter un animal de compagnie. Peut-être qu'avec ça, je me sentirais moins seule. J'étais en train de lire la description d'un chien mignon avec une oreille levée et l'autre tombante. Le chien en question était un mâle, d'un croisement inconnu, nommé Bentley. Il était tout marron et plutôt petit. Je n'avais jamais eu besoin de ce service, mais je savais que la clinique avait une garderie pour les chiens des employés depuis quelques années, créée par l'un des membres fondateurs qui adorait amener son chien au boulot. Sans ça, je n'aurais jamais envisagé d'adopter un chien, car ma vie professionnelle ne permettait pas de s'occuper correctement d'un animal. Les jolis yeux doux de Bentley m'appelaient. J'envoyai rapidement un e-mail, choisissant une date de rencontre sur leur calendrier en ligne. Je rencontrerai Bentley demain, à midi.

Mon téléphone vibra sur la table basse, m'annonçant un SMS. Je l'ignorai en me disant qu'il était temps de me remettre au travail. Quelques secondes plus tard, le téléphone se mit à vibrer sans interruption. Je le pris enfin et vis que Daisy m'écrivait. Elle m'appela alors que je commençais à peine à lire ses messages. Je répondis immédiatement.

— Oh là là ! Qu'est-ce qui t'arrive ? demandai-je.

— Mets la 4 ! cria presque Daisy.

— De quoi tu parles ?

— Oh mon Dieu. Mets la 4 sur ta télé.

— Pourquoi ?

— Fais-le, dit Daisy, clairement exaspérée.

J'attrapai la télécommande sur la table basse et changeai de chaine. Liam était à l'écran, en train de parler à une journaliste. Son ami et coéquipier, Alex, était quelques chaises plus loin, ainsi que plusieurs autres hommes que je supposais être des joueurs des Seattle Stars. Je n'aurais pas pu changer de chaine même si mon appartement prenait feu, mais j'étais presque en colère que Daisy m'ait fait voir ça. Je ne voulais pas me morfondre sur Liam.

— Pourquoi est-ce que tu me fais regarder ça ? Il faut que je passe à autre chose, pas que je le regarde à la télé.

— Je raccroche. Écoute et je t'interdis de changer de chaine.

L'appel se coupa. Je lâchai mon téléphone et

augmentai le volume de la télévision. Malgré la petite voix dans ma tête qui me hurlait d'arrêter, j'en étais incapable. Il fallait que j'entende la voix de Liam.

La journaliste était une femme blonde, parfaitement coiffée, avec un carrée qui dansait sur ses épaules. Elle avait les yeux rivés sur Liam.

— Eh bien, monsieur Reed, je suis sûre que vous êtes au courant que Millie Morton sera présente au match amical de la semaine prochaine. Est-ce que les rumeurs sont vraies ?

Liam bougea sur sa chaise et fit rouler ses épaules. Il portait une chemise bleu marine et un jean délavé. Ses yeux étaient particulièrement bleus sous les lumières du studio de télé. Même s'il était entouré de plusieurs autres joueurs tous aussi beaux que lui, je les remarquai à peine.

Liam regarda la journaliste d'un œil un peu agacé. La pause entre sa question et la réponse se faisait longue, et je me demandai ce qu'il allait dire. Il toussa un peu, une pointe de stress au fond de ses yeux. Je ne savais pas comment je voyais ça, mais j'étais sûre de moi.

— Non. Ces rumeurs ne sont rien de plus que des rumeurs. Je ne suis jamais sorti avec mademoiselle Morton, et je n'en ai jamais eu envie. Elle a choisi de donner une autre impression, une impression parfaitement fausse, dit-il enfin.

La journaliste écarquilla les yeux en se reculant sur sa chaise, penchant la tête comme si c'était un sujet sérieux. Pendant ce temps, mon cœur se mit à battre la chamade, et mon souffle s'accéléra.

— Ah oui ? Pourquoi n'avez-vous jamais rectifié avant aujourd'hui ?

Sa question était posée sur un ton de défi, comme si Liam essayait de lui mentir. Il plissa les yeux.

— Parce que ça n'en valait pas la peine, mais maintenant si. Je n'ai jamais pris la peine de répondre aux rumeurs sur ma vie personnelle, car je trouve ça déplacé que qui que ce soit me pose la question. Mais je ne vais pas rester silencieux alors que mademoiselle Morton alimente une histoire fausse qu'elle laisse les journaux inventer. Je n'ai jamais eu de relation avec elle et ça ne changera pas. Mon cœur appartient à quelqu'un d'autre, et c'est pour toujours.

Ses mots me traversèrent comme un éclair, et je lâchai presque mon chocolat chaud. La journaliste écarquilla les yeux et s'adossa à sa chaise.

— Ah oui ? J'imagine que vous n'allez pas nous partager l'identité de cette personne ? Est-ce quelqu'un que vous avez laissé à Londres ?

Liam secoua la tête et gigota sur sa chaise. Des larmes chaudes me montaient aux yeux. Il regarda droit dans la caméra.

— Je préfère ne pas partager son nom, car personne ne mérite de se faire harceler par les journaux à ragots. Elle n'est pas à Londres. Elle est ici à Seattle, et je l'aime.

Mon téléphone vibrait sans fin et je vis le nom de Daisy s'afficher. Je l'ignorai et regardai Liam. Je n'entendis pas vraiment la suite de l'interview, la journaliste posa quelques questions de plus à Liam avant de passer à un autre joueur. Les yeux de Liam étaient fixés sur la caméra, et les miens étaient collés à l'écran. Je me levai d'un bond.

LIAM

J'étais assis sur ce fichu plateau d'interview installé au stade alors que mon cœur battait la chamade et que ma chemise était presque trempée de sueur, une chemise qu'on m'avait forcé à porter pour ces interviews. J'avais toujours détesté cette partie de mon boulot. J'adorais jouer et j'adorais m'entrainer pour amener l'équipe à la meilleure performance possible, mais le marketing et la pub me rendaient fou. Je n'avais pas réfléchi aux interviews à l'avance, et j'avais entendu les gars blaguer sur Millie au loin dans les vestiaires l'autre jour. Mes amis de Londres, Alex, Ethan et Tristan, savaient tous que je n'avais rien à voir avec elle. Mais les gars d'ici, à Seattle, apprenaient encore à nous connaitre depuis notre arrivée chez les Stars. Mon moral était tellement bas depuis que j'avais perdu Olivia et toute mon énergie était consacrée à essayer de la récupérer, de lui faire comprendre à quel point elle comptait pour moi, au point que les manigances de Millie ne m'énervaient même plus. Je n'avais pas imaginé que la journaliste en parlerait.

Et maintenant j'étais là, après avoir annoncé publiquement que j'étais amoureux de quelqu'un et je ne savais même pas si Olivia m'avait entendu. Belle planification de ma part. C'était ça le problème quand il s'agissait d'Olivia. Je perdais toute capacité d'organisation. J'étais dans l'un des postes les plus stratégiques de l'équipe, en tant que milieu de terrain offensif, une position décisive. Tout ce que je faisais pendant un match tournait autour de ma fonction en tant que cerveau de l'équipe, j'orchestrais notre offensive et distribuais la balle selon une stratégie bien définie. Il fallait que je pense rapidement tout le temps et que je change de vitesse en un éclair. Quand mes coéquipiers ne savaient pas quoi faire de la balle, elle revenait vers moi. Toutes mes compétences naturelles, cette capacité à rebondir rapidement, disparaissaient quand il s'agissait d'Olivia. J'arrivais à peine à réfléchir. J'avais réussi à survivre au reste de cette fichue interview. Alex avait trouvé mon regard à un moment quand j'avais apparemment ignoré une question. Il avait pris la parole et m'avait sauvé la mise. Heureusement, car je n'avais aucune idée de ce qui s'était dit.

Enfin, bordel enfin, l'interview se termina et on nous escorta loin des caméras. Alex se pencha à mon oreille, d'une voix basse.

— Eh bah, mec. Ça, c'était tout tenter. Accroche-toi parce que tu viens de faire saliver les torchons à potins.

Je le regardai, les yeux écarquillés.

— Bordel.

Il écarquilla les yeux aussi alors qu'on s'avançait dans le couloir, escortés rapidement vers nos vestiaires. Le coach avait organisé une réunion. J'étais fatigué physiquement après l'entrainement intense de ce matin, et épuisé émotionnellement après cette déclaration spontanée pendant l'interview.

— Hein, donc tu n'avais pas prévu de faire ça? demanda Alex, sa question se perdant presque dans le bruit des pas qui résonnaient sur le béton du couloir.

— Bien sûr que non. Ça m'est juste tombé dessus. Je n'avais même pas réfléchi aux genres de potins que ça déclencherait. Merde. Ça ne va pas plaire à Olivia. Pas du tout.

— Tu n'as pas dit son nom, donc ça devrait les garder à distance pendant un moment, mais ils vont être comme des chiens de chasse à suivre son odeur. Il faudrait peut-être que tu l'appelles, dit Alex.

Il y eut une pause soudaine dans le couloir. Nos coéquipiers à l'avant s'écartaient en vague, se rangeant d'un côté du couloir. Je regardais le sol, me demandant quoi dire à Olivia sur la situation compliquée que je venais potentiellement de créer. C'était une personne discrète, elle aimait garder sa vie privée. Je savais qu'elle ne voulait pas de ces histoires artificielles. La seule chose que je voulais était la voir, pas que tous les journaux de sport parlent de nous. Je ne savais même pas s'il y avait un « nous ».

Alex me donna un coup de coude. Je l'ignorai et continuai d'avancer, mais il me mit presque un coup de poing dans l'épaule.

— Qu'est-ce qu'il y a? demandai-je en le regardant.

Alex s'arrêta et leva le menton. Je suivis son regard et vis Olivia devant la porte du bureau du coach. Le coach se tenait à côté d'elle, avec une expression de surprise. Mes pieds se figèrent et je la fixai du regard, mon cœur s'affolant. Ses joues étaient rouges et ses cheveux mouillés. Je me rappelai qu'il pleuvait quand on avait traversé le stade après l'interview. Elle semblait avoir oublié son manteau de pluie, car son chemisier couleur crème était collé à sa peau et son legging était noirci d'eau. Mes yeux remarquèrent le fait que son chemisier était mal boutonné, comme si elle s'était habillée à toute vitesse. Elle avait l'air d'un chien mouillé. C'était la plus belle chose que j'avais jamais vue.

Je ne réalisai pas que j'étais figé sur place jusqu'à ce qu'Alex tousse à côté de moi.

— Mec, tu ferais mieux de bouger. Les caméras tournent encore derrière nous.

Quand il me poussa un peu, je me mis à marcher, et je remarquai que le reste de l'équipe était entré dans le vestiaire. Les seules personnes dans le couloir étaient Alex, le coach, cette fichue équipe de télévision locale... et Olivia. Le coach s'écarta d'Olivia pour me retrouver quelques mètres plus loin.

— Tu aurais pu me prévenir de ce que tu avais prévu de faire. Ce n'est pas un problème, mais je suis noyé d'appels de journalistes anglais depuis que tu as lâché ta petite bombe. Pour l'instant, je vais les tenir à distance. Tu peux prendre mon bureau, dit-il d'une voix basse.

Je croisai son regard.

— Elle va bien ? Je ne voulais pas...

Le coach ferma les yeux un instant. Quand il les ouvrit, il s'y trouvait une étincelle et il secoua la tête.

— Ah je vois, tu n'avais rien prévu. Eh bien, elle s'est mise à pleurer dès qu'elle est arrivée dans mon bureau, donc c'est bon signe. Le fait qu'elle soit venue en dit long.

Il se tourna sur le côté et fit signe à l'équipe de télévision.

— Rien à voir, lança-t-il. Suivez-moi.

Il passa sa main sur mon épaule et me poussa presque vers Olivia. Dès qu'elle passa la porte de son bureau, je la suivis et fermai la porte derrière nous.

J'avais l'impression de sortir d'un match complet, comme si j'avais couru une heure et demie. Mon souffle était irrégulier et mon cœur battait fort. Le son des voix et des pas s'éloigna et je regardai Olivia, le cœur dans la gorge. Elle était trempée et tremblante. Son regard était brillant, ses yeux humides. On resta là, à quelques mètres l'un de l'autre, dans un silence complet. Une larme coula sur sa joue et je m'approchai d'elle. Je ne savais pas ce qu'elle ressentait ou à quoi elle pensait, mais je ne supportais pas de la voir souffrir. J'enroulai mes bras autour d'elle et soupirai alors qu'elle se détendait contre moi.

Je ne savais pas quoi dire et j'étais un peu soulagé qu'on ne parle pas tout de suite. C'était tellement bon de la tenir. Je passai ma main lentement dans son dos et plongeai la tête dans le creux de son cou, fermant les yeux et respirant son odeur. Après un moment, je sentis les frissons subtils qui secouaient son corps et je levai la tête.

— Tu as froid.

Un début de conversation brillant. Tu viens d'avouer au monde entier que tu es amoureux et la femme en question est enfin dans tes bras, après bien trop longtemps sans la voir, et c'est tout ce que tu as à dire ?

J'ignorai mon critique intérieur, car Olivia avait clairement froid et qu'il fallait changer ça. Ça, et ça m'aidait d'avoir quelque chose de concret à faire. Je jetai un œil dans le bureau du coach à la recherche de quelque chose pour l'aider à se sécher, et mes yeux se posèrent sur une pile de serviettes dans un coin.

— Je vais te trouver une serviette. Attends.

Je m'écartai et attrapai rapidement une serviette, faisant tomber toute la pile. J'ignorai le bazar, sans penser à quoi que ce soit d'autre que de revenir à côté d'Olivia, je me retournai et revins vers elle.

Je commençai à la sécher avec la serviette, et je me trouvai incapable d'ignorer ses tétons, tendus sous son chemisier mouillé et la soie de son soutien-gorge. Mon corps se raidit, alors que la luxure s'emparait de moi. Même si je n'avais aucun pouvoir sur la réaction de mon corps, ce n'était pas le bon moment. Mes yeux remontèrent et trouvèrent les siens, l'air de la pièce s'électrifiant immédiatement. Je déglutis et arrachai mes yeux au sien, me concentrant sur le fait de passer la serviette sur ses bras.

— Liam, dit Olivia doucement.

Ma poitrine était serrée, mon cœur battait comme un tambour et je n'arrivais pas à trouver quoi dire ou faire. Je ne pouvais presque pas la regarder, car j'avais peur. Le jour où elle avait dit qu'elle était allée trop loin me paraissait être des années dans le passé. Je ne pouvais pas tomber plus loin, j'étais complètement amoureux d'elle. Je ne m'étais jamais vu comme quelqu'un qui manquait de courage, mais, là encore, je n'avais jamais eu affaire à l'amour. Je rassemblais toute ma force et levai les yeux encore une fois. Ses grands yeux verts m'attendaient. Je voyais bien qu'elle avait pleuré, comme disait le coach. Mes yeux étaient un peu gonflés et brillants de larmes. Mais ils étaient chaleureux et doux, avec une pointe d'incertitude, la même dans laquelle je me noyais. Je me détendis un peu et réussis à respirer.

— Oui, ma belle ? demandai-je enfin, avec ce surnom que je n'avais jamais utilisé avec personne d'autre.

On se tenait au centre du bureau de mon coach,

mes mains sur ses bras, agrippées à la serviette. Elle était trempée et froissée, ses cheveux noirs séchant lentement de façon incontrôlable. J'étais dans ma chemise idiote et je transpirais encore d'avoir déclaré mes sentiments à la télé. Ses épaules se redressèrent et retombèrent avec une respiration lente.

— Comment ça va ? demanda-t-elle.

Un rire douloureux traversa mon torse et je haussai les épaules.

— Pas super. Tu me manques horriblement, et je ne savais pas comment arranger les choses. Je, euh, je ne sais pas si tu as entendu ce que je viens de dire...

— Oh, j'ai entendu. C'est pour ça que je suis là. Tu me manques aussi. Je ne savais pas, eh bien...

Le doute dans son regard prit plus de place et elle déglutit.

— J'imagine que je devrais clarifier que je parlais de toi pendant cette interview.

Mon cœur me donnait l'impression d'être sur le point d'exploser, mais je réussis à acquiescer et après une profonde inspiration, à parler.

— Ça n'aurait pas pu être qui que ce soit d'autre.

Elle inspira brusquement et se mit à pleurer.

— Oh, d'accord. C'est bien, répondit-elle avec un petit sourire. Je me sentirais vraiment bête d'être venue jusqu'ici si c'était pour quelqu'un d'autre.

Je secouai la tête, reprenant un peu mon équilibre intérieur. Olivia n'aurait pas couru sous la pluie si elle n'était pas amoureuse de moi. Je ne savais pas grand-chose sur l'amour, car je ne l'avais jamais ressenti. Je savais que je ne pourrais jamais arrêter de l'aimer, mais je ne savais pas si elle ressentait quelque chose d'aussi puissant que moi, ou si ce qu'elle ressentait avait survécu à ces quelques semaines de silence. Je me surpris en trouvant la force de parler.

— Très bien. Eh bien, je me serais senti en peu bête d'annoncer que je t'aimais à la télévision si ça n'avait pas été réciproque.

Elle fit un pas vers moi, secouant la tête doucement.

— Ce n'était pas pour rien. Je suis tombée amoureuse de toi le jour où on s'est rencontrés.

Elle leva la main pour la poser sur mon torse, sa chaleur se posant juste au-dessus de mon cœur, qui était prêt à me briser les côtes à ce stade.

— J'imagine que tu ne peux pas me dire où tu en es dans ta chute.

Je réussis à sourire. L'humour avait toujours été mon refuge, et c'était là que j'allais alors que mes émotions me noyaient.

Ses lèvres s'arrondirent.

— Oh, je suis au fin fond.

Le sentiment de vide qui s'était installé dans mon cœur se dissipa, et je réussis à respirer pleinement pour la première fois depuis des semaines. Olivia commença à jouer avec les boutons de ma chemise, et je réalisai soudainement qu'elle les déboutonnait. Je lâchai la serviette et attrapai sa main. Même si mon corps aurait été ravi d'être déshabillé ici, je ne voulais pas qu'elle pense que c'était juste une histoire de sexe.

— Qu'est-ce que tu fais ? demandai-je en retenant mon désir.

Ses yeux soutinrent les miens.

— Je retire ta chemise, dit-elle simplement.

Elle écarta ma main et continua.

— Olivia... Je t'aime. Je ne veux pas que tu te dises que c'est...

— Juste une histoire de sexe.

Elle termina ma phrase pour moi.

— Je sais que ce n'est pas ça, mais tu m'as manqué

et j'ai froid et je te veux. Tu as gagné, je suis convaincue : le sexe n'est jamais ennuyeux avec toi, dit-elle avec un sourire malin.

Puis elle ouvrit ma chemise et passa ses mains sur mon torse, et le reste de contrôle qu'il me restait disparut. Je plongeai ma main dans ses cheveux emmêlés et attrapai ses lèvres, déversant des semaines de manque de notre baiser. On fusionna comme de la lave. Elle répondit à chacune de mes caresses, se cambrant contre moi, ses mains caressant brutalement mon corps. Je sentais les pointes de ses tétons contre mon torse et j'arrachai mes lèvres aux siennes. On retira nos vêtements, ou plutôt la moitié de nos vêtements, dans un flou. Elle était tout aussi affamée que moi, tirant, arrachant, ses lèvres, dents et langue explorant mon corps en même temps.

Alors que ma chemise et mon jean étaient ouverts, je plongeai dans ses yeux verts, noircis de désir. Ses jambes étaient enroulées autour de mes hanches alors que je tenais ses fesses rondes dans mes mains, à peine posées sur le bord du bureau. Ma queue était à l'entrée de son corps, son désir trempé me provoquant. Je réalisai soudainement que je n'avais pas de préservatif sur moi. Étant donné que je n'avais rien prévu de tout cela, ce n'était pas vraiment une surprise. Je serrai les dents et me forçai à reculer.

— Je suis désolé, ma belle, mais je n'ai pas de capote. Ne t'inquiète pas, je vais...

J'étais sur le point de dire que j'allais m'occuper d'elle, car je n'avais aucune intention de la laisser quitter ce bureau sans un orgasme, mais elle enroula ses jambes plus fort autour de moi et me coupa la parole.

— Je prends la pilule. Je la prends depuis longtemps, parce que...

— Tu es toujours préparée, ajoutai-je, incapable de retenir mon sourire.

Elle rougit et hocha la tête.

— Alors ?

— Tu es sûre ? demandai-je.

C'était un miracle que je ne plonge pas en elle immédiatement, mais c'était sa décision.

Elle acquiesça rapidement, resserrant les jambes et m'attirant vers elle. Je plongeai dans sa prise de velours, lâchant un grognement. Bon sang. Elle était tellement bonne, chaude et mouillée, et serrée. Mon front tomba sur le sien et je restai immobile, admirant presque ce que ça faisait d'être si proche d'elle. Son souffle était saccadé de petits gémissements sexy. Elle ne me laissa pas m'arrêter longtemps, elle se mit à balancer ses hanches contre moi. Tout le besoin que j'avais accumulé se déversa dans une spirale lente. De profonds coups de reins dans son canal lisse, ses tétons caressant mon torse, son regard soutenant le mien, le tout se mélangeant dans une danse lente.

Ses yeux se fermèrent et son intimité palpita sur ma queue alors qu'elle hurlait, et je me lâchai enfin, mon orgasme se déversant en elle. Sa tête tomba dans le creux de mon cou, son souffle caressant ma peau. Ma respiration était lourde, mais ralentit progressivement. Je caressai ses boucles humides et fermai les yeux, savourant ce moment. J'avais complètement perdu la tête, mais Olivia était là maintenant, et tout irait bien.

Elle leva la tête, et je baissai les yeux pour trouver son regard. Elle leva la main et caressa mes sourcils du bout des doigts. Nous étions encore emmêlés, et je n'avais aucune envie de m'écarter d'elle, mais je savais que la réalité nous rattraperait bientôt. Le coach m'avait offert un peu d'intimité, mais ça ne durerait pas.

— Je suis désolé d'avoir été si bête. Ça m'a pris un moment pour reprendre mes esprits.

Elle secoua la tête rapidement et caressa mes lèvres, lâchant un éclair de luxure en moi. Bordel. Cette femme me faisait un effet que personne d'autre ne m'avait jamais fait.

— Tu n'as pas été bête. Je l'étais aussi, à ma façon.

Son regard s'éloigna.

— Et maintenant ?

La réalité s'imposa dans mon esprit, mais je l'écartai. Il y avait plus d'une chose à penser.

— Eh bien, ce soir je dors chez toi, et sans doute tous les soirs après ça. On verra les détails. Mais ça, c'est fait. Puis, il y a le tout de suite tout de suite.

Ses lèvres s'arrondirent.

— Le tout de suite tout de suite ?

— Le, « je devrais être en réunion avec l'équipe dans les vestiaires » et le fait que j'ai dit aux journaux de sport que je t'aimais et que tu es venue ici alors que les caméras tournaient encore. Même si je n'ai pas dit ton nom, je suis presque sûr que c'est public maintenant. Ce tout de suite là.

Une grande tendresse s'empara de moi. J'avais envie de la protéger de la tempête médiatique qui suivrait. J'en avais l'habitude, mais ça me mettait quand même hors de moi. Olivia n'y était pas habituée, et elle ne méritait pas d'avoir à supporter ça.

Elle écarquilla les yeux puis explosa de rire, ce qui réveilla ma queue de son sommeil, car à chaque nouvel éclat, son centre se resserrait sur moi. Son rire ralentit et elle prit une grande inspiration.

— Oh, ce tout de suite là. Je comprends. J'imagine

que je n'avais pas réfléchi aux conséquences en débarquant ici.

Elle haussa simplement les épaules.

— Oh, tant pis. J'ai déjà prévenu ma patronne, donc on a évité le scandale.

Elle me lança un regard honnête.

— Ne t'inquiète pas. Je vais survivre. Je sais très bien ignorer les gens, donc je vais juste faire ça.

Mon sourire s'étendit sur mon visage. Elle était effectivement très douée quand il s'agissait d'ignorer quelqu'un, et m'avait ignoré très longtemps au début.

— Ouais. Ignore-les. C'est la meilleure stratégie.

Quelqu'un frappa à la porte du bureau et la voix du coach traversa la porte.

— Liam ! On a besoin de toi dans quelques minutes. D'accord ?

Coach Bernie devint instantanément mon coach préféré pour des raisons qui n'avaient rien à voir avec son travail. Cet homme savait comment laisser quelqu'un tranquille.

— J'arrive dans cinq minutes, répondis-je.

Il ne répondit pas, mais j'entendais ses pas s'éloigner dans le couloir. Je regardai Olivia.

— Il faut que j'y aille.

— Je sais, dit-elle avec un sourire en reculant les hanches.

On se démêla et on se rhabilla. Cette fois-ci, elle boutonna son chemisier correctement. Je jetai un œil dans le bureau et ramassai les serviettes que j'avais fait tomber avant de me retourner et de la trouver près de la porte. Je la regardai et mon cœur me menaça d'exploser. Elle se tenait à côté de la porte, toute propre sur elle, rien ne laisserait penser qu'elle venait de faire l'amour à moitié nue sur le bureau. J'adorais le contraste de sa personne. Elle avait l'air un petit peu stressée, et je compris qu'elle s'inquiétait que les caméras nous attendent à la sortie.

Je m'approchai d'elle et enroulai ma main sur la sienne.

— Le coach les a chassés, je suis sûr. Je ne peux pas te promettre qu'ils ne sont pas sur le parking, mais je vais t'accompagner.

Chapitre Trente-Deux

OLIVIA

Mes jambes étaient posées sur les genoux de Liam et l'une de ses grandes mains caressait mon mollet. Nous étions assis sur mon canapé à boire un café. Je m'étais réveillée à côté de lui après qu'il m'eut rejointe chez moi la veille au soir, comme promis, et eut passé la soirée à me faire perdre la tête en léchant, en embrassant et en touchant chaque centimètre de mon corps et de me faire jouir encore et encore. Ce matin, pour la première fois de ma carrière, j'avais appelé le boulot pour leur dire que je ne pouvais pas venir. Liam avait un entrainement plus tard dans l'après-midi, mais je voulais passer la matinée avec lui. Il était allé nous chercher des bagels à la boulangerie du coin, et on avait partagé un petit-déjeuner détendu, avec des cafés. Je m'étais soudainement souvenue que j'avais un rendez-vous pour rencontrer Bentley.

— À quelle heure est ton entrainement ? demandai-je, en me demandant si je devais annuler ou non.

— 14 h, répondit-il, son pouce caressant mon mollet et me faisant frissonner.

— Oh.

Je me mordis la lèvre en me demandant quoi faire.

— J'ai un rendez-vous à midi, mais...

— Pour le boulot ?

Je secouai la tête.

— Non. La nuit dernière, avant tout ça, je me sentais seule et je me suis dit que je devrais adopter un chien, donc j'ai regardé le site du refuge et j'ai pris un rendez-vous pour rencontrer un chien. Peut-être que je devrais annuler, mais ça me fait bizarre. Je veux dire, j'ai toujours adoré les chiens, j'en avais un quand j'étais petite, mais...

— Je peux venir avec toi, dit-il fermement. J'adore les chiens.

— Vraiment ?

— Vraiment, dit-il avec un sourire. Ma belle, si tu veux un chien, tu devrais adopter un chien.

Un peu plus tard, on se tenait dans un petit jardin clôturé. Par miracle, il ne pleuvait pas aujourd'hui, et la femme qui semblait s'occuper des rencontres au refuge nous avait proposé de passer un peu de temps avec Bentley dans leur aire de jeu. Bentley était encore plus mignon en personne qu'en photo. Avec l'une de ses oreilles toujours en l'air et l'autre toujours tombante, il était presque comique. Il était de taille moyenne et tout marron, de ses yeux à son poil ondulé. Bentley était amical, avec une personnalité tranquille, et le refuge estimait qu'il avait à peu près trois ans. Liam jouait actuellement à la balle avec lui. Je ne savais pas qui était le plus ravi : Liam ou Bentley.

Je ne demandai même pas et je les laissai jouer pour aller parler à la femme de l'accueil.

— On aimerait l'adopter. Dites-moi ce qu'il faut qu'on fasse.

La femme leva la tête et me tendit immédiatement

un formulaire à remplir. Je dus avoir l'air surprise, car elle me sourit.

— Je vous ai vue le tenir et votre copain a l'air de l'adorer, donc ça me paraissait être un coup de foudre, expliqua-t-elle.

Je remplis rapidement le formulaire et payai les frais d'adoption. J'étais heureuse d'apprendre que Bentley était déjà castré et qu'il était vacciné. Une fois tout en ordre, je demandai :

— Est-ce qu'il faut qu'on attende ?

— Parfois, on demande une période d'attente, mais, pour vous deux, pas besoin.

Ma confusion devait se lire sur mon visage. Elle rougit doucement.

— Eh bien, on sait que c'est Liam Reed des Seattle Stars, donc ce n'est pas comme si on ne pouvait pas le trouver s'il y avait un problème.

Je rougis profondément, réalisant que ce genre de choses risquait d'arriver souvent. Elle me lança un sourire désolé.

— Je ne voulais pas être bizarre. Je ne suis pas trop dans le foot, mais ma mère si, donc elle savait qui c'était. Vous devez être la femme dont il parlait hier.

Ma gêne passa. Il fallait que je m'habitue à ça, donc autant commencer maintenant.

— Oui, et ne vous inquiétez pas. C'est difficile de ne pas le remarquer.

Peu de temps après, Liam et moi marchions dans la rue avec Bentley en laisse. Liam avait proposé de le tenir et je voyais qu'il était déjà amoureux de ce chien. On s'arrêta à un coin de rue et Bentley faisait la fête à tous les passants. Je regardai Liam.

— Tu as l'air de bien t'en sortir avec les chiens.

Liam me regarda et me coupa presque le souffle. Ses yeux étaient aussi bleus que le ciel quand il trouva mon regard. En un éclair, j'avais l'impression que nous étions seuls au monde, malgré les gens et les voitures qui passaient devant nous.

— J'adore les chiens, et Bentley est super. Mais ce n'est pas juste ça. On l'adopte ensemble, ça veut dire que tu es coincée avec moi. Je prends la parentalité d'un chien très au sérieux, dit-il en réduisant la distance entre nous et en enroulant son bras autour de ma taille.

Collée contre lui, mon pouls s'emballa et je me demandai comment j'avais été si chanceuse.

ÉPILOGUE

Liam

Je me tenais sur le côté du terrain, mon souffle lourd alors que mon corps vibrait d'énergie. Même à la fin d'un match, quand j'étais mort de fatigue, je me sentais électrifié. Je posai mes mains sur mes hanches et cherchai Alex du regard. Il venait de nous offrir une victoire face à l'autre équipe, arrêtant chacun de leurs tirs. Je le trouvai enfin, à côté du coach avec quelques coéquipiers autour de lui. Comme d'habitude, Alex semblait parfaitement indifférent au moment. Ce n'était qu'une autre journée de boulot. Le reste de l'équipe lui donnait des tapes dans le dos et s'exclamait de joie.

Je traversai l'équipe pour le rejoindre.

— Bien joué, dis-je en acquiesçant quand je trouvai son regard.

Alex sourit.

— C'était bien joué. Super match aujourd'hui. Comme toujours, tu as mené une offensive incroyable.

Je levai les yeux au ciel.

— Tu ne peux pas accepter un compliment, hein ?

Je ne nous enlève rien, mais on a gagné parce que tu ne les as pas laissés marquer.

Alex haussa les épaules.

— D'accord.

Il regarda par-dessus mon épaule, et un autre sourire s'empara de son visage.

— Quoi ? demandai-je.

— Voilà ta nana, répondit-il, ses yeux revenant sur moi avant de me dépasser à nouveau. Salut Olivia.

Je sentis la présence d'Olivia derrière moi dès qu'il ouvrit la bouche. Je me retournai quand elle arrivait à mes côtés, passant sa main dans le creux de mon coude.

— Salut Alex. Super match, comme toujours.

Elle croisa mon regard et se mit sur la pointe des pieds pour m'embrasser sur la joue avant de se retourner vers Alex.

— Je ne sais jamais vraiment quoi dire après un match comme celui-là, parce que tout est dans les choses que tu as réussi à esquiver plutôt que dans ce que tu as fait, dit-elle avec un sourire.

Alex haussa les épaules. Je regardai Olivia.

— Il ne sait pas accepter un compliment.

Elle me sourit, ses yeux verts brillant dans l'air frais. Et juste comme ça, avec rien de plus qu'un sourire alors que mes coéquipiers dansaient autour de nous et le bruit du stade, d'une foule qui s'en va, mon cœur se serra. L'air se réchauffa et s'enflamma. Mon corps se tendit et je me penchai en avant, sur le point de l'embrasser quand Alex toussa. Je le regardai en haussant un sourcil. Alex me fit un petit signe du menton vers l'autre côté, où je vis un caméraman s'approcher avec un objectif pointé vers Olivia et moi. Au lieu d'un baiser, je me penchai pour lui murmurer à l'oreille.

— Plus tard, ma belle.

Je ne pouvais résister à l'envie de l'embrasser dans le cou. Dès que je relevai la tête, le caméraman et un journaliste d'une chaine de sport nous sautaient dessus. Grâce à l'attention qu'Alex recevait pour ce beau match, je réussis à ne répondre qu'à quelques questions tout en gardant la main d'Olivia fermement dans la mienne tout du long.

Nous étions en plein dans ma seconde saison avec les Seattle Stars. Nous étions bien partis pour gagner la ligue cette année. Après avoir terminé les interviews d'après-match, je me dirigeai vers les vestiaires, laissant Olivia à contrecœur. Elle me promit qu'elle me retrouverait devant le stade et qu'elle irait nous chercher une pizza. Je me douchai en un temps record, mon esprit revenant sur l'année que je venais de passer. L'état terrible dans lequel j'avais été après la mort de ma mère, mon déménagement aux États-Unis puis ma blessure au genou n'étaient que de lointains souvenirs. Ma mère me manquait toujours, il y avait des moments très durs, mais le temps m'avait permis d'apprendre à vivre avec. Et même si j'avais vraiment hésité à signer chez les Stars à l'époque, je n'hésiterais pas à le refaire aujourd'hui. Je ressentais la même chose à propos de mon genou. Sans ça, je n'aurais jamais rencontré Olivia. Aujourd'hui, elle était le soleil de ma vie et tout ce qui m'avait amené à elle était embelli par sa lumière.

Je me dépêchai de sortir du vestiaire, regardant par-dessus mon épaule quand j'entendis Alex rire alors que je passais son vestiaire.

— Quoi ? demandai-je.

Il était en train d'enfiler un sweat et écarta la capuche une fois le vêtement enfilé. Ses yeux marron soutinrent mon regard avec une étincelle de moquerie.

— Mec, c'est une bonne chose qu'Olivia soit une

vraie bonne chose dans ta vie, parce que tu es toujours en train de te dépêcher de la retrouver.

Je haussai les épaules et souris.

— Ça c'est sûr. Tu trouveras ça un jour, dis-je avec un clin d'œil en me retournant pour traverser le long couloir qui menait dehors.

Je passai la porte et arrivai dehors, dans une fin d'après-midi ensoleillée. Je trouvai Olivia immédiatement. Elle était assise sur un banc non loin, Bentley à côté d'elle, la laisse enroulée sur sa main et une pizza à côté d'elle. Elle amenait souvent Bentley aux matchs, car le coach était assez sympa pour nous autoriser à le laisser dans son bureau pendant le match. Je m'arrêtai sur place et regardai simplement Olivia.

Elle était venue au match directement après le boulot, avec ses cheveux attachés en un chignon serré, sa jupe noire et son chemisier bleu foncé, boutonné presque jusqu'en haut. J'étais pressé de lui détacher les cheveux et d'arracher ce chemisier. Elle travaillait encore à la clinique et gérait une liste d'attente de clients connus. Elle avait reçu une lettre de réprimande du conseil d'administration de la clinique pour sa relation avec moi. Le docteur Adams m'avait rencontré pour m'offrir l'option de porter plainte si j'en ressentais le besoin. J'avais explosé de rire et lui avais assuré que ce n'était en aucun cas nécessaire. J'étais tout de même soulagé que les conséquences ne soient pas plus lourdes, car je savais que ça avait beaucoup inquiété Olivia. Elle était honnête par nature et aimait suivre les règles. J'étais heureux d'être celui qui l'avait inspirée à en dépasser certaines.

Je réalisai soudainement que j'étais figé sur place quand quelqu'un me rentra dedans en passant. Olivia me faisait cet effet-là, tout le reste disparaissait. Je secouai un peu la tête et marchai vers elle. Bentley sauta sur le banc, remuant son corps entier en me voyant.

— Mon Bentley ! dis-je en m'agenouillant pour le caresser.

Je me redressai quand Olivia se leva. Je passai mon bras sur sa taille, la tirant contre moi et posant ma bouche sur la sienne quand elle l'ouvrit, sans doute pour parler. Elle gémit et je saisis cette opportunité pour glisser ma langue dans sa bouche, grognant quand elle me rejoignit. Un sifflement non loin me sortit de ma transe et je reculai, regardant Olivia. Elle avait les joues rouges, et ses yeux brillaient.

— Salut, dit-elle simplement.

— Salut ma belle. C'était pour le baiser que je n'ai pas eu après le match.

Elle gloussa et commença à reculer, mais je la tins fermement contre moi.

— Liam, murmura-t-elle sévèrement, s'arrêtant pour respirer. Il y a des gens partout, et tu sais que dans deux secondes quelqu'un va prendre une autre photo qui va se retrouver...

— En ligne.

Je terminai sa phrase pour elle.

— Je m'en fiche complètement. Je t'aime et je me fiche bien que le monde entier le sache.

Bentley se frotta à mon genou. Je baissai les yeux et suivis son regard pour trouver un photographe, sans doute d'une des équipes de journalistes sportifs qui quittaient le stade, avec son appareil photo pointé vers nous. Je regardai Olivia, lui fis signe de regarder par-dessus mon épaule.

— Tu vois, c'est déjà fait. Rentrons chez nous maintenant, que je puisse t'avoir juste pour moi.

Je ne pus m'empêcher de lui toucher les fesses alors que ma main cherchait la sienne. Ses joues rougirent un peu plus et elle s'arrêta sur place, me lançant un regard noir.

— Si c'est pour se retrouver dans un torchon à ragots encore une fois, autant leur donner quelque chose de bon.

Ma fiancée toujours si sage passa sa main dans mon cou et m'attira vers elle pour un autre baiser.

Inscrivez à ma newsletter ! Ça fait quelques années qu'Olivia et Liam se sont retrouvés dans Le Match. Profitez de cette tranche de vie, tirée de leur avenir.

Inscrivez à ma newsletter : Le Match - Scène Bonus

Ou inscrivez-vous à ma newsletter directement ici : https://jh-croix.ck.page/45405038d4

Merci d'avoir lu Le Match, j'espère que vous avez passé un super moment avec Olivia et Liam !

Pour plus de romances chaudes dans le monde du sport, retrouvez Alex et Harper dans La Victoire.

Alex n'est pas du genre à perdre le contrôle. Jamais. Jusqu'à ce qu'il rencontre Harper.

"... une alchimie à en mettre le feu et une intimité sans fin..." Ne ratez pas l'histoire d'Alex !

1-click. La Victoire

À PROPOS DE L'AUTEUR

J.H. Croix est une auteur sur la liste des meilleures ventes USA Today, elle vit dans le Maine avec son mari et leurs deux chiens gâtés. Croix écrit des romances contemporaines à couper le souffle avec des femmes fortes et des hommes alphas qui n'ont pas peur de montrer leurs émotions. Son amour des petites villes et des personnages qui y vivent habite sa prose. Baladez-vous dans les folles romances de ses bestsellers!

jhcroixauthor.com
jhcroix@jhcroix.com

9 781954 034679